KAROSH TAHA

BESCHREIBUNG EINER KRABBENWANDERUNG

KAROSH TAHA

BESCHREIBUNG EINER KRABBENWANDERUNG

ROMAN

DUMONT

FSC
www.fsc.org
MIX
Papier aus verantwortungsvollen Quellen
FSC® C083411

Erste Auflage 2018

Umschlaggestaltung: Nurten Zeren, www.zerendesign.com
Satz: Angelika Kudella, Köln
Gesetzt aus der Dante
Druck und Verarbeitung: CPI books GmbH, Leck
Gedruckt auf säurefreiem und chlorfrei gebleichtem Papier
Printed in Germany
ISBN 978-3-8321-9880-0

www.dumont-buchverlag.de

»Diese Geschichte beruht auf tatsächlichen Begebenheiten in meiner Erinnerung.«
Sanaa Kevjala

Während ich von einer roten Krabbe träume, die von einer roten Krabbe träumt, die von einer roten Krabbe träumt, die von einer roten Krabbe träumt, die von mir träumt, während ich von einer roten Krabbe träume. Ich wache verheult auf, und ein Riesenmond blendet mich, dass ich kaum die Augen öffnen kann.

Meine Schwester schläft, atmet unmerklich. Auf dem Balkon steht Asija in dürrer Gestalt. Ich schaue auf meinem Handy nach der Uhrzeit: drei Uhr morgens. Ich darf noch eine Weile schlafen. Nach fünf Minuten, vielleicht auch mehr, klingelt der Alarm meiner Schwester.

Ich wundere mich über die eingebrochene Helligkeit und weigere mich aufzustehen. Mein Kopf fühlt sich auf dem weichen Kissen an, als läge er zwischen den warmen Großmutterbrüsten. Ich drücke das Gesicht in den Stoff und rieche an ihrem hennageröteten Haar, das nach erdfarbener Kernseife duftet. Das Kissen ist feucht von den Tropfen, die von Großmutters Zöpfen regnen und auf meinen Wangen platzen, weil sie kurz zuvor gebadet hat. Vielleicht habe ich auch nur im Schlaf geweint. Ich kann kaum durch die Nase atmen und muss an die rote Krabbe denken. Sie kriecht unter den Sand und beim Rauskrabbeln sammeln sich Sandkörner in ihren Augen.

Ich will mich unter den Laken begraben, mich in die Matratze bohren, in meiner Großmutter wohnen, die mich niemals gebiert. Ich könnte mich von ihrer Leber ernähren und meine Füße an ihren Nieren wärmen. Die kalten Füße habe ich von Asija geerbt; sie wandert wie ein verirrter Geist mit einer Decke um die Schultern in der Wohnung umher. Nachmittags liegt sie eingerollt in ihrem Ehebett, abends betet sie auf dem Balkon einen Viertelmond an. Im Schein strahlt sie so schön wie eine verlorene Jungfrau. Letzte Nacht beobachtete ich sie: die fahlen Hände auf das Geländer gelegt – das Gesicht zum Vollmond gerichtet.

Früher, ganz früher, vor zweihundert Jahren vielleicht, da beteten wir gemeinsam den Mond an – da wohnten wir noch im Irak. Asija hob mich auf die Gartenmauer, sie selbst kletterte auf einen Kasten, damit ich mich gegen ihre Schulter lehnen konnte, und wir stierten durstig den Mond an. Sie benetzte ihre Fingerspitzen mit Spucke und rieb meine Hände damit ein, während sie die Namen aller heiligen Frauen flüsterte. Ich war mit meiner Nase ganz nah an ihrem Kopf, der nach Aleppo-Seife roch, und konzentrierte mich auf ihre Stimme. »Im Namen von Karima, der Großzügigen, Amina, der Treuen, Halima, der Milden, und Fatima, der Reinen. Im Namen von Mariam, der Unberührten, Asija, der Barmherzigen, und Aziza, der Mächtigen. Im Namen von Chadidscha, der Weisen, der ersten Muslimin und Gefährtin des Propheten. Gottes Lob und Friede seien auf ihnen.« Ich hatte am Tag zuvor mit erdfarbenen Kröten experimentiert, deswegen wuchsen Warzen an meinen Händen.

»Du darfst nicht mit Kröten spielen, verstanden?«

Ich winde mich zwischen den kalten Zöpfen der Großmutter. Mein Kissen ist durchtränkt von salzigem Wasser, dass ich glaube zu ertrinken, wenn ich nicht bald aufstehe.

Ich schaffe es, mich aus dem Bett zu hieven. So müssen sich fünfundsechzig Jahre anfühlen. Ob es gesund ist, sich mit zweiundzwanzig wie Mitte sechzig zu fühlen, glaube ich kaum. Es gibt einige Anzeichen dafür, dass ich doch keine fünfundsechzig bin: Auf dem Laken ist ein fetter Fleck in Form einer Wolke; es ist ein frisches Rot, als hätte man ein Rotkehlchen im Bett geköpft. Armer Vogel, denke ich. Den kleinen, warmen Körper würde ich in meine Hände gebettet zum Balkonkasten tragen, um ihn zwischen den Geranien zu begraben, wo ihm nach einem Jahr ein frischer Kopf wachsen kann. Aber wir haben keine Geranien.

Während ich von Rotkehlchen tagträume, wacht meine Schwester auf und reibt sich die Augen wie eine Siebenjährige. Zwischen ihren Beinen wächst ebenfalls eine rote Wolke. Irgendwann bemerkt sie die feuchte Stelle und stöhnt, dann schlendert sie hoffnungslos ins Bad. Ich wechsle unsere Laken schnell aus, denn die Wolken verformen sich zu scharfen Scheren.

Helin wundert sich, warum ich ihr Bett herrichte.

»Warum tust du das?«

»Weil du meine kleine Schwester bist«, sage ich und streiche ihr über das frisch gekämmte Haar, als wäre sie sechs. Sie runzelt die Stirn und glaubt, ich plane etwas, erlaubt mir keinen Moment der Zärtlichkeit. »Fass meine Haare nicht an.«

Ich plane zu duschen und in Adnans Armen zu liegen, der mich um die Mittagszeit erwartet: Wir frühstücken nie, wir essen gleich zu Mittag, dann liegen wir im Bett. Er erzählt mir von Dingen, auf die ich mich schwer konzentrieren kann, weil ich an eine rote Krabbe mit Sandkörnern in den Augen denken muss. Jedes Mal nehme ich mir vor, Adnans Erzählungen zu folgen, dann wandert mein Blick seine Wangen entlang, und ich befühle seinen warmen Nacken und rieche an seinem Hals, der nach gerösteten Maronen duftet. Er streichelt meinen Bauch, seine Hand gleitet tiefer und dann klingelt der Alarm: Adnan muss los. Ich bleibe eine Weile in seinem Bett liegen, fahre mit der Hand über die Matratze, um die Reste seiner Körperwärme zu ergattern.

Beim Duschen lasse ich heißes Wasser auf meinen Körper strömen, bis sich meine Haut rötet. Jemand klopft an die Tür, will mich draußen haben, Babu müsse duschen, sagt Helin. Und ich denke an Nasser und Asija; in meinem Kopf heißt mein Vater Nasser, und Asija heißt Asija, seit sie mir die Brust gegeben hat, seit sie mich in den Schlaf gewiegt hat, seit ich sprechen kann, nenne ich Asija Asija. Die Frau, die das Wort *Uda*, also »Mutter«, für sich beansprucht, ist meine Großmutter mit den warmen Brüsten.

Dampf steigt von meiner Haut auf, als ich nur mit einem Handtuch bekleidet aus dem Bad komme, weil Nasser es egal ist, wie viel Haut ich zeige. Das Bad liegt neben meinem Zimmer, in das ich flüchte. Meine Schwester schimpft: »Wieso brauchst du immer so lange zum Duschen, was machst du da drin?«

»Was soll ich schon machen, ich dusche.«

Sie glaubt mir nicht; sie schaut mich argwöhnisch an. »Aha.«

»Nicht ›aha‹. Kümmere dich um deinen eigenen Kram.«

Schließlich frage ich auch nicht, was sie in den Nächten unter der Decke treibt, wenn sie das Gesicht verzerrt: Sie winkelt immer das linke Bein an, damit keine verdächtige Wölbung untenherum entsteht. Sie denkt, ich schlafe, trotzdem schaut sie rüber zu mir, um sich zu vergewissern. Meine Augen sind offen, wie ein Uhu blicke ich ihr direkt ins lustverzerrte Gesicht; ich kann das, weil der Mond hinter meinem Rücken ins Zimmer scheint, mein Gesicht in seinem Schatten liegt und die Dunkelheit Helin das Schamgefühl erspart.

Mit ungeübten Händen fuchtelt sie an ihrer feuchten Muschi, die leise schmatzt. Immer wieder legt sie eine kleine Pause ein, um entweder den Orgasmus hinauszuzögern oder um sich zu erholen, weil es sie anstrengt. Dabei ist sie schon fünfzehn, nächste Woche wird sie sechzehn, und erst vor einem Monat hat sie mit dem Masturbieren angefangen.

Helin verstummt, als jemand unsere Zimmertür ungefragt öffnet: Da steht Asija mit einer dünnen Decke wie eine gebrechliche Großmutter. »Ich habe dir ein Ei gemacht.«

»Mir?«, frage ich erstaunt.

Sie nickt und geht, wartet nicht darauf zu hören, dass ich nie frühstücke. Meine Schwester schaut mich wieder an, als wäre ich ein Rätsel. Ich habe noch zwei Stunden, bis ich mit Adnan im gleichen Rhythmus atme; wie lange kann es dauern, ein Ei zu essen? Höchstens fünf Minuten. Wenn sie Chai gekocht hat, dann nur drei. Drei Minuten kann ich von meiner Zeit entbehren.

Meine Schwester reibt sich die rosafarbene Narbe an ihrer Wange mit Make-up heil. Wer sie nicht kennt, wird vermuten, sie verdecke damit einen Pickel.

»Was ist?«, fragt sie genervt. Ich wende mich ab.

Man sieht trotzdem eine kleine Erhebung, einen gewundenen Wurm oder ein Schneckenhaus, je nachdem, ob sie von der Seite angestarrt oder auf die Stirn geküsst wird. Schließlich packt sie ihre Schultasche, ohne den Blick von mir abzuwenden. Dabei kümmert es sie nicht, dass ich in Slip und BH von niemandem angeschaut werden will, der keinen Penis hat.

»Was ist?«, frage ich unnötig aggressiv.

Sie verschwindet mit der schweren Tasche um die Schulter. Ich wünschte, sie würde zurückblicken, um die Reue in meinem Blick zu sehen. Ich begutachte die junge Frau im Spiegel, ob etwas Wesentliches an ihr fehlt. Aber alles sitzt an seinem Platz, und es gibt keinen Grund, mich zu bestaunen, so gewöhnlich sehe ich aus. Ich gucke auf die Uhr und eile in Richtung Küche, bleibe im Wohnzimmer stehen.

Auf der Couch liegt mein Vater vor dem stumm geschalteten Fernseher, alt, obwohl erst Mitte vierzig, vielleicht auch Anfang vierzig, aber nicht gesund, die Arme weiß und brüchig wie Knoblauchhaut. Er kratzt sie, und ich höre, wie die Nägel seine trockene Haut aufreißen. Kurz bleibe ich stehen. Ein bisschen Spucke wird helfen. Er hat mich noch nicht bemerkt und schaut weiter fern, manchmal auch fern. Wenn Umm Kulthum singt, dann fließen die Tränen, als hätte seine Mutter Krebs. Aber heute liegt er nur auf der Couch und öffnet den Mund, die Lippen reißen auseinander, als hätte er seit fünfhundert Jahren kein Wort gesprochen, und bevor er etwas sagt, bewege ich mich von der Stelle und erinnere ihn: »Muss in die Uni, bin schon spät dran.« Er kratzt wieder seine Arme.

»Wenn du das nächste Mal duschst, dann nimm deine Haare aus dem Abflusssieb, das ist widerlich«, sagt er.

Ich laufe zurück und sage: »Ich habe keine Haare im Abflusssieb gelassen.«

»Doch, das sind deine Haare. Wenn ihr diese Wohnung so verdreckt, dann ist es kein Wunder, dass ich noch ganz krank werde.« Er kratzt die Haut rot.

Ein bisschen Spucke wird helfen, will ich sagen.

So wie er mir damals die Wade mit Spucke einrieb, als mich eine Krabbe im Chabur gekniffen hatte. Er nahm mich auf seinen Schoß, massierte mit einer Hand meine Wade, wischte mit der anderen meine Tränen weg, flüsterte tröstende Worte in mein Ohr: »Wein doch nicht, du bist ein kluges Mädchen, kluge Mädchen weinen nicht, nur dumme. Wenn du groß bist, wird die Krabbe Angst vor dir haben; du wirst sie zertrampeln.«

»Sie hat aber Scheren«, sagte ich und zog mich weiter in seinen Schoß zurück, entfernte mich vom Fluss.

»Das sind dann winzige Scheren, die können dir nichts anhaben.«

»Warum macht die das überhaupt?«

Er erzählte mir vom Krabbenvolk, das eines Tages beschloss, auszuwandern, und sie vergaßen in einer Höhle die kleinste Krabbe, weil diese geschlafen hatte. Als sie aufwachte, waren all ihre Freunde und Verwandten weg, sogar die Eltern, die Geschwisterchen, und die kleine Krabbe bewohnte seitdem allein den riesigen Strand. Sie irrte also im Chabur umher und kniff jedem in die Wade, der ihr zu nahe kam.

»Wann gehen wir weg?«, fragte ich Nasser.

»Sobald Asija verstanden hat, dass wir in Europa glücklicher sein werden.«

»Aber, Babu, was ist, wenn wir was vergessen?«

»Was sollen wir denn vergessen?«

»Ich weiß nicht, aber die kleine Krabbe wurde auch vergessen.«

»Du bist doch unsere kleine Krabbe, und dich werden wir niemals vergessen.« Er rieb seine stoppelige Wange an meiner, so lange, bis mir der Bauch vom Lachen wehtat.

Ich eile ins Bad und schaue mir das Sieb an, in dem sich lange schwarze Haare gesammelt haben. Ich klopfe es am Badewannenrand ab, bis sie als platter Haufen abfallen. Mit einem Taschentuch wische ich über den Rand und zerknülle es in meiner Hosentasche. Im Schlafzimmer verbrenne ich die Haare in einem Glas, damit sie nicht in die falschen Hände geraten. Als ich wieder im Wohnzimmer bin, ist Nasser entschwunden wie ein Bild aus einem Traum. Stattdessen steht Asija zwischen der offenen Küche und dem Wohnzimmer. Vor Jahren hat Asija das Kochen aufgegeben, deswegen verwundert mich ihr Anblick.

»Willst du dein Ei nicht essen?«, fragt sie, als wäre sie nicht Asija. Die dünne Decke hat sie gegen Kleidung ausgetauscht, die auch für draußen geeignet ist. Asija wartet auf eine Reaktion von mir. »Dein Chai ist auch ganz kalt geworden«, sagt sie, fast vorwurfsvoll. Ich habe kurz mit Nasser gesprochen, will ich ihr sagen, als müsste man sich vor Asija rechtfertigen.

Asija schüttet meinen Chai aus, als ich mich in der Küche auf einen der kahlen Holzstühle setze. Während sie mir schwarzen Tee in das Gläschen gießt, ihn mit heißem Wasser verdünnt und mit zwei Teelöffel Zucker versüßt, möchte ich sie fragen, was sie vorhat.

Sie spritzt etwas Zitrone in den Tee. »Das ist gut, um die Nase frei zu bekommen.«

Ich frage mich, woher sie von meiner verstopften Nase weiß. Asija nimmt nicht wahr, wenn die Stimme anders klingt, weil Schluchzer im Hals stecken, sie erkennt keine geröteten Augen als Ergebnis eines langen, erstickten Heulens im Bett.

»Wo ist Babu?«, frage ich.

»Er ist oben, bei Tante Khalida frühstücken.«

Ich tunke mein Fladenbrot in den weichen Dotter, der über das Eiweiß fließt.

»Und wohin gehst du?«

»Heute ist mein Termin beim Orthopäden, hast du's denn vergessen?«

Bevor sie anfängt zu weinen, schüttele ich den Kopf: »Natürlich habe ich das nicht vergessen.« Ich wundere mich darüber, wie ich so etwas vergessen konnte.

Ich werde mich verspäten und nicht rechtzeitig bei Adnan sein, aber wir werden wenigstens Zeit finden, im Bett zu liegen.

»Worüber denkst du nach?«, fragt sie.

»Ach, gar nichts.« Ich versuche mich zu erinnern, wann sie das letzte Mal gefragt hat, worüber ich nachdenke, und es kann sein, dass es das erste Mal in zweiundzwanzig Jahren ist. Sie steht auf und verschwindet ins Schlafzimmer.

»Wollen wir jetzt nicht los?«, rufe ich ihr nach.

»Ich hole meine Tasche«, sagt sie mit zittriger Stimme, vielleicht bilde ich mir das auch ein, vielleicht hat sie es mit gewöhnlicher Stimme gesagt, und ich kann es nicht mehr unterscheiden, weil sie nie redet. Nach zehn Minuten klopfe ich an ihre Tür, die nachgibt und sich von selbst öffnet.

Asija ist die einzige Person, die mich verunsichert, weil ich sie nicht einschätzen kann. Zwischen Leben und Sterben gibt es noch einen Zustand; ich meine nicht Koma, ich meine die Weise, wie Asija unter uns weilt. Sie ist nicht ansprechbar, bis man sich ihr vorsichtig nähert, ihre Schulter berührt und »Asija« haucht. Sie erwacht dann und weint oder lächelt, als stünde ein alter Freund vor ihr.

Heute habe ich Pech: Sie weint.

»Willst du dich hinlegen?«, frage ich.

Ich habe gelernt, nicht mit Asija zu weinen. Wenn man mit ihr weint, verschlimmert sich die Situation. Also halte ich die Tränen zurück, denke an etwas anderes. Manchmal stelle ich mir vor, ich wäre eine Altenpflegerin und würde mich um die alten Mütter von vielbeschäftigten Frauen kümmern, und mein Sorgenkind unter den Patientinnen ist Asija, deren Knochen sich in Kalk verwandelt haben. Ich habe nur Patientinnen, weil ich mich ausschließlich um Mütter kümmere; um die Väter soll sich jemand anderes sorgen, ihre Pflege würde mich überfordern.

Früher heulte ich noch mit Asija, Helin tat es auch, wenn sie uns sah. Die tränenreichste Zeit erlebte Helin mit sechs; sie schluchzte mit zuckenden Schultern, weil sie nichts verstand, und Asija weinte, wenn sie Helins nasses Gesicht sah.

Wenn wir mitten in der Nacht von ihrem Weinen geweckt wurden, tapsten wir ins Wohnzimmer, beobachteten sie, um herauszufinden, was mit ihr nicht stimmte. Helin fing an zu weinen. Sie war zu jung, um zu verstehen, wie unnütz das Mitweinen war. Asija blickte auf, erschrak über unsere Anwesenheit. Im nächsten Moment beteuerte sie, sie spüre keine Schmerzen, wir sollten uns nicht um sie sorgen, und auf die Frage hin, warum sie dann weine, antwortete Asija nur: »Geht ins Bett, meine Hübschen.«

Am nächsten Morgen beschloss ich auf dem Schulweg, etwas zu unternehmen. Und auf dem Nachhauseweg überlegte ich, was ich tun konnte, um zu verhindern, dass ich Asija wimmernd auf dem Sofa vorfand. Zu Hause angekommen heulte Asija nicht auf dem Sofa, sondern am Küchentisch. Die Augen und die Nasenspitze gerötet, als hätte sie Zwiebeln frisch geschnitten. Es war nur Porree, den sie zerhackte und zusammen mit Fleisch in Teigtaschen füllen wollte. Aber der Teig war schon hart geworden an der Luft. Eine Hand bedeckte und stützte ihr Gesicht, damit es nicht in den geschnittenen Porree fiel; die andere hielt noch das Messer, das nur aus der Schneide zu bestehen schien. Der scharfe Geruch stach mir in die Augen, dass sie zu tränen anfingen. Ich schluckte schwer und verschluckte mich, weil mir der Hals zugeschnürt war.

Aus dem Drang heraus, etwas zu unternehmen, machte ich rückblickend wohl einen folgenschweren Fehler. Ich wählte die 112, da wir einen Notfall hatten, meine Mutter wollte keine gefüllten Teigtaschen mit Porree und Hackfleisch mehr braten, sondern saß heulend mit dem riesigen Küchenmesser da.

»Hallo. Meine Mutter ist verletzt.«

»Was genau ist passiert?«

»Ich weiß es nicht.«

»Blutet sie? Wie hat sie sich verletzt? Kann sie sich bewegen, kann sie reden?«

»Nein, sie kann nicht reden, vielleicht ist es eine Kopfverletzung. Aber es tut weh, Sie müssen sich beeilen.«

Sie beeilten sich auch, weil sie eine zittrige Mädchenstimme vernahmen.

Als sie dann vor der Wohnungstür standen – zwei weiß gekleidete Riesen –, bat ich sie in die Küche zu kommen, wo Asija verletzt saß.

Asija fragte – immer noch mit dem Messer in ihrer fragilen Hand –, was denn los sei, was diese Männer in unserer Küche zu suchen hätten, und verstand die Situation erst, als die Notrufmänner ihre Koffer mit den Utensilien auspackten und fragten, was genau passiert sei. Ich erzählte ihnen von Asijas Zustand, und dabei verzogen sie zornig die Gesichter und befahlen mir, den Notruf nicht ohne Grund zu wählen, man habe Wichtigeres zu tun, zum Beispiel Leben retten. Einer von ihnen drückte mir einen Zettel in die Hand – da könnten wir uns informieren. Sie gingen so schnell, wie sie gekommen waren. Ich beobachtete sie vom Balkon aus, wie sie in ihren orangefarbenen Wagen einstiegen, der mittlerweile eine Menschentraube angezogen hatte. Ein paar Leute blickten nach oben, zeigten auf unsere Etage, und ich verschwand in mein Schlafzimmer.

Es dauerte keine fünfzehn Minuten, bis Nassers ältere Schwester, Tante Khalida, über alles informiert war. Sie setzte sich auf unser Sofa, während ich vor ihr stand, meine Zehennägel beobachtend, und mich ausschimpfen ließ. Ein dummes Mädchen sei ich, was hätte ich mir dabei gedacht, die Aufmerksamkeit der Leute auf uns zu lenken. Ich hätte doch bestimmt schon Schamhaare, nächstes Jahr könnte ich schon heiraten und Kinder kriegen.

Schamgefühl erhitzte meine Brust und ließ meinen Rücken schwitzen. Ich konzentrierte mich auf den Nagellack an meinen Zehennägeln. Er war teilweise abgeblättert und erinnerte an Länderumrisse. Jeder Nagel war ein anderes Land, ein besserer Ort als unser Viertel.

Nach zehn Minuten trocknete ihr Hals aus, sie krächzte dann, die Hände erhoben: »Wasser!«

Ich brachte Wasser in einem ungewaschenen Glas, bitte schön, Tante. Sie mäßigte ihren Ton und sprach mit mir, als sei ich ihr kleines Mädchen, das erzogen werden müsse. Wenn meine Mutter zu schwach sei, dies zu bewerkstelligen, dann würde sie sich meiner annehmen, schließlich sei ich die Tochter ihres Bruders, also fühle sie sich verpflichtet, mich zu einer anständigen Frau zu erziehen.

Als sie nach Hause ging, sperrte ich mich ins Badezimmer ein und befühlte meine Schamlippen, an denen vereinzelt gekräuselte Härchen wuchsen. Im Spiegelschrank griff ich nach dem schwarzen Rasierer meines Vaters und fing an, mich zu rasieren.

Im Bett rollt Asija den Körper ein, dabei stechen Wirbelknochen scharf aus ihrem Rücken wie Stachel, damit niemand sich ihr nähern kann.

»Möchtest du etwas Wasser, Asija?«

Sie gibt keine Antwort.

»Möchtest du mir sagen, warum du weinst?«

Sie flennt leise, für sich, wie ein Kind, dem man verboten hat zu heulen. Dabei darf sie so laut weinen, wie sie möchte, niemand ist zu Hause außer uns beiden.

»Soll ich die Heizung aufdrehen?«, frage ich, weil ihr immer kalt ist, weil ihre Haut so dünn ist, dass ich ihre Adern sehe, weil ihr Gesicht immer nass ist, weil kaum Fleisch da ist, um die Knochen warm zu halten, weil …

»Nein, meine Hübsche«, sagt sie, obwohl ich nicht hübsch bin, aber sie ist meine Mutter. Ich verharre noch eine Weile auf der Bettkante, streichle über ihre Haut. Das scheint sie noch weiter aufzuregen, also lasse ich es. Sie schluchzt und dann sagt sie: »Ich weine, weil ich nicht weiß, was in deinem Kopf vorgeht, was du den ganzen Tag machst, wie du dein Ei magst.«

»Ich fand das Ei lecker, wirklich.«

»Und ich möchte dich nicht länger aufhalten, geh jetzt bitte zur Uni.«

»Aber ich kann doch jetzt nicht gehen.«

»Du musst gehen, sonst habe ich ein noch schlechteres Gewissen. Bitte, meine Hübsche, geh, konzentrier dich auf dein Studium.«

Ich schaue auf die Uhr; wenn ich mich jetzt beeile, schaffe ich es sogar zum Mittagessen mit Adnan. Obwohl ich keinen Appetit haben werde, wird er mich zwingen zu essen, weil er befürchtet, der Wind könnte mich irgendwann davontragen. Deswegen und wegen anderer Umstände schleppe ich immer das dickste Buch aus meinem Regal mit mir herum, russisch bevorzugt.

Im Aufzug hoffe ich, auf niemanden zu treffen, aber er hält auf der fünften Etage an und Baqqe und Herr Zakholy steigen ein, ein altes Ehepaar aus Zakho. Baqqe heißt eigentlich Frau Zakholy, aber weil sie wie ein Frosch aussieht, nenne ich sie »Baqqe«. Sie ist Tante Khalidas engste Vertraute und sicherste Quelle.

»Hallo, Hübsche, wie geht es dir?«

Ich antworte ihr, ohne sie anzuschauen, weil ihr neugieriger Mund mich verschlucken könnte.

»Wie geht es deiner armen Mutter?« Das Ehepaar wechselt Blicke, als wolle ihr Mann Baqqe sagen: *Lass das Mädchen in Ruhe, du weißt, wie es der Mutter geht, du bist beinahe jeden Tag in ihrer Wohnung.*

Und Baqqe antwortet ihm trotzig: *Ich bin doch nur höflich, unter Nachbarn ist das so, und man weiß ja nie, wie es dieser komischen Frau geht, so labil ist die, wer weiß, vielleicht hat sie sich ja über Nacht vom Balkon gestürzt.*

Dann wärst du aber die Erste, die davon erfährt, stichelt Herr Zakholy.

»Ihr geht es gut«, antworte ich.

»Und du gehst jetzt zur Uni, ja?«

Nein, zum Supermarkt, Kondome kaufen. Sie steigen aus und Baqqe hält mir die Tür auf, aber ich erkläre ihr, ich hätte oben etwas vergessen, worauf sie vielsagend schaut und schließlich die Aufzugtür zufallen lässt.

Ich eile in die Wohnung zurück, eile in Asijas Zimmer. »Komm, wir gehen zum Orthopäden.« Ich nehme ihre Tasche, kontrolliere, ob sie ihre Versichertenkarte dabeihat. »Komm schon, Asija.«

»Aber ich dachte, du musst –«

»Nee, ich kann auch später.« Ich reiche ihr ein Taschentuch.

Als wir draußen sind, sehe ich den mattweißen Volvo im Halteverbot parken, eine kantige Limousine, mehr ein Wrack aus den Achtzigern als ein Auto aus der Gegenwart. Vor einigen Wochen habe ich den Volvo zum ersten Mal an der Bushaltestelle bemerkt. Der Fahrer, ein Dicker um die dreißig, beobachtete mich verstohlen. Seine Haut ist bedeckt mit Haaren, dick wie Fliegenbeine, seine Körperbehaarung verrät sein Kurdensein. Jetzt ertappe ich ihn wieder beim Beobachten, und sofort suchen seine fleischigen Finger die Musikanlage, und er drückt fieberhaft auf Knöpfe. Laute Musik fängt an zu brummen, dass die ganze Straße guckt. Er schaltet das Radio wieder aus. Ich würde Asija gerne von ihm erzählen, fürchte aber ihre Reaktion. Während wir ihm näher kommen, startet er den Motor, setzt zurück, knallt beinahe gegen das Halteverbotsschild, und fährt mit quietschenden Reifen los. Wenn er nicht so furchtbar kurdisch aussehen würde, könnte ich ihm ein kopfschüttelndes Lächeln schenken.

Wir sitzen beim Orthopäden, denn Asijas Schultern schmerzen. Nach einer Weile flüstert sie, der Rücken fange auch manchmal an. Und dann: »Beim Gehen tun mir die Knie weh, oder wenn ich eine Treppe hochlaufe.«

Ich denke, alles tut weh und ist porös. Dann übersetze ich, weil Asijas Deutsch zum Einkaufen ausreicht, aber nicht für den Arzt.

Er empfiehlt Krankengymnastik. »Sie hat überhaupt keine Muskeln, ja, und wenn sie dann etwas Schweres trägt, dann geht das auf die Knochen, ja.« Jeden Satz beendet er mit einem Ja, um sich meine Zustimmung zu holen, ich nicke, ja. Zum Schluss meint er: »Wer rastet, der rostet.« Jaja.

Ich erzähle dem Doktor, wie das Meer eines Sturmtages einen Stein in Form einer gekrümmten Jungfrau ausspuckte. Die rote Krabbe, die am Strand Wache hielt, schleppte die Steinfrau in Sicherheit unter einen Felsvorsprung und verbrachte Wochen damit, diesen knochenweißen Stein zu beobachten, bis sie beschloss, die Frau aus ihrer Haltung zu befreien, weil ihr bestimmt die Beine schmerzten. Wer weiß, seit wie vielen Jahrhunderten sie schon so gekrümmt im tiefsten Grau des Meeres gelegen hat, dachte die Krabbe und fing am nächsten Morgen an zu schneiden und zu schleifen, bis ihr die Scheren schmerzten. Schließlich war die Frau gerettet, und so krabbelte die Krabbe um sie herum und führte mit ihr den Krabbentanz auf, jedenfalls träumte die Krabbe davon, denn die Frau war immer noch aus Stein und unbeweglich.

Wieso erzählen Sie mir das?, würde der Orthopäde fragen.

Wem soll ich es denn sonst erzählen?, würde ich antworten, wenn ich die Geschichte erzählt hätte.

Auf dem Marktplatz will Asija sich verabschieden.

»Ich geh noch einkaufen, geh du schnell in die Uni.«

»Nein, ich komme mit. Hast du den Arzt nicht gehört, du darfst kein schweres Zeug tragen.« Unterwegs erkläre ich Asija die Krankengymnastik.

Sie schüttelt den Kopf. »Jede Bewegung tut weh, und da soll ich mich noch mehr bewegen?« Ich erkläre ihr die Sache mit dem Rasten und Rosten, doch bevor ich zum Wesentlichen komme, werden wir unterbrochen. Meine Tante Khalida steht mit einer unbekannten Frau vor uns, die mich blöde anlächelt, als würden wir jeden Tag zusammen mindestens einen Chai trinken. Ihre Augenbrauen sind zusammengewachsen wie bei dem Dicken im Volvo. Sie begrüßen Asija, die zuerst erschrocken aufschaut und sich dann über den bekannten Anblick von Tante Khalida freut, bis ihr wieder einfällt, dass es Tante Khalida ist. Tante stellt die Frau als Dayka Idris vor, eine neue Nachbarin. Asija begrüßt sie wie alle anderen Nachbarinnen auch, mit dem kleinsten Lächeln der Welt.

»Ist das deine Tochter?«, fragt die fremde Frau, und Asija nickt.

»Wie hübsch sie ist. Ist sie verheiratet?«, fragt sie, und es klingt wie: »Was kostet das?«

Ich halte demonstrativ den russischen Roman vor meine Brust und schaue Asija an.

»Nein, sie studiert an der Universität. Sie studiert Jura.« Tante Khalida hebt eine Augenbraue, weil sie weiß, dass ich nicht Jura studiere, und gleichzeitig wundert sie sich über Asijas Fähigkeit zu lügen. *Das ist doch mein Metier,* würde sie gerne sagen. Die Fremde nickt anerkennend und glotzt weiter.

»Wir müssen in den Supermarkt«, sage ich, um mich von ihrem Blick zu lösen.

Wenn ich Asija sehe, dann denke ich an andere Frauen: Tante Khalida ohne Salzgeruch und mit Fleisch an den Hüften, auf denen Kleinkinder schläfrig geschaukelt werden könnten, während sie im Kochtopf rührt. An Jamila muss ich denken, die auf dem Balkon klatschnasse Jeanshosen an Wäscheständern aufhängt und sich über das Geländer lehnt, um das Treiben der Männer auf dem Marktplatz zu beobachten. An Karima denke ich, die beim Fensterputzen schaut, was die Jungen auf dem Weg von der Schule nach Hause anstellen. An Baqqe muss ich denken, die beim Rauchen auf dem Balkon sieht, wie das dürre Mädchen aus dem siebten Stock an der Bushaltestelle raucht, um dann zu Tante Khalida zu laufen. Das Mädchen raucht an der Bushaltestelle, weil Asija seine Mutter ist und weil Asija nur nachts auf den Balkon kommt, wenn alle Menschen schon zu Hause sind, nur noch ein paar libanesische Jugendliche an Ecken herumlungern, und sich dann fragt, wo die ganzen Menschen sind. Sie weint und geht um vier Uhr morgens ins Bett. Und die Frauen reden über Asija, wenn sie ihr Geheule hören. Wenn Tropfen an die Fenster klatschen und draußen gestöhnt wird, ist es nicht der Regen oder der Wind, dann ist es Asija. Und die Frauen reden, wenn sie im Supermarkt von ihr nicht gegrüßt werden. Asija bemerkt sie höchstens im Aufzug, wenn es unvermeidbar ist. Dann grüßt sie auch mal, lächelt dünnlippig.

Ich denke an diese Frauen, die reden, und ich sehe Asija, die ihren Kopf seit einer halben Stunde in die Tiefkühltruhe gesteckt hat und ihn nicht herausholen will. Es wäre nur halb so peinlich, wenn wir nicht in einem Supermarkt wären, wo die Mitarbeiter solch ein Verhalten merkwürdig finden. Sie kann sich einfach nicht zwischen Schokoladen- und Erdbeereis entscheiden, würde ich sagen, wenn Asija nicht meine Mutter, sondern irgendeine Verrückte im Supermarkt wäre. Die dickste Mitarbeiterin droht mit der Polizei. Und ich weiß keinen Ausweg mehr, weil in jedem Moment eine Jamila, eine Karima, eine Fatima auftauchen und uns ertappen könnte, und bis zum Abend wüsste das ganze Viertel Bescheid und schaute vom Marktplatz aus auf unseren Balkon. Deswegen frage ich Asija: »Wie war das eigentlich mit der Kugel in der Schulter?«

Sie hebt den Kopf, schaut mich an, wie keine Tochter auf der Welt angeschaut werden will.

Während des Ersten Golfkrieges schoss man auf meine Mutter.

Manchmal, wenn man mich fragt, wo ich herkomme, wo meine Wurzeln liegen – die Vorsichtigen fragen, wo meine Eltern herkommen –, dann sage ich: »Aus dem Irak.«

Und die nächste Frage ist dann, was ich über den Irakkrieg denke.

»Welchen?«, frage ich, um sie zu verwirren.

»2003.«

»Natürlich, man erinnert sich gar nicht mehr an die anderen«, sage ich, um Ahnung vorzutäuschen, und dann: »Während des Ersten Golfkrieges wurde meine Mutter angeschossen.« Ich lasse den Satz so stehen, und sie fragen nicht weiter.

Asija stellte sich schützend vor ihren kleinen Bruder, als der ältere, Onkel Abdul, der irre Abdul, ihn mit der Flinte erschießen wollte, weil sie sich um ein Stück Land, die Erbschaft der Großeltern, stritten. Die Kugel bohrte sich in Asijas rechte Schulter. Sie schluckte den Schrei, verlor aber das Bewusstsein. Man brachte sie nicht ins Krankenhaus, um den Nachbarn keinen unnötigen Gesprächsstoff zu liefern – wie Tante immer zu sagen pflegt: Lieber im Kanonenrohr als in fremden Mündern von Ohr zu Ohr.

Die Kugel blieb in Asijas Schulter, steckte in einem Knochen fest. Wenn sie drei Kilo Tomaten, einen Sonnenblumenölkanister oder ein Nachbarskind hob, schmerzte es; sie ließ sich nichts anmerken. Doch ab und an entfuhr ihr zwischen zusammengebissenen Zähnen ein gequältes Stöhnen. Ihre Familie quittierte es mit einem verlegenen Schweigen. Im Badezimmer begutachtete Asija jeden Freitag, am Badetag, die gut verheilte Wunde.

Mein Vater fragte sie in der zweiten Hochzeitsnacht, was es denn mit dieser Narbe auf sich habe, die ihre Schulter schmücke. Asija erzählte ein wenig stolz von der Kugel in ihrem Körper: »Die Narbe erinnert mich daran, dass selbst eine Kugel mich nicht einfach töten kann.«

Im Kopf meines Vaters fing es an zu rattern. Am nächsten Morgen hatte er bereits eine Entscheidung getroffen und den dazugehörigen Plan geschmiedet: Er wollte unbedingt nach

Europa, nach Europa, nach Europa, wo jeder hinwanderte, weil es dort anscheinend etwas gab, was auf den anderen Erdteilen nicht existierte. Die Kugel in Asijas Schulter war ihr Flugticket nach Europa.

Seine Entscheidung teilte er Asija eine Woche später mit, doch diese weigerte sich mitzugehen. Was sollten sie bei dieser Fremden namens Europa machen, ganz ohne Familie und Verwandte, ohne die Sprache zu kennen, ohne irgendetwas in der Hand?

Nasser brauchte sieben Jahre, um Asija von seinen Plänen zu überzeugen. »Wir lernen die Sprache, die Kleine geht zur Schule. Meinst du, wir sind die einzigen Kurden dort? Du wirst schnell ein paar Freunde finden, ich gehe arbeiten und verdiene viel Geld.«

»Das können wir doch auch hier«, antwortete Asija wahrscheinlich.

»Hier? Geld verdienen? Du verstehst doch überhaupt nicht meine Situation, ich gehe kaputt von dieser Arbeit hier. Schau dir meine Hände an; als wäre ich fünfundsiebzig. Willst du mir das antun? Willst du, dass ich bis an mein Lebensende schufte und doch arm bleibe, willst du einen Mann mit kaputtem Rücken?«

Überzeugt war Asija nicht, eher ermattet von seinem Gerede und erdrückt von seiner ansteckenden Traurigkeit, deswegen willigte sie ein, ihr Gold und das kleine Haus zu verkaufen, um sich ein Leben in Europa aufzubauen. In der Türkei erzählte mein Vater dem zuständigen Flüchtlingshilfswerk von der Kugel in der Schulter seiner Frau. Sie schwebe in Lebensgefahr, es sei unmöglich, in ein irakisches Krankenhaus zu gehen, weil man seit Langem auf der Suche nach ihm sei. Ihre Rettung bedeute seinen Tod, deswegen gebe er sich und seine Familie in

Europas Hände, werfe sich in ihren Schoß, er wisse sonst keinen Ausweg mehr.

Als sie der Behauptung mit der Kugel nachgingen, wurde Vaters Antrag auf Asyl sofort genehmigt, man wies uns Deutschland zu. Unser Anwalt empfahl Asija, schnellstens schwanger zu werden, um eine mögliche Abschiebung zu erschweren. Nachdem ihr die Kugel aus der Schulter operiert worden war, sah ich Asija das erste Mal weinen, und als wir ein Jahr später eine Aufenthaltsgenehmigung bekamen und Helin unterwegs war, lächelte sie dünnlippig.

Mit einer Hand halte ich Asijas Arm fest, um sie nach Hause zu bringen, mit der anderen mein Handy, um Adnan zu schreiben, dass ich ihn höchstens für eine Stunde sehen könnte, und das auch nur, wenn ich die Fähigkeit hätte, auf Wolken zu laufen. Von einer Wolke auf die andere springen, bis ich bei ihm wäre. Er schickt mir einen Smiley und schreibt: *Ich warte auf dich*. Der weiße Volvo fährt gemächlich an uns vorbei. Asija scheint ihn nicht zu bemerken, starrt geradeaus auf einen Punkt am Horizont. Die Erinnerung an die Kugel hat sie gelähmt, sodass ich sie widerstandslos aus dem Supermarkt führen konnte. Natürlich bemerkte ich die Blicke einiger kurdischer Frauen, ihr Wispern, ihr aufdringliches Mitleid mit mir. Warum fällt sie ihrer Tochter so zur Last, warum hört sie nicht einfach auf zu weinen, warum ist diese Frau so egoistisch, warum ernährt sie ihre Familie nicht?

Mein Handy vibriert in meiner Hosentasche. Dankbar greife ich nach der Ablenkung und lese die Nachricht von Omer: *Sanaa, Sanaa, Sanaahäubchen. Lange nicht gefickt, wann bist du mal wieder bei mir?* Hitze durchströmt meine Brust, ich lösche die

Nachricht, bevor ich das Handy wieder in die Tasche stecke. »Lange nicht gefickt« vibriert als Gedanke in meinem Schädel, und ich drehe mich zum Volvomann um, weil ich befürchte, er könnte den Gedanken lesen. Ich ziehe Asija am Arm, um sie nach links zu bewegen, obwohl unser Weg so unnötig lang wird.

Aber wir werden den Volvomann los. Ich begleite Asija in die Wohnung; Tante Khalida sitzt mit Baqqe im Wohnzimmer. Sie trinken Chai und rauchen Zigaretten. Seit dem Notruf damals hat sich Tante Khalida angewöhnt, uns jeden Nachmittag zu besuchen, und weil Asija keine gute Gesprächspartnerin ist, lädt sie Baqqe ein.

»Oh, ich dachte, du wärst in der Uni«, sagt Baqqe breit grinsend, und Rauch steigt aus ihren Nüstern. Baqqe darf zu Hause nicht rauchen, weil Herr Zakholy Hustenanfälle davon bekommt.

»Ich habe meine Mutter zum Orthopäden gebracht.«

Ich schicke Asija ins Schlafzimmer und verspreche, ihr ein Glas Wasser zu bringen.

»Oh!«, ruft Baqqe glubschäugig und fasst sich an den Kugelbauch, weil sie anfängt zu lachen. Das Wohnzimmer ist ganz vernebelt. Sie will unbedingt etwas sagen, schafft es aber nicht, weil sie von einem Lachanfall gequält wird. »Was … was … was hat sie denn?« Die gespielte Naivität in Baqqes Stimme veranlasst meine Tante, kräftig gegen den Schenkel zu schlagen.

»Dayka Yahya, hör auf, hör bitte auf, das ist zu komisch. Ich bekomme noch ganz schlimme Bauchschmerzen.«

Dayka Yahya, die »Mutter von Yahya«, ist Baqqe, die kinderlose Baqqe. Tante Khalida scheint Baqqe daran erinnern zu wollen, dass in ihrer Gebärmutter nie ein Kind gewohnt hat, dass es nie einen Yahya gegeben hat. Wahrscheinlich hatte Baqqe meiner Tante in einem vertrauensseligen Moment, in bekifftem Zustand, erzählt, sie hätte ihrem Sohn den Namen Yahya gegeben. Meine Tante muss ihr in diesem Moment in ihre Froschaugen, die vor Traurigkeit größer erschienen als sonst, geschaut und verkündet haben: »Für mich bist du Dayka Yahya!« Dieser Moment muss vor Jahren passiert sein, jetzt klingt »Dayka Yahya« nach einer Stichelei. Trotzdem glaubt Baqqe, es sei eine respektvolle Anrede.

»Hat sie – hat sie denn Kopfschmerzen?«, fragt Tante Khalida ganz unschuldig.

Baqqe prustet wieder los, dass ihr die Froschschenkel in die Höhe fliegen, sie kippt um, und Tante Khalida hilft ihr mit Mühe auf. Das Marihuana in ihrem Tabak verwandelt sie mal in hemmungslose Mädchen, mal in weise Dorfälteste, aber nie sind sie gehässige Kurdinnen, wie ich sie sonst kenne, und deswegen mische ich ihnen so viel Marihuana in den Tabak, wie ich in die Finger kriege.

Auf die Idee kam ich, als Kemal die achte oder neunte Klasse besuchte und zu kiffen anfing. Weder die scharfsichtige Tante Khalida noch mein Onkel Agid bemerkten die Veränderungen an ihrem Sohn – egal, wie gerötet die Augen waren, wie langsam und entspannt er umherschlenderte oder wie abwesend er lächelte. Helin und ich schauten uns grinsend an, wenn Kemal samstagmorgens leicht bekifft und breit grinsend in unserem Zimmer saß und von seinen Kifferfreunden erzählte, von Jalal und Mahmut, der von allen »Mammut« genannt wurde. Er erzählte, wie sie mal versucht hätten, das Haar eines Obdachlosen anzuzünden, und wie Mammut dabei fast den Hund von Jalal in Flammen gesetzt hätte und wie er von Jalal brutalst verprügelt und vom Hund gebissen worden sei. Kemal lachte, als hätte er nie etwas Witzigeres gehört, und wir lachten, weil er lachte. Es war dann nicht mehr so witzig, wenn

Kemal versuchte, uns beiden Marihuana zu verticken. »Okay, Kemal, du kannst jetzt abhauen«, sagte ich. Helin war damals zwölf, und ich war froh, sie unbekümmert und nicht mehr wegen Asija heulen zu sehen. Manchmal hätten wir Asija beinahe vergessen. Helin verbrachte die meiste Zeit bei Tante Khalida, weil sie mit Kemal abhing, weswegen Tante Khalida halb im Scherz meinte, sie würden auch später ein anständiges Paar abgeben. Kemal verstand nichts, Helin errötete, und Tante Khalida freute sich darüber, eine Sorge weniger zu haben. Zwei auf einen Streich sozusagen, sie hätte schon die Frau für ihren Sohn und bräuchte auch nichts mehr für ihre Nichte zu arrangieren.

Mich schaute Tante Khalida teils besorgt, teils hasserfüllt an und sagte: »Ich weiß nur nicht, was aus dir wird.«

Onkel Agid sagte: »Allah hat jedem ein Schicksal vorgesehen, ihr auch. Also lass sie in Ruhe.«

Tante Khalida nickte. »Natürlich. Gott ist groß, und ich bin nichts anderes als eine Dienerin Gottes, aber man muss trotzdem aufpassen, die eigenen Kinder keine dummen Fehler begehen zu lassen. Und Mädchen sind besonders anfällig für Dummheiten, weil sie so naiv sind.«

Ich wollte ihr sagen, dass ich nicht ihr Kind sei, und dachte an Asija und hasste Asija.

Aber ich möchte nicht daran denken, ich möchte nur zu Adnan. Und Adnan scheint der einzige Mensch zu sein, der dem Satz »Ich möchte« eine Bedeutung beimisst.

Ich reiche Asija das Wasser und verabschiede mich von ihr. Im Wohnzimmer sind die zwei Frauen still wie Steine in der Mittagshitze, rauchen und pusten Kringel in die Luft.

Beim Verlassen der Wohnung empfinde ich so etwas wie Erleichterung. Im Aufzug steht Kemal und knallt mir fast die Tür gegen das Gesicht. »Oh hey, Sanaa, ich wollte zu dir, muss unbedingt mit dir reden.«

»Ich habe absolut keine Zeit für dich, Kemal!« Ich drücke mich an ihm vorbei in den Aufzug.

»Aber es ist wichtig, ich muss es dir unbedingt erzählen.«

»Kann das nicht bis heute Abend warten?«

Er überlegt und lässt dabei die Aufzugstür nicht los.

»Fass es in einem Satz zusammen«, schlage ich ihm vor.

»Nee, das geht nicht.« Er kommt mit in den Aufzug.

Vor der Haustür treffen wir auf Mammut, der nicht mehr so viele Pickel wie früher hat. Mammut könnte mir auf die Brüste starren und von der Zeit in der neunten Klasse fantasieren, wenn ich nicht den Wälzer vor meiner Brust hielte. Ich lasse niemanden mehr an meine Brüste, den ich nicht dadran haben will. Mammut nickt mir zu, so als teilten wir ein schweres Geheimnis, das man nur durch Teilen erträgt. Aber ich reagiere nicht, verabschiede mich von Kemal, der mir noch hinterherruft: »Ich warte auf dich.« Und ich laufe zur Bushaltestelle, passiere dabei den mattweißen Volvo. Es wäre besser für diesen Kerl, mich ohne Auto zu stalken, dann könnte er wenigstens abnehmen. Ich beschleunige meinen Schritt, und der Volvo fährt an mir vorbei. Ich könnte Kemal, von dem Volvo erzählen, aber der würde es Tante Khalida weitersagen, die würde glauben, ich hätte einen Freund, und so belasse ich es dabei.

Ich warte auf den Bus, während Kemal gegenüber der Bushaltestelle, also vor unserer Haustür, mit Mammut auf mich wartet. Sie setzen sich rauchend auf die Fahrradständer, an denen nie ein Fahrrad angeschlossen wird. Man hätte besser zwei Sitzbänke dahinstellen sollen. Ab vierzehn fährt hier keiner mehr Fahrrad, weil Fahrräder was für Kinder sind. Und selbst die Kinder sind nicht so dumm, ihre Fahrräder vor dem Hochhaus abzuschließen; sie nehmen sie mit in den Aufzug, mit in die Wohnung, wo sie überall Reifenspuren hinterlassen, wenn sie sie auf den Balkon schieben und ihre Mütter sie dabei anschreien.

Kemal und Mammut sitzen jedenfalls auf diesen nutzlosen Fahrradständern und rauchen – diesmal kein Marihuana. Kemal hat aufgehört, als er Jalals Verfall miterlebte. Jalal ist allen im Viertel nur noch unter dem Namen »Jelly« bekannt. Wenn man nicht »Jelly« sagt, weiß niemand, wer gemeint ist. Jelly belästigt die Leute damit, ihm doch mal eine Kippe zu geben, und wenn sie keine haben, dann halt ein, zwei Euro.

»Aber wieso ›Jelly‹?«, fragte ich Kemal einmal.

»Weil's zu ihm passt, weil die Leute das jetzt sagen können. Der Hund ist tot, Jelly kriegt nicht mal mehr eine Hand zur Faust. Das ist nicht mehr Jalal. Der heißt jetzt Jelly.«

Wenn ich an Jelly denke, muss ich mich schütteln und bin froh, nur nikotinabhängig zu sein. Und irgendwann höre ich auch damit auf. Aber jetzt zünde ich mir eine Zigarette an, während ich auf den Bus warte und hoch zur neunten Etage starre, wo Tante Khalida wohnt, an dem höchsten Punkt wie der Geier im Horst.

Ich schaue auf das Hochhaus, das mit dreihundertachtundsechzig Augen zurückschaut. Die Anzahl der Augen entspricht nur zu einem Drittel der Wahrheit, trotzdem halte ich den Blicken stand, ziehe genüsslich an meiner Zigarette und erforsche das Hochhaus wie ein Wimmelbild: Auf den Balkonen hängt regungslos verwaschene Kleidung an den Wäscheständern, weil selbst der Wind das Viertel nicht besucht. Auf wenigen Balkonen stehen Blumentöpfe ohne richtige Blumen, nur mit Löwenzahn, der aus Versehen dort blüht. Neben den Blumentöpfen haben einige Bewohner die Winterreifen aufeinandergestapelt, zum Beispiel Familie Hussein auf der sechsten Etage. Ihr vierjähriger Sohn, dessen Namen ich nicht kenne, der aber wahrscheinlich auch Hussein heißt, klettert auf die vier Räder, um über das Geländer gelehnt seine Freunde und Brüder zu rufen. Jedes Mal denke ich: Heute ist es so weit, heute fliegt der kleine Hussein, heute landet er am Eingang, heute zermatscht er vor Kemals und Mammuts Füßen wie eine weiche Tomate, aber Hussein senior und Frau Hussein erwischen den Kleinen jedes Mal rechtzeitig, zerren ihn runter und ohrfeigen ihn, damit er nie wieder auf die Winterreifen klettert. Dass Kleinhussein am nächsten Morgen wieder die Winterreifen besteigt, ist so wahrscheinlich wie der Regen im April.

Ich schaue ein Stück höher, wo Tante Khalida wohnt, schaue auf die Rumpelkammer, die mal ein Balkon war. Da lagern weiße Plastikstühle für den Fall, dass sich dreißig Gäste auf einmal ankündigen, diverse Besenstiele stehen in einer Ecke mit einem traurigen Wischmopp in ihrer Mitte. Zwei Riesenantennen versperren die Sicht auf die Fenster. Das Hochhaus ist vollgestopft, da ist nicht einmal Platz für einen Liter Sonnenschein. Ich stelle mir vor, wie das Haus sich alle zehn Jahre einmal kräftig schüttelt, um die gehortete Last seiner Bewohner abzuwerfen und einen Schritt vorwärts zu machen. Aber seit zwei Jahrzehnten hat das Hochhaus verschlafen, sich zu entrümpeln.

Vielleicht ist es auch tot.

Nur unsere Wohnung klafft wie ein Loch im Haus. Dort könnte eine Familie einziehen, dort hätte die ganze Sonne Platz.

Tante Khalida betritt den Balkon mit einer Pfanne in der Hand. Sie setzt die heiße Pfanne an einen freien Platz und schaut sich im Viertel um. Nach ein paar Sekunden bleiben ihre Augen an mir und der Zigarette in meinem Mund hängen. Tante Khalida streckt ihren Hals wie ein Geier, der nach einem Kadaver Ausschau hält. Immer wenn sie mich an der Haltestelle entdeckt, richtet sie den Blick lange auf mich, als würde ich genau vor dem Haus etwas Unerhörtes anstellen, zum Beispiel zu einem Jungen ins Auto steigen. Ob sie mich bekifft überhaupt erkennt, weiß ich nicht. Sie gähnt ausgiebig und torkelt wieder rein. Früher konnte ich an der Haltestelle nicht rauchen, weil ich genau wusste, dass irgendeine Hochhausfrau aus dem Fenster guckte, um Tante bei Fehlverhalten sofort Bericht zu erstatten.

Letztes Jahr habe ich zum ersten Mal in der Öffentlichkeit geraucht. Der Bus hatte mal wieder Verspätung, und ich ärgerte mich über unser Hochhaus und das ganze Scheißviertel. Außerdem war ich sauer auf Asija, die im Krankenhaus lag, weil sie zusammengebrochen war, direkt auf dem Balkon, für eine unbestimmte Zeit der Kälte ausgesetzt.

Die Ärzte stellten fest, sie sei untereremährt.

Sie sagte beinahe lächelnd, sie habe vergessen zu essen. Mein Vater schlug sich mehrfach mit der flachen Hand gegen die Stirn. »Wie kann man vergessen zu essen?«

Jeder schüttelte den Kopf, der das hörte. Ich wollte auch den Kopf schütteln und an ihr rütteln und brüllen: »Frau, pass doch auf, sonst stirbst du noch, und was dann?«

Aber ich durfte nicht auch noch auf sie eindreschen.

Dank Baqqe wusste bald jeder im Viertel über Asijas Situation Bescheid. Deswegen brachte jeden Tag eine andere Nachbarin aus dem Hochhaus etwas zu essen. Als hätten sie sich abgesprochen und als könnte eine Familie von einem Teller satt werden, wurde immer nur eine Portion geschickt. Vielleicht wollten sie Asija auch nur daran erinnern, wie eine kurdische Frau ihre Familie zu ernähren hat, mit Dolma, Kutilk, Sheikh Mahshi, Biryani, Kade, Maqluba. Jedenfalls sammelten sich so viele Teller auf der Spüle an, dass ein Hochhaus aus Geschirr bei uns in der Küche entstand. Ich spülte die Teller ab und stapelte sie aufeinander, bemerkte, wie zittrig der Turm aus Glas und Keramik war, weil jeder Teller eine andere Größe und Form hatte: Manche waren an den Rändern gewellt, andere waren platt, manche waren tief und rund, andere eckig oder oval.

Ich schaute mir diese verschiedenartigen Teller an, die von der Verschiedenartigkeit jeder Familie innerhalb eines einzigen Hauses zeugten, doch Tante Khalida riss mich aus meinen Gedanken, nahm den Keramikturm von der Ablage und belehrte mich über Nachbarschaft: »Siehst du, wie wichtig Nachbarn sind? Ohne Nachbarn ist der Mensch wie ein Tier.« Als wollte sie sagen: *Deine Mutter und du, ihr kennt hier keinen Menschen.* Sie versprach mir, die Teller mit selbstgebackenen Leckereien an die Nachbarinnen zurückzugeben, weil Asija dazu nicht in der Lage wäre.

Das war der Grund, warum es mir plötzlich egal war, beim Rauchen erwischt zu werden: Ich zündete eine Zigarette an und wartete auf Tante Khalida, die von ihrem Horst abheben, zu mir hinabgleiten, mich mit ihren Krallen packen und davonfliegen würde wie ein prähistorischer Greifvogel.

Baqqe hatte mich damals beobachtet und fuhr aufgeregt mit dem Aufzug zu meiner Tante hoch, berichtete ihr zwischen vielem Schmatzen und Lippenbefeuchten, was das dürre Mädchen von der siebten Etage an der Bushaltestelle, vor aller Augen, verbrochen hatte.

Am Abend saß Tante Khalida bei uns und drohte mir damit, meine Ungezogenheiten meinen Cousins und Nasser zu melden, damit ich mich schämte. Aber meine Cousins rauchten selbst. Tantes Bestrafung scheiterte daran, dass sie alle mit den Achseln zuckten, als würden sie denken: Wenn die Mutter vergisst zu essen, dann ist es okay, dass die Tochter raucht.

Nur meine Schwester war ehrlich bestürzt. »Du rauchst?« Ich rauchte sogar in unserem Zimmer, aber das bemerkte sie nicht, weil ich die Stummel unter einem Kaktus versteckte. Mit dem Nagelknipser hatte ich an dem Kaktus zwei Stellen für meine Finger freigeschnitten, damit ich die Pflanze schnell hochheben und die Zigarette darunter verstauen konnte, wenn es plötzlich an der Tür klopfen sollte.

»Ab und zu, nicht oft.«

Ich nahm mir vor, niemals vor Helin zu rauchen. Irgendwann entdeckte ich mehr Stummel im Kaktustopf, als ich Zigaretten geraucht hatte, und sah an manchen verräterischen Lipgloss kleben. Sie hatte also ebenfalls mit dem Rauchen angefangen. Ich tat so, als würde ich nichts bemerken, in der Hoffnung, sie würde unter dem Druck der Heimlichtuerei irgendwann aufgeben. Asija schien von dem Theater nichts mitzubekommen, als würde eine Nebelwolke sie daran hindern, uns zu sehen.

Neben dem Bus fährt jetzt der mattweiße Volvo. Er folgt mir zum Hauptbahnhof. Ich überlege, früher auszusteigen und den Fahrer zur Rede zu stellen. Aber vermutlich würde er davonfahren. Am Hauptbahnhof angekommen, blicke ich nach dem Volvomann. Er parkt im sicheren Abstand von hundert Metern. Wenn ich zu ihm gehe, verpasse ich meinen Zug und werde Adnan nicht sehen können, also sprinte ich in die entgegengesetzte Richtung, durchquere die Bahnhofshalle und dränge dabei die Leute zur Seite, die mir blödes Zeug hinterherrufen und mir vielleicht auch den Vogel zeigen, weiß ich nicht, ich drehe mich ja nicht um. Es ist mir egal, sollen sie halt nicht in den Gängen oder auf Treppen stehen bleiben, wenn sie genau wissen, am Hauptbahnhof wollen Menschen ihren Zug erwischen oder ihren Geliebten.

Den Zug bekomme ich nur deshalb, weil er Verspätung hat. Auf halber Strecke meldet der Zugführer, er könne für einige Zeit nicht weiterfahren, weil der Fernverkehr Vorfahrt habe. Ich schreibe Adnan. Er schickt mir einen traurigen Smiley.

Ich weiß, schreibe ich ihm. *Aber kannst du bitte kurz auf mich warten? Ich hol mir meinen Kuss ab.* Smiley.

Ich erwische Adnan noch, er umschließt mich mit seinen Armen und ich klammere mich an ihn, streichle ihm über den Rücken, spüre die Muskeln unter dem T-Shirt. Er greift nach meinem Kinn und schiebt seine Zunge in meinen Mund. Sie ist noch warm vom Pfefferminztee, ich würde mich gerne in sie einrollen, drin schlummern und davon träumen, wie sie in mich eindringt. Er schaut mich an, und ich verspüre den Drang, ihm zu sagen: Du bist wunderschön.

Ich will diesen Augenblick mit einem Gedicht, einer Geschichte oder einem Foto einfangen, nach seinen Augen greifen, seine Wimpern an meiner Wange spüren, seinen Atem einatmen, ich will mich in ihm drehen, in ihm wenden, mich in seine Haut hüllen, mich von seiner Leber ernähren.

»Ich muss los«, sagt er.

»Kannst du nicht noch fünf Minuten hierbleiben?«

»Ich bin schon spät dran.« Dann: »Wartest du auf mich?«

»Bleib doch. Nur fünf Minuten?« Ich quengle wie ein Blag.

»Kann ich nicht. Wartest du auf mich?«, fragt er wieder.

Ich schüttele den Kopf. »Nein, kann ich auch nicht.« Jetzt glaubt er, da würde wieder das Blag aus mir sprechen, aber ich kann wirklich nicht: Ich kann nicht irgendwo warten, bis jemand kommt, auch wenn es Adnan ist, ich kann nicht stehen bleiben, ich kann mich nicht aus dem Fenster lehnen und gucken, was die Leute machen, während ich nichts mache, ich kann nicht im Bett liegen, obwohl ich nicht schlafe.

»Schade«, sagt er und streichelt mir das Haar.

Er packt seine Tasche und verschwindet mit einem letzten Kuss.

Omer begrüßt mich mit einem Zungenkuss, dann hebt er mich auf seine Schulter, schlägt mir auf den Hintern und erntet einen überraschten Schrei, was ihn freut.

»Wo warst du die ganze Zeit?«

»Bei meinem Lover.«

»Warum bist du mit dem Loser zusammen?«

»›Lover‹ habe ich gesagt.«

»›Loser‹ habe ich gehört.«

»Lass mich runter, dann erkläre ich es dir.«

»Ich will's gar nicht erklärt bekommen.«

»Dann halt's Maul.«

Er setzt mich ab und nimmt mein Gesicht in seine Riesenhände. »Was hast du gesagt?« Er kann nicht länger als fünf Sekunden böse gucken, täuscht einen Kuss vor und beißt mir in die Unterlippe.

»Ich bin gar nicht mit ihm zusammen.« Ich ziehe ihn ins Schlafzimmer.

»Warum bist du dann jeden Tag bei ihm?« Omer hätte nie von Adnan erfahren, wenn er uns nicht zufällig in der Mensa gesehen hätte. Außerhalb des Schlafzimmers lasse ich mich mit Omer nicht blicken.

»Weil *ein* Mann mich nicht zufriedenstellen kann«, sage ich schließlich und gucke ihn erwartungsvoll an.

Er weiß nichts darauf zu antworten. Dann lacht er einfach,

schmeißt mich aufs Bett und öffnet seinen Reißverschluss. Mit Omer gibt es selten ein Vorspiel. Einmal war ich nicht feucht genug, da spuckte er sich auf die Finger und wollte mich damit einreiben, wie Asija es mit meinen Händen und wie Nasser es mit meiner Wade getan hatte. Ich sagte ihm, er soll gefälligst Gleitgel kaufen und mich nicht mit seiner Spucke reiben.

»Das ist doch viel geiler«, meinte er.

»Nein.«

Seitdem liegt eine kleine Tube Gleitgel in der Schublade seines Nachttischs. Aber das haben wir nie mehr gebraucht, denn Omers Wohnung ist ein schwarzes Loch für Gedanken.

Er setzt sich aufs Bett und greift nach mir; ich lasse ihn führen, ich soll mich auf seinen Schoß setzen, die Beine um ihn geklammert, damit er meinen Arsch begrabschen und an meinen Brüsten knabbern kann. »Die Jeans ist eng.«

»Lass sie an.«

Er knöpft meine Jeans auf und fährt mit seiner Hand über meinen Slip. Mit der anderen Hand knetet er meinen Hintern, wandert meinen Rücken entlang, massiert mir den Nacken, zieht meinen Kopf ganz nah zu sich.

»Schön warm da unten«, flüstert er mir ins Ohr. Seine Finger drücken fester gegen meine Muschi, aber ich spüre die raue Haut seiner Finger nicht, weil der Slip dazwischen ist, und er wird das noch für eine Weile so belassen, bis ich ihn anbettele, mich zu ficken. Das geilt ihn besonders auf, als würde ich ihn fragen, ob er mich bitte, bitte zum Essen ausführen und für mich bezahlen und mir die Tür aufhalten kann, weil ich das allein nicht schaffe, und ob er mich dann in seinen Schrank einsperren und mich so oft er will, rausholen kann, meinen Arsch kneten, meinen Arsch schlagen, meinen Arsch ficken kann, bis er kommt und auf mich spritzt, dass ihm der Kopf explodiert.

Ja, bitte, Omer, kannst du das für mich machen? Nur einmal auf meinen ganzen Rücken spritzen, dass mir dein Sperma beim Aufstehen in die Arschritze fließt, denn ich brauche das ganz dringend.

Ich nehme seine massige Hand und stopfe sie mir in den Slip und leite sie für die ersten Sekunden, kralle mich an seinen Schultern fest, damit er nicht aufhört.

»Du bist ja richtig nass«, sagt er stolz grinsend. Noch hat er seine roten Finger nicht gesehen.

»Bläst du mir einen?«, haucht er mir ins Ohr, als wirkte die Frage dadurch weniger jämmerlich.

»Nein.«

Fast hätte ich noch hinzugefügt, dass ich nur Adnan den Schwanz lutsche, nur Adnan. Aber ich beherrsche mich. Er stößt ein letztes Mal mit Zeige- und Mittelfinger in meine Muschi und holt sie raus, um mein Top auszuziehen. Erst jetzt bemerkt er die blutigen Finger, die im Tageslicht wie der Panzer einer Krabbe am Chabur rot glänzen, zwischen all den schwarzen Steinen.

Omer starrt auf seine Finger, unschlüssig, was er davon hält. Ich stehe auf, reiße mir die Jeans runter, ziehe mein Shirt aus, schmeiße den BH irgendwohin und verlange von Omer, sich auszuziehen. Omer ist überall behaart, es ist keine normale Männerbehaarung, richtig affig sieht es aus, er würde zu King Kong mutieren, wenn er nicht die Körperbehaarung trimmen und die Schamhaare gleich mit rasieren würde. Das ist gut, ich stehe nicht auf Schamhaare.

Wäre Omer kein Araber, dann wäre er Kurde; mit so viel Körperbehaarung kann man nur als Kurde auf die Welt kommen, würde ich ihm gerne sagen, wenn er nicht schon eingeschlafen wäre und mir den Rücken zugewandt hätte. Mit vorsichtigen Fingern befühle ich die Stoppeln an seiner Schulter.

Mein Vater scheint die Ausnahme zu sein. Wenn er seine Klamotten in der irakischen Mittagshitze auszog, um die kühle Umarmung des Chaburs zu genießen, schaute ich auf diese Maronenhaut, die in der Sonne geröstet wurde, ohne je zu verbrennen. Sein Körper war geschmeidig und sehnig, und obwohl er schlank war, wusste ich, wie stark mein Vater sein konnte. Am Oberarm prangte ein amateurhaft gestochenes Tattoo mit einem Herz und zwei Buchstaben: N und A. Ich fragte ihn nach der Bedeutung. »Für Nasser und Asija«, sagte er. Manchmal, wenn er mit ihr im Streit lag, dann war es »Für Nasser und Ali«, seinen besten Kumpel, der auch nach Europa ausgewandert war. Manchmal auch »Für Nasser und *azadî*«. Nasser und Freiheit.

»Was ist Freiheit?«

»Freiheit ist, wenn wir jetzt schwimmen gehen und schwimmen und schwimmen und nie wieder zurückkehren«, sagte er, hob mich hoch und rannte Richtung Fluss. Asija, Ali, *azadî*.

Ich schrie vor Freude und wusste, er würde mich nicht fallen lassen, nicht einmal im Spaß. Meine Onkel hoben mich auch immer so hoch. Bei ihnen fürchtete ich, auf dem Asphalt zu landen und mir den Schädel zu zertrümmern. Ich schrie, was ihnen noch mehr Freude bereitete, und sie täuschten vor, mich fallen zu lassen. Je lauter ich schrie, desto lauter lachten sie. Asija befreite mich aus ihren Griffen. Uda beschimpfte sie und nahm mich aus Asijas Umarmung, drückte mich an sich, in ihr weiches Fleisch, drückte so fest, dass ich manchmal glaubte, von der Weichheit ihres Körpers verschluckt zu werden.

Wenn Nasser nicht mit zum Chabur kam, weil die Mittagshitze an unseren Haaren sengte und er lieber neben Asija vor dem Ventilator schlief, schlich ich mich zu Roush, dem armenischen Nachbarsmädchen, das viel älter als ich war und von keinem der anderen Nachbarsmädchen gemocht wurde, weil es angeblich die Zunge einer Schlange hatte und zwischen den Beinen stank. Roush war stark behaart, deswegen wachste sie ihre Beine mit einer Paste aus Zitronensäure, Zucker und Wasser.

»Wenn du irgendwann Haare an deiner kleinen Muschi hast, können wir sie auch wachsen.«

»Ich habe keine Haare da.«

»Du wirst sie aber irgendwann bekommen«, erzählte sie mir, während wir zum Fluss liefen. Roush kannte eine Abkürzung zum Fluss, über Felder, Plantagen und unbebaute Äcker, die ausgetrockneten Disteln zerrten an unseren Röcken und kratzten unsere Waden. Das braune Gras piekste zwischen meinen Zehen und brach unter den Füßen wie verbrannter Zucker. Beige getarnte Grashüpfer verirrten sich unter die Röcke und kitzelten an unseren Beinen. Roush schnappte nach ihren flinken Körpern und drehte ihnen die Köpfe ab, um sie an Vögel zu verfüttern.

»Irgendwann wirst du da unten einen ganzen Busch haben«, sagte Roush lachend. Ich trat ihr gegen das Bein, und sie schrie mich an: »Sanaa, du Dummkopf. Das ist halt so.«

»Du hast bestimmt da unten einen Busch«, sagte ich trotzig, dachte, ich hätte sie übel beleidigt.

Sie grinste nur und fragte mich, ob ich ihn sehen wolle.

»Nein!«

Sobald ich aus dem Bus steige, schaue ich zu unserem Balkon. Wenn die Sonne schon untergegangen ist, steht Asija da, und wenn es noch hell ist, liegt sie im Bett. Jetzt steht sie aber nicht da, vielleicht sitzt sie in der Küche und weint im Dunkeln; das Licht in meinem Zimmer ist an. An der Ampel fährt der mattweiße Volvo auffällig langsam und geräuschlos an mir vorbei, als würde der Motor nicht mit Benzin, sondern mit bloßer Gedankenkraft angetrieben. Seine stechend schwarzen Augen, die von Onkel Abdul, dem irren Abdul, ausgeliehen zu sein scheinen, haben mich nicht gesehen.

Vor der Haustür entdecke ich Kemal und Mammut, die immer noch auf den Fahrradständern sitzen.

»Hast du die ganze Zeit hier gewartet?«, frage ich und schaue verstört auf meine Uhr.

»Ja«, sagt Kemal und verabschiedet sich von Mammut. Mammut schaut uns nach, bis wir im Aufzug sind.

Ich lache kopfschüttelnd über Kemal und Mammut, die es geschafft haben, den halben Tag sitzend auf den Fahrradständern zu verbringen. Ich frage ihn, ob er denn nichts Besseres zu tun habe. Die Frage versteht er als Angriff auf seine Art zu leben.

»Was machst du den ganzen Tag? Du sitzt doch auch nur rum und hörst irgendwelchen Spasten zu und fühlst dich dabei schlau.«

»Ein bisschen schon«, necke ich ihn.

Kemal schaut in den dunklen Aufzugsspiegel, streicht immer wieder über seinen Stoppelbart, auf den er stolz ist. Im Gegensatz zu den Bärten anderer junger Männer wächst seiner besonders gleichmäßig, da gibt es keine Lücken, was Kemal jedes Mal zu einem Lächeln hinreißt. Kemal ist in Ordnung, obwohl er Tante Khalidas Sohn ist.

»Ach herrje, Kemal, ist gut jetzt. Willst du mir nicht langsam erzählen, was los ist?«

»Nicht hier. Erst in der Wohnung.« In der Wohnung hat meine Schwester arabische Popmusik laut aufgedreht. Ich vermute Asija in ihrem Zimmer, Nasser ist nicht da, Tante Khalida ist mit Baqqe auch frühzeitig verschwunden. Die Reste ihrer Zigaretten füllen die Aschenbecher bis zu den Rändern. Der Geruch kreist in der Wohnung, bis er sich unbemerkt auf Möbeln und Menschen absetzen kann.

»Kifft deine Mutter?«, fragt Kemal und fächelt mit der Hand vor der gekräuselten Nase. Ich reiße das Küchenfenster auf und laufe dem Geruch davon in Asijas Zimmer. Sie hat ihren Kopf in ein weiches Kissen gebettet, um die Musik nicht zu hören, die Arme hält sie verkrampft um das Kissen.

»Verdammte Scheiße«, sagt Kemal.

Ich stoße ihn in die Seite. Ich gehe ein Zimmer weiter, reiße die Tür auf und entdecke Helin, wie sie bauchfrei vor dem Spiegel tanzt. Sie hat das Shirt hochgekrempelt und es in die Seiten ihres BHs gesteckt. Ein Hochhaus voller Narzissten.

Kemal lacht sie aus. »Was machst du denn da?«

»Oh Mann, das Kamel ist wieder da.« Sie zieht das Shirt runter, bedeckt ihren länglichen Nabel.

»Dabei hast du den Höcker auf der Nase.«

»Ein Höcker mehr, als du Eier hast.«

»Man kann deinen Bauchspeck sehen.«

»Es reicht jetzt!« Wenn ich nicht dazwischengehe, hacken die sich blutig.

»Der kommt nicht in mein Zimmer. Verpiss dich, Kamel.«

Ich schalte die Musik aus. »Asija braucht Ruhe, kannst du nicht wie alle anderen mit deinem Handy Musik hören?«

Ich begleite Kemal wieder ins Wohnzimmer. »Was ist nur los mit euch beiden? Ihr habt euch früher so gut verstanden.«

Er lächelt müde.

Ich bringe die Aschenbecher in die Küche, sehe auf dem Herd zwei leere Töpfe stehen, drehe den Wasserhahn auf, bis das lauwarme Wasser abgeflossen ist, fülle ein Glas halb voll und bringe es Asija.

»Die Musik ist jetzt aus.«

Sie lässt vorsichtig das Kissen los.

»Hast du heute schon was gegessen?«, frage ich sie und halte ihr das Glas hin. Sie nimmt es dankbar an und gibt einen Laut von sich, der ein Ja bedeuten soll.

»Was denn?«

»Reis und Kartoffelsuppe.«

»Die Töpfe sind leer.«

»Hab sie schon gespült.«

»Für uns nichts übrig gelassen.«

»Dein Vater und Helin haben schon gegessen. Ich dachte, du hättest draußen was gegessen.«

»Das ist richtig.«

Meinen Vorschlag, Kemal und mir Gesellschaft zu leisten, ignoriert sie, weil die leere Wand ihre Gedanken beschäftigt. Ich widerstehe dem Impuls, es ihr gleichzutun, und will eigentlich raus aus dem Zimmer, warte dann aber doch auf eine Reaktion, als wäre da irgendwo in mir noch Hoffnung auf ein normales Gespräch zwischen mir und Asija, mit einem Anfang und einem Ende und einem langen, langen, ach, unendlichen Mittelteil. Ein normales Gespräch, in dem ich ihr erzähle, dass mich so ein Kerl seit einigen Tagen verfolgt und ich von großmütterlichen Brüsten träume, zwischen die ich meinen Kopf bette, wie sie es mit dem Kissen gemacht hat, zwischen die Großmutterbrüste, wo es hallt wie unter Wasser, wo Fische an der Haut knabbern und kitzeln und Krabben auf meinem Bauch tanzen. Und Asija lacht und sagt: *Witzig, dass du das sagst, ich habe mir letztens vorgestellt, wie wir mitten in der Wüste auf Riesenkrabben reiten, eine große Karawane von Krabben, und du bist allen vorausgeritten. Da waren auch dein Vater und Kemal und Mammut; Tante Khalida und Baqqe haben sich eine Krabbe geteilt und auf ihrem Rü-*

cken Chai getrunken, Herr Zakholy saß einsam im Schneidersitz auf seiner Krabbe und schaute in den Himmel, und Helin lag auf ihrer Riesenkrabbe und streckte die nackten Brüste der Sonne entgegen, als läge sie am Strand.

Wir würden dasitzen und uns überlegen, wer noch auf einer Krabbe reiten könnte, vielleicht Onkel Agid noch. Ob er auf dem Rücken so eines Riesentieres Platz für seine Videokassetten hätte? Darüber müsste man sich noch verständigen.

Ich warte und bekomme keine Reaktion, drehe mich um und verlasse Asijas Zimmer. Kemal sitzt da, wo seine Mutter immer sitzt, und zündet sich eine Zigarette an.

»Ihr braucht ein neues Sofa.«

»Erzähl mir jetzt von der Sache.«

Er hält den Zeigefinger an die Lippen. »Leise!«

»Wieso?«

»Niemand darf es hören«, flüstert er. »Besonders nicht deine Mutter.«

Ich setze mich zu ihm, dorthin, wo Baqqe sonst sitzt.

»Gestern Abend war ich mit ein paar Kumpels beim Pakistaner. Ich hab da deinen Vater gesehen.«

Er wartet, als sei dies schon eine Reaktion wert.

»Ja, und?«

»Er war mit einer Frau.« Kemal rückt näher, bis es unangenehm wird, spricht noch leiser, haucht mir die Worte warm ins Gesicht. »Ich war mit Freunden da, er hat uns gesehen, aber das war ihm scheißegal.«

»Was für eine Frau?«

»Eine Nutte.«

»Was heißt hier ›Nutte‹?«

»Pssst. Leise. Das war keine normale Frau, Sanaa, sie war eine Prostituierte.«

»Mein Vater geht doch nicht mit einer Prostituierten aus.«

»Sie sah richtig billig aus. Fett geschminkt, nuttige Kleider, eine Nutte eben.«

»Ist okay. Hast du's deiner Mutter erzählt?«

»Denkst du, ich renne zu meiner Mutter, wenn ich ihren Bruder mit einer Nutte sehe?«

»Und was haben sie gemacht?«

»Gegessen, was sonst?«

»Und dann?«

»Das Restaurant verlassen.«

»Hand in Hand?«, frage ich und weiß doch, dass mein Vater nicht angerührt werden möchte. Heute hat er noch wegen ein paar Haaren im Abflusssieb geschimpft, das sei ekelhaft. Nutten wohl nicht.

»Hand in Hand? Das sind doch keine Blagen.«

»Eine Nutte. Ich glaub's nicht.«

Ich stelle mir vor, wie er mit einer fremden Frau, mit einer Prostituierten, in einem billigen Restaurant sitzt. Er hat sie dafür bezahlt, dass sie mit ihm isst.

Nach einer Weile sagt Kemal: »Vielleicht war's auch keine Nutte.«

»Was jetzt?«

»Ich glaube, sie war eine Türkin, aber eine dieser billigen, verstehst du?«

»Nein. War das jetzt eine Nutte oder nicht?«

»Sie sah so aus, halb nackt. Alle Männer haben geguckt.«

»Du gehst mir gerade total auf den Sack.«

»Was willst du von mir hören?«

Ich sage ihm, er solle gehen.

»Warte, kannst du mir noch etwas Geld leihen?«

»Wofür denn?«

»Ach, weißt du, Irak spielt gegen Pakistan, Asia Cup, Sanaa, ich bin hundertpro sicher, dass wir die Pakis in ihre Dörfer jagen, so scheiße spielen die.«

»Fußballwetten?«

»Ja.«

»Wie viel willst du?«

»Fünfundzwanzig.«

»Das ist aber teuer.«

»Ja, aber du bekommst dein Geld zurück.«

»Kannst es behalten.« Ich greife nach meiner Tasche und gebe ihm zwanzig Euro, weil ich nicht mehr habe.

»Erzähl's nicht deiner lieben Tante, ja, Sanaa?«

»Sehr witzig.«

Ich erzähle ihr nicht mal von Kemals Besuchen, weil sie es nicht mag, wenn er mich besucht. Sie denkt, wir fassen uns an; jedenfalls sagt sie immer ein bestimmtes Sprichwort: Sind Mann und Frau allein im Raum, steigt die Schlange herab vom Baum. Kemal und Helin ließ sie früher aber schon allein zusammen.

»Was wollte dieses dumme Kamel?«, fragt Helin, als ich ins Zimmer komme.

Ich will wissen, warum sie schon wieder wütend sei, ob sie sich nicht mal abreagieren könne. Sie zeigt genervt auf die Narbe an ihrer Wange. Kemal hat ihr einen Zirkel in die Wange gebohrt. Genau da, wo ein Grübchen sein könnte. Nun sieht es aus, als würde dort ein Würmchen eingerollt seinen Winterschlaf halten. Aber wenn sie lächelt, dann vergräbt sich das Würmchen tief in die Wange und es entsteht ein Grübchen.

»Kannst du das nicht vergessen?«

»Ja, wenn die Narbe eines Tages nicht mehr da ist.«

»Das sieht gar nicht schlimm aus. Die meisten Leute denken, das ist ein Grübchen.«

»Ja, Leute mit grauem Star vielleicht.«

»Aber ihr habt euch früher so gut verstanden.«

»Hat aufgehört, als er mein Gesicht durchbohrt hat.«

Meine Tante erzählte früher künstlich lächelnd, Kemal und Helin seien am selben Tag geboren worden, weil sie füreinander bestimmt seien. Kemal korrigierte sie immer, dass sie gar nicht am selben Tag Geburtstag hätten, sich nicht einmal das Geburtsjahr teilten. Aber sie wiederholte es, um alle an diesen Gedanken zu gewöhnen. Irgendwann fiel es auf, wenn Kemal ohne Helin war und Helin ohne Kemal, und man fragte sie zwangsläufig, wo der andere sei. Bis zu dem Tag, als er ihr den Zirkel in die Wange bohrte, gehörten sie in unseren Köpfen zusammen. Keiner von beiden hat seither darüber gesprochen, wie und warum das passiert ist. Ich war nicht da, als es geschah, aber die Schlange muss vom Baum herabgestiegen sein und Kemal etwas ins Ohr geflüstert haben. Was sie wisperte, weiß ich nicht, aber man erzählte mir, meine Schwester habe laut und lange geschrien, dann sei sie heulend aus dem Zimmer gerannt und habe sich dabei die blutende Wange gehalten. Sie brach zusammen. Kemal sperrte sich im Zimmer ein, während man Helin ins Krankenhaus bringen wollte.

Tante Khalida hielt sie noch in letzter Minute auf: »Wartet, vielleicht können wir sie auch zu Hause flicken. Es muss nicht jeder mitbekommen, dass Kemal sie mit dem Zirkel verletzt hat. Was glaubt ihr, was das für Gerüchte gibt? Die Leute haben dreckige Gedanken.«

Mein ältester Cousin und Onkel Agid widersetzten sich Tante Khalida und brachten Helin wenigstens zu unserem Hausarzt. Der Zirkel war bis zum Zahnfleisch durchgedrungen, das sich später entzündete. Helin durfte nur noch Suppen mit einem Teelöffel essen, weil sie den Mund nicht weiter als einen Spaltbreit öffnen konnte. Sie blieb lange Zeit in ihrem Zimmer, besuchte nicht mehr die Tante, keine Cousins oder Cousinen. So ein Unfall hat auch seine guten Seiten. Asija kochte verschiedene Suppen, strich Helin über den Kopf und sagte so Sachen wie: »Meine arme, hübsche Tochter.«

Helin schaute skeptisch. Allerdings heilte die Wange schnell und Helin konnte wieder essen und sprechen. Tante Khalida besuchte uns, redete mit Helin und tröstete sie damit, dass Kemal von seinen Brüdern und seinem Vater verprügelt worden war, woraufhin Helin lächelte und sich umarmen ließ, als sei Tante Khalida Großmutter mit den weichen Brüsten. Und Asija verfiel in ihren alten Zustand und kochte nicht mehr.

Ich kenne Kemal. Er rammt nicht grundlos Zirkel in die Wangen von Leuten.

Jetzt würde ich gerne rauchen, schaue jedoch zu Helin rüber, die ihre Hausaufgaben erledigt hat, nun auf dem Bett liegt und in ihr Handy starrt. Bei den Hausaufgaben bittet sie mich nie um Hilfe, sie ist ziemlich gut in der Schule, muss wohl einfach schlau sein. Ich will mich mit ihr unterhalten und sie fragen, was in ihrem Leben gerade wichtig ist. Alles, was mir einfällt, ist, wie es in der Schule so läuft. Ich habe das Gefühl, eine weitere Erwachsene für sie zu sein.

»Du hast in einer Woche Geburtstag«, sage ich.

»Yep.«

»Möchtest du etwas Bestimmtes unternehmen?«, frage ich sie, als würden wir ständig abhängen wie früher, als würde sie zu mir ins Bett klettern, weil sie Asija weinen hört, als würde ich sie jeden Abend trösten, weil auch sie Asija nicht glücklich machen kann.

Sie schaut mich an und runzelt die Stirn.

»Unternehmen?«

»Wir könnten doch was zusammen machen«, schlage ich vor.

Sie bleibt skeptisch und sagt dann schließlich: »Ich will feiern gehen.«

»Dafür bist du noch zu jung.«

»Ich werde sechzehn.«

»Ich dachte mehr an Kino, essen gehen oder Bowling.«

»Quatsch. Wenn ich mich schminke, sehe ich wie zwanzig aus.«

»Wer hat dir diesen Quatsch mit dem Feiern erzählt?«

»Dunja meinte, du würdest ständig feiern gehen.«

Dunja ist die einzige Tochter und das jüngste Kind von Tante Khalida, die Reinkarnation von Tante Khalida, ohne dass diese dafür sterben musste.

»Dunja ist eine Lügnerin«, sage ich.

»Wo treibst du dich dann immer rum?«

»Ich bin in der Uni.«

»Bis zehn Uhr abends?«

»Manchmal gehe ich mit Freunden noch was essen oder trinken.«

»Trinken.«

»Keinen Alkohol«, versichere ich ihr. Aber sie glaubt mir nicht.

»Dunja sagt, dass du wie eine Deutsche bist.«

»Dunja sollte aufhören, so viel über andere Leute zu reden, sonst endet sie noch wie ihre Mutter.«

Vielleicht ist Helin doch nicht so schlau, wie ich vermutete. Vielleicht ist sie eine kleine Mitläuferin, vielleicht sagt sie zu allem, was Lehrer ihr auftragen, Ja und Amen, deshalb hat sie lauter Einsen auf ihrem Zeugnis. Wenn Dunja ihr erzählt, ich würde jeden Tag feiern gehen, dann glaubt sie das. Wenn Tante Khalida ihr einbläut, nicht mit Jungen zu reden, dann macht sie das.

Ich schalte das Licht aus und starre Helin an, bis ich von ihrem Anblick ermüdet einschlafe.

Mitten in der Nacht werde ich von einem leisen Stöhnen geweckt, Helin spielt wieder mit ihrer Muschi, sie windet sich, als sie kommt, und wendet mir dann den Rücken zu. Ich lasse etwas Zeit vergehen, bis ich mich wie zufällig umdrehe und nicht mehr einschlafen kann. Das Bild von Nasser und der Nutte geht mir nicht mehr aus dem Kopf. Er besteigt sie, rammt seinen Schwanz in ihren roten Mund. Ich stehe auf, öffne das Fenster, hoffe darauf, mir die Gedanken mit der Kälte wegzufrieren. Aber es ist eine angenehme Kühle. Er fickt ihren Mund so lange, bis ihre Wange reißt. Daraufhin schnappt sich Helin eine Flinte und zielt auf Nassers Herz, verfehlt es, und die Kugel steckt in seiner Schulter.

Ich sage ihr: *Weißt du eigentlich, dass du nur deswegen auf der Welt bist, weil Nasser und Asija Angst hatten, abgeschoben zu werden? Trotz des Asyls hatte Nasser wahnsinnige Angst, in den Irak zurückkehren zu müssen, deswegen musstest du her.*

Und Onkel Abdul, der irre Abdul, schießt mir in den Rücken, zwingt mich in die Knie, vielleicht hat er den Volvomann auf mich angesetzt. Ich träume nicht, ich fantasiere mir alles unwillkürlich zusammen.

Ich schleiche aus dem Zimmer, gehe auf den Balkon und stelle mich barfüßig neben Asija. Auf ihren Wangen sind die Spuren vertrockneter Tränen.

»Willst du nicht ins Bett?«

Sie antwortet natürlich nicht. Ich streiche über ihre rauen Wangen, streiche so lange, bis sie glatt sind, das salzige Puder sich von der Haut löst und davonfliegt. Asija ist zu einer Salzsäule erstarrt, weil sie zurücklaufen wollte. Das Meersalz rieselt von ihren Wangen, und die Frauen unten werden denken, es habe geschneit.

Die Wangen habe ich ihr auch als Kind gestreichelt, und einmal landete das zerbröselte Salz in meinen Augen. Es brannte, und Asija schaute mich nur mitleidig an, müde und erschöpft. Am nächsten Morgen pochte ein Auge, und mein Vater fragte, was ich damit gemacht hätte, weil es gerötet war, als wohnte darin eine Krabbe aus dem Chabur. Ich schaute Asija an und zuckte mit den Achseln. Er inspizierte das Auge, befahl mir nach oben, nach unten, nach links und nach rechts zu gucken, fand nichts, schleppte mich ins Bad und wusch mir das Auge aus. Aber dadurch fing es noch mehr an zu jucken, also heulte ich. Asija wachte aus ihrer Lethargie auf, als sie mein Wimmern vernahm. Sie schaute mich erschrocken an und zog mich mit einem dürren Arm zu sich. Im nächsten Moment löste sie ihre Umklammerung und begutachtete mein Auge.

»Ich glaube, das ist eine Augenentzündung. Nasser, wir müssen sie zum Arzt bringen.«

Dieser verschrieb mir eine Salbe zum Auftragen vor dem Schlafengehen. Am nächsten Morgen klebten mir die Wimpern zusammen. Ich zupfte behutsam den getrockneten Schleim vom Wimpernkranz, bis zum Abend konnte ich das Auge öffnen. Es blieb allerdings nur eine halbe Stunde auf, da ich die Salbe wieder auftragen musste. Das ging eine ganze Woche so, bis meine Eltern mich zu einem anderen Arzt brachten. Er verschrieb mir Augentropfen. Es fühlte sich an, als würde ich Sand in die Augen streuen. Die Entzündung verschlimmerte sich, und alle fürchteten, ich könne erblinden. Wenn dies das Ende der Schmerzen bedeutete, dann sollte es mir recht sein. Ich heulte wegen der Schmerzen, und alle warnten, ohne es zu wissen, dass es schlimmer werden würde, wenn ich heulte, also durfte ich nicht mehr heulen. Das Auge pochte, wurde krabbenrot und juckte. Ich rieb und drückte die Augenlider zusammen, und für einen Moment verschwand der Schmerz. Doch Tante Khalida kniff mir in die Hand.

»Hör auf, willst du blind werden, du dummes Mädchen.«

Asija lag verzweifelt im Zimmer, weshalb Tante Khalida mich schließlich am Arm griff und zu Baqqe schleppte.

Ich stehe immer noch neben Asija, aber sie hat mich vergessen, schaut geradeaus. Eine Strähne hat sich aus ihrem Zopf gelöst, legt sich vom Wind umweht auf die Lippen. Ich streiche über ihren Mund, stecke die Strähne hinter das Ohr. Erst jetzt bemerkt sie mich, schaut mich an, dann sieht sie meine nackten Füße und befiehlt mir reinzugehen, sonst würde ich mich erkälten.

»Kannst du dich noch an meine Augenentzündung erinnern?«

Sie nickt. »Ich konnte dir damals nicht helfen«, sagt sie. Sie will noch viel mehr sagen, hält die Worte aber zurück.

»Das konnten auch die Ärzte nicht«, sage ich schließlich.

»Khalida konnte es.«

»Eigentlich Baqqe.«

»Baqqe?«

»Frau Zakholy. Ich nenne sie ›Baqqe‹, weil sie doch wie ein Frosch aussieht.«

Sie scheint zu überlegen, und dann meint sie nur: »Das ist gemein.«

»Aber sie ist wie ein Frosch mit ihren Augen, ihrem riesigen Mund und der langen Zunge.«

Asija fragt, wie Baqqe mir geholfen habe.

Es war mein erster Besuch bei Baqqe zu Hause. Sie verabschiedete sich von einigen Nachbarinnen, die mit ihren halbwüchsigen Töchtern gekommen waren, um Baqqe aus dem Kaffeesatz lesen zu lassen, ob die Töchter mit Jungen ausgingen oder früh genug heiraten würden.

»Dayka Yahya, du musst was gegen diese Augenentzündung tun. Kein Arzt kann uns helfen«, sagte Tante Khalida.

Baqqe umschloss mein Gesicht mit ihren Händen, die rau waren und nach Tabak rochen.

»Das kann ich gerne machen«, meinte sie und schmatzte.

Baqqe zog mich ins Wohnzimmer, wo sie sich auf den Boden setzte, im Schneidersitz. Ich verschränkte die Beine unter mir, weil ich nicht wusste, wie lange wir da sitzen würden. Tante Khalida nahm auf der Couch Platz und schaute auf uns herab.

»Ich werde jetzt dein Auge sauber machen, du darfst dich nicht bewegen, verstanden?«

Ich nickte.

Sie riss mit ihren Daumen an meinem oberen und unteren Lid und streckte ihre Froschzunge nach meinem Auge aus, erreichte es aber nicht, weil ich zurückschreckte.

»Bleib ruhig, du klappriges Lämmchen.« Sie umklammerte mit beiden Händen meinen Kopf und schob ihre Froschzunge in mein Auge, umspielte die Oberfläche des Augapfels, schien mit ihrer Zunge eine bestimmte Stelle zu erforschen. Nachdem sie fündig geworden war, umschlang sie die Stelle mit ihrer kalten Zunge. Sie zog die Zunge aus meinem Auge, hielt sie aber ausgestreckt. An der Spitze klebte ein weißes Körnchen. Zwischen ihren Fingern drehte und wendete sie es.

»Was ist das?«, fragte Tante Khalida. Baqqe murmelte, es sei Meersalz, und schaute mich dabei argwöhnisch an. Dann schluckte sie und befahl mir ins Bad zu gehen und mein Auge zu waschen. Später erfuhr ich von Herrn Zakholy, dass Baqqe ihre Gäste fragt, ob sie den Gegenstand behalten, verbrennen oder schlucken solle. Kinder wollen immer, dass Baqqe schluckt, daher auch ihr dicker Bauch. Wer weiß, was sich da alles im Bauch tummelt.

Beim Aufstehen gaben meine Beine, unter meinem Gewicht taub geworden, nach und ich knallte auf Baqqe, die weich war wie Großmutters Brüste. Im Badezimmer übergab ich mich in Baqqes Wanne. Die zwei Frauen ignorierten es, weil sie sich angeregt über das Auge unterhielten. Baqqe sagte Tante Khalida voraus, ich würde in spätestens einer Woche kaum noch spüren, dass ich eine Augenentzündung hätte. »Das andere Auge finde ich aber viel interessanter«, sagte sie.

»Was hast du gesehen?«, fragte die Tante.

Als ich mit üblem Geschmack auf der Zunge aus dem Bad kam, riss mich Tante Khalida zu sich auf den Boden. Wir saßen im Kreis, und beide schauten mir in das rechte Auge wie in einen Fernseher, Baqqe dauerschmatzend und schelmisch grinsend, Tante Khalida mit zusammengekniffenen Lippen und angespannten Schultern.

»Was siehst du?«, drängte Tante Khalida das Froschgesicht, dessen Mimik unverändert blieb.

»Ich sehe vier Männer.«

Tante wandte sich angewidert von mir ab und befahl: »Schau noch mal hin, vielleicht hast du was übersehen.«

»Nein, nein, ich irre mich nie, liebe Khalida. Dieses Mädchen wird vier Männer haben.« Sie guckte mir wieder ins Auge, kam näher und fuhr fort: »Es sind hübsche Männer, oh ja. Sie sitzt im Schoß des einen. Den zweiten Mann trägt sie in sich, den dritten hat sie auf sich, den vierten auf ihrem Kopf, und in ihren Händen versteckt sie etwas Rotes, ich erkenne nicht ganz, was …«

Baqqe näherte sich mir, mit ihr der Geruch von Chai und Nikotin, sie drückte ihre Nase gegen meine und riss die Augen so weit auf, bis sie zwei perfekte Kreise darstellten. Tante Khalida packte mich am Nacken wie ein Schaf, damit ich meinen Kopf nicht zurückzog.

»Was hält die Hündin in der Hand?«

»Oh, sie öffnet jetzt die Hand. Das Ding bewegt sich, es ist ein Tier, ja, ein Tier, ein kleines Tier, ein glänzendes, es hüpft, nein, es tanzt, es ist … es ist ein Krebs?«

»Ein Krebs?«

»Ja, ja! Ein Krebs, das ist es, sie hält einen Krebs in ihren Händen.«

»Schau mal genauer hin.« Tante Khalida drückte mich gegen Baqqes Gesicht, die mir am liebsten ins Auge gekrochen wäre.

»Bei Gott, beim Haupt meines Vaters und meines Ahmeds, es ist ein blutroter Krebs, mit riesigen Scheren.«

»Eine Krabbe hat mich im Chabur gekniffen«, sagte ich kleinlaut.

»Hat sie das?«, fragte Baqqe in einem Ton, den ich nur von Lehrerinnen kannte, einem Ton, der süßlich-lieblich klingt, der beim bloßen Zuhören Karies verursacht. Ich hoffte, Baqqe mit dieser Aussage aus meinem Auge zu locken.

»Was ist denn passiert?«, fragte Tante Khalida.

Ich zuckte mit den Achseln.

»Wer sind diese Männer?«, fragte sie unbeirrt weiter. Erneutes Achselzucken. Ihr Griff im Nacken wurde fester.

»Was soll ich machen, Dayka Yahya, dieses Mädchen wird unser Haus zerstören.«

Baqqe hüpfte hoch, als wäre sie keine alte Frau mit schmerzenden Knien. Sie schlenderte zum Sofa, nahm sich eine Zigarette und zündete sie an, während Tante Khalida ungeduldig auf eine Antwort wartete. Baqqe genoss diesen Moment, der nur ihr gehörte. Sie lehnte sich schließlich zurück, die Arme auf dem Bauch verschränkt, die Beine auf den Tisch gelegt, die Waden entblößt, die Härchen dick und gekräuselt wie Wurzeln. Sie ließ Tante Khalida in Ungewissheit verharren, bis sie schließlich meinte: »Es gibt eine Lösung.«

»Sag es.«

Baqqe befeuchtete die Lippen. »Wir müssen ihr eine Haarsträhne zusammenbinden.«

Tante Khalida seufzte. »Ach. Meiner Schwester wurde von ihrer neidischen Cousine eine Haarsträhne geknotet. Sie ist jetzt eine alte Jungfer. Das soll dem Mädchen nicht passieren. Ich will sie irgendwann loswerden. Eine unverheiratete Frau in der Fremde bringt Schande.«

»Du kannst das Haar lösen, wenn du jemanden für sie gefunden hast.«

»Dayka Yahya, man hört immer so Geschichten über diese Haarknoterei.« Tante Khalida versuchte aufzustehen, stützte sich am Tisch ab, die Knie schienen unter dem Gewicht zu ächzen.

»Das ist das Problem, man hört zu viel, man redet zu viel, über manche Dinge muss man schweigen.« Baqqe schmatzte fröhlich weiter und zog an ihrer Zigarette.

»Dann hol die Schere«, befahl die Tante.

Baqqe stand mit größter Lustlosigkeit auf, weil sie gerade erst die richtige Sitzposition gefunden hatte. Sie watschelte zu einer Schublade, kramte, schmiss ein Wollknäuel raus, eine Gebetskette, einen Miswak-Zweig, ein Kopftuch, Tablettenpackungen, Brausetabletten.

»Ich sage Ahmed immer wieder, er soll die Schere in die Schublade tun, wenn er mit den Nasenhaaren fertig ist. Ich muss wohl die große Schere holen.« Baqqe verschwand ins Schlafzimmer.

»Was passiert jetzt?«, fragte ich die Tante.

Sie blickte zu mir, die Augen hatten ihr Urteil gefällt, seitdem hat sie mich nie wieder anders angeschaut.

»Wir retten dich.«

»Wieso retten?«

»Es gibt Frauen, deren Verlangen sie ins Verderben lockt.«

»Was ist Verlangen?«

»Eine schlechte Art der Sehnsucht.«

»Was ist Sehnsucht?«

»Halt jetzt den Mund.«

»Ich will zu Asija.«

»Und dann?«, fragte sie, und das Gleiche fragte ich mich, und bevor ich im Kopf eine Antwort zusammenbastelte, stürmte Baqqe mit einer Heckenschere ins Wohnzimmer. Warum sie eine Heckenschere besaß, wo sie doch weder einen Garten noch irgendein Grün zu Hause pflegte, wusste niemand so genau.

»Keine Sorge, ich kann damit umgehen. Es ist wie eine normale Schere.«

»Ich möchte das alles nicht«, sagte ich und stand auf. Tante Khalida hielt meinen Arm fest.

»Wenn du ruhig sitzt, geht es schneller und wir können nach Hause gehen. Dayka Yahya schneidet dir eine Strähne ab, um dich vor gierigen Augen zu schützen, du dummes Mädchen.« Ich setzte mich wieder hin. Baqqe näherte sich mir mit der Schere.

Zum ersten Mal sah sie nicht wie ein Frosch aus. Tante Khalida hielt meinen Nacken in ihrem Griff, und mit ihrer anderen Hand nahm sie eine dicke Strähne von meinem Hinterkopf. Baqqe schnitt die auserwählte Strähne ziemlich unspektakulär ab.

Als wäre Baqqe eine Kinderärztin und meine Tante ihre Helferin, sagten beide: »Schon ist es vorbei. Es hat doch gar nicht wehgetan.«

Baqqe setzte sich auf die Couch, säuselte Suren vor sich hin, pustete in die Strähne, wisperte wieder ein Mischmasch aus Arabisch und Kurdisch, was ich nicht verstand, weder das Arabische noch das Kurdische. Dann band sie einen Knoten in die Strähne und überreichte sie feierlich meiner Tante. »Bewahre das Haar gut auf, niemand darf den Knoten lösen. Aber wenn du ihn löst, ist ihr Schicksal durch deine Hände besiegelt.«

»Muss ich was dabei sagen?«

»Das musst du nicht, aber es ist immer gut, um die Hilfe Allahs zu bitten.«

Im Aufzug hielt Tante Khalida die tote Strähne an ihre Brust gedrückt, als würde jemand von ihr verlangen, das Haar herauszurücken. Ich linste immer wieder zu meiner abgeschnittenen Strähne, und irgendwann, in einem mutigen Moment, fragte ich: »Kriege ich meine Haarsträhne?«

In Tante Khalidas Gesicht sammelten sich nun alle Falten, die im Lauf der Jahre durch Zorn und Verzweiflung gezüchtet worden waren.

»Nein!« Sie atmete die ganze Luft im Aufzug ein. »Hast du die Alte nicht gehört? Die Strähne muss bei *mir* bleiben. Welchen Sinn hat es sonst, du dummes Mädchen? Wenn es so weit ist, löse ich den Knoten.«

»Und wann ist es so weit?«

»Das entscheide ich.«

Zu Hause suchte ich nach Asija. Sie lag im Bett und schlief, ich legte mich neben sie und weinte, bis sie wach wurde. Asija drückte mich an ihre bescheidene Brust und kam nach einer Weile auf die Idee, mich zu fragen, warum ich denn weinte. Ich erzählte ihr nicht vom Ablecken meines Auges, weil mir das peinlich war. Aber von der abgeschnittenen Haarsträhne berichtete ich und davon, wie Tante Khalida sie mitgenommen hatte.

Sie überlegte nicht lange und meinte sofort: »Wir müssen diese Strähne finden.«

»Kannst du nicht mit Tante Khalida sprechen?«

»Du kennst doch deine Tante.«

»Du musst ihr einfach sagen, dass sie dir meine Haarsträhne zurückgeben soll.«

»Sanaa, wir müssen diese Strähne finden und durchschneiden.«

»Frau Zakholy hat gesagt, nur Tante Khalida kann den Knoten lösen.«

»Dann müssen wir sie dazu bringen, die Strähne zu lösen.«

»Wie stellen wir das an?«

Wieder kam die Antwort wie ein Reflex. »Mit einem großen Küchenmesser.«

»Ja!«

»Hast du die Strähne finden können?«, fragt Asija jetzt, auf dem Balkon, nach mehr als zehn Jahren. Ich schüttele den Kopf. »Dann such sie, Sanaa, das ist wichtig.«

»Ich glaube nicht an so einen Quatsch.«

»Unterschätze deine Tante nicht.«

Am liebsten würde ich ihr von Tantes Marihuanakonsum erzählen, davon, wie ich es geschafft habe, die Tante in Schach zu halten, wie ich ihre einzige Lust gegen sie verwendet habe. Weder Asija noch mir kann sie etwas tun. Nasser und Helin besuchen sie noch, haben Tante Khalida nicht durchschaut. Nasser ist vielleicht verloren, er ist ja auch ihr Bruder, aber Helin müssen wir vor ihr retten.

»Die Tante ist nicht besonders intelligent, das hast du selbst gesagt.«

»Sie muss nicht intelligent sein, um Schaden anzurichten.« Asija sagt das mit Nachdruck. In meinem Kopf hallt ihre Stimme aus dem Irak wider, aus der Vergangenheit, als sie mich vor den Späßen der Onkel rettete, als sie mich fest umarmte und mir die Warzen mit ihrer Spucke wegreiben konnte, mit Mondlicht und ein paar Sprüchen.

Die Wohnung von Tante Khalida habe ich seit Langem nicht betreten, deswegen klopft mir das Herz in der Brust, als ich am nächsten Tag vor ihrer Tür stehe. Als Vorwand, um mit Kemal ungestört zu reden, habe ich eine Mappe dabei, die ich als Bewerbungsunterlagen ausgeben werde. Kemal sucht nach einer Ausbildungsstelle – behauptet er zumindest gegenüber Tante und seinen älteren Brüdern, denn er verbringt seine Tage wie seine Mutter: Er hängt mit seinem Kumpel ab und redet über alles Mögliche, nur nicht über sich. Tante Khalida bietet mir an, die Sachen Kemal zu geben, ich bräuchte nicht in sein Zimmer zu gehen, schließlich müsse ich in die Uni und hätte ja viel zu tun.

Aber ich halte die leere Mappe fest an meine Brust gedrückt, so wie sie es mit der Haarsträhne damals tat. »Ich mache das schon, muss ihm auch paar Sachen erklären.«

Ich betrete das Wohnzimmer, gehe am Aquarium vorbei, in dem immer noch gelangweilt Fische schwimmen, grüße Onkel Agid, und auf dem Flur höre ich Mädchengekicher aus Dunjas Zimmer kommen. Ich reiße die Tür auf, ohne anzuklopfen. Da sitzen Helin, noch zwei weitere ausländisch aussehende Mädels und Dunja in ihrer Mitte.

»Müsstet ihr nicht in der Schule sein?«, frage ich.

»Mittagspause?«, meint Dunja, und die anderen kichern, nur Helin blickt mich ernst an.

»Und eure Mittagspause verbringt ihr in diesem öden Zimmer?« Das lässt sie verstummen. Bevor Dunja etwas sagen kann, ziehe ich die Tür wieder zu.

Kemal liegt in seinem Bett und zockt ein Fifa-Spiel.

»Hey Sanaa, was machst du denn hier?« Er scheint sich aufrichtig zu freuen. Bevor ich etwas sage, lüfte ich den Raum und setze mich auf das Bett von Taufik, der im Gegensatz zu Kemal ziemlich fleißig ist. »Taufik kommt nach mir«, prahlt die Tante immer.

»Ehrlich gesagt, geht mir das, was du mir gestern erzählt hast, nicht mehr aus dem Kopf.«

»Das mit deinem Vater? Das ist schon scheiße. Aber je länger ich darüber nachdenke, desto mehr verstehe ich ihn.«

Ich lasse Kemal reden.

»Ich meine, deine Mutter macht ja nix. Sie liegt im Bett, ab und zu kommt sie auf den Balkon, sie redet nie, sie lacht nie. Sie ist nicht wie andere Frauen.«

Andere Frauen hatten auch keine Kugel in der Schulter, weil ihr Bruder auf sie geschossen hat. Andere Frauen mussten auch nicht einen Mann heiraten, der sie in ein anderes Land verschleppt hat, weil er unglücklich war.

»Du hast keine Ahnung, wie meine Mutter ist. Du hast keine Ahnung, wie sie war. Und vor allem hast du nicht darüber zu entscheiden, wann es okay ist, meine Mutter zu betrügen.«

Kemal schaut erschrocken zu mir, hat nicht erwartet, mich laut zu erleben. Hoffentlich sieht er mir an, was ich von seinem ignoranten Geschwätz halte. Er schaut wieder weg und legt die Stirn in so viele Falten, wie es ihm sein Alter erlaubt.

»Und du hast nicht zu entscheiden, wann dein Vater glücklich sein darf.«

Kemal ist dumm genug zu glauben, Nasser würde mit dieser fremden Frau ausgehen, um glücklich zu werden.

»Ich muss wissen, was mein Vater macht, was er mit dieser Frau macht.«

Er schüttelt den Kopf und widmet sich wieder seinem Spiel.

»Hast du die Wette gewonnen?«, frage ich, um ihn an die zwanzig Euro zu erinnern.

Er schüttelt den Kopf und schaut schuldbewusst auf den Controller.

»Was möchtest du, Sanaa?«

»Ich möchte, dass du nach meinem Vater Ausschau hältst. Wenn er nicht zu Hause ist.«

Kemal lacht. »Du willst, dass ich ihn ausspioniere.« Als sei das etwas Verwerfliches in diesem Viertel. Wenn ich das Viertel beschreiben müsste, dann bräuchte ich keine Adjektive, sondern zwei Handvoll Verben: wachen, bewachen, überwachen, beobachten, observieren, spionieren, bespitzeln, kontrollieren, aufnehmen, inspizieren, dirigieren, reglementieren, belehren, einschätzen, kommandieren, notieren, registrieren, erfassen, taxieren, abstempeln, bemessen, bewerten, ermahnen, bedrohen, ängstigen, bestrafen.

»Nein. Ich mache mir einfach Sorgen.«

»Ich denke, er ist ein erwachsener Mann, er kommt gut ohne uns zurecht.« Kemals Stimme klingt beinahe zu ernst für sein Alter, so als hätte er Erfahrungen damit, was ein erwachsener Mann braucht.

»Ich habe dich nur um diesen einen Gefallen gebeten, Kemal.«

Er drückt auf Pause und wendet sich mir zu, diesmal mit einer Zornesfalte zwischen den Brauen. »Hör auf damit, Sanaa, werde nicht so wie die Frauen aus dem Hochhaus.«

Hochhausfrauen, die vom Balkon aus andere Menschen beobachten, Frauen, deren Lebenswelt bis zum Supermarkt reicht. Frauen, die auf Spielplätzen Passanten beachten statt ihrer Kinder, weil sie ihre Kinder satthaben, weil sie andere Menschen nur aus dem Fernsehen kennen. Frauen, deren Füße vom vielen Warten platt sind, die warten und warten, bis ihr Mann nach Hause kommt, die aus dem Fenster schauen, die auf dem Balkon die Wäsche aufhängen und gucken, ob auf dem Marktplatz etwas passiert, endlich etwas passiert, Allah, wenn du mich liebst, dann lass etwas passieren. Frauen, die Bushaltestellen anstarren. Die Frauen aus dem Hochhaus, die Frauen im Wachturm. Aber ich lebe auch im Hochhaus, will ich ihm sagen.

»Außerdem würde ich mir komisch vorkommen. Ich meine, er ist dein Vater und mein Onkel.«

»Wenn du es nicht machst, dann ist es in Ordnung. Ich kann dich ja nicht zwingen«, sage ich, ohne es zu meinen.

»Tut mir leid, Sanaa, das ist irgendwie schwierig. Ich meine, soll ich ihn dann bei dir verpetzen, oder was?«

»Gestern konntest du das noch.«

»Ja, und ich habe darüber nachgedacht und finde es selbst scheiße.«

Vielleicht kann ich all meinen Mut zusammennehmen und mit Nasser reden, vielleicht damit anfangen, ihn zu fragen, wie seine neue Arbeit ist. Er wechselt ständig die Stelle, mal ist er an der Dönerbude, dann liefert er Pizzen aus, irgendwann chinesisches Essen, dann auf dem Bau, zwischendurch arbeitslos, dann putzt er Schwimmbäder, gelegentlich grillt er Kebabs, und jetzt bringt er den Menschen ihre Pakete.

Kemal hat wieder angefangen zu spielen und mich fast vergessen, vielleicht denkt er auch an Nasser und seine Laufbahn, vielleicht schwitzt er bei dem Gedanken, wie Nasser zu werden, hat Angst, auch alle paar Monate den Job zu wechseln. Ich betrachte sein Zimmer, das er mit zwei Brüdern teilt.

»Ich habe mir immer ein Einzelzimmer gewünscht«, sage ich.

»Ich auch.«

»Ein bisschen allein sein, bisschen für mich sein, in Ruhe gelassen werden.«

»Luxus«, sagt er, beendet damit das Gespräch.

Im Aufzug treffe ich auf Baqqes Mann, Herrn Zakholy. Seit ich ihn kenne, lächelt er mich im Aufzug an. Wir sehen uns öfter im Aufzug, er ist mein Aufzugskumpan – ich habe nichts gegen seine Anwesenheit. Am liebsten würde ich mit ihm hundert Etagen hochfahren, damit ich ihm alles erzählen kann, von meinem Vater, von meiner Mutter, von meiner Großmutter, von meiner Schwester, von meinem Volvomann, von meinem irren Onkel Abdul, der meiner Mutter eine Kugel in die Schulter jagte, weswegen ich jetzt mit ihm im Aufzug bin und diese Geschichte erzähle, von einem Krabbenvolk, das auswanderte und die kleinste Krabbe vergaß, die im Chabur schwimmt und Menschen in die Wade kneift, kleine Mädchen erschreckt, damit sie zu ihren Vätern rennen und sich in ihren Schößen verstecken und geborgen fühlen und diese Erinnerung behalten wie eine Kinderzeichnung.

Herr Zakholy fragt mich immer nur, ob es mir gut gehe. Ich nicke höflich und frage, wie es ihm gehe. Gott sei gnädig, ist seine Antwort, dabei ist er gar kein religiöser Mann. Seine *tes-*

bih, die Gebetskette zwischen seinen alten Fingern, dient ihm zur Beruhigung und nicht zu Gottes Anbetung, denke ich. Denn nur, wenn er für sich ist, gedankenverloren auf einer Bank am Marktplatz sitzend, spielen seine Finger mit den neunundneunzig Perlen. Ich weiß das, weil ich ihn einmal fragte, wie viele Perlen seine Kette habe, um der möglichen Frage auszuweichen, wie es meiner Mutter denn so gehe, weil sie vergessen hatte zu essen. Er schien die Tränen zwischen meinen Wimpern zu bemerken und antwortete prompt: Neunundneunzig. Vielleicht hatte er sie gezählt, aber er meinte, seine *tesbih* habe neunundneunzig Perlen, für die neunundneunzig Namen Gottes im Koran. Den hundertsten Namen weiß kein Mensch, sollte einer ihn aussprechen, dann käme diese Person umstandslos in den Himmel. Ich stellte mir vor, wie ich plötzlich den heiligsten und geheimsten Namen Gottes aussprach und im Aufzug in den Himmel katapultiert wurde, mit Herrn Zakholy an der Hand. Und vielleicht hatte Herr Zakholy den Namen Gottes eines Tages ausgesprochen, denn er war nahe dran zu sterben. An einem frühlingskühlen Nachmittag saß er auf einer Bank am Marktplatz. Als er gerade aufstehen wollte, um nach Hause zu gehen, fing er an zu husten. Wenn jemand im Frühling hustet, ist das erst einmal keine Sensation. Aber Herr Zakholy habe nicht mehr aufgehört, so erzählte man es sich. Nein, er fiel von der Bank, krümmte sich, weil die Lunge sich zu verkrampfen schien. Obwohl Herr Zakholy nie in seinem Leben geraucht habe, sei seine Lunge pechschwarz und er ein Wunder, meinte der Arzt. Herr Zakholy fand das alles andere als wundersam, wenn er an den Zigarettenkonsum von Baqqe und ihren Besucherinnen dachte. Von da an wusste jeder im Viertel, wo Herr Zakholy sich gerade befand, so laut und beständig war sein Husten. Zu Hause veranlasste das Rumoren in seiner Brust Baqqe und ihre Besucherinnen zu minutenlangem Schweigen. Die Gäste drückten verschämt ihre frisch angezündeten Zigaretten aus. Baqqe selbst konnte auf das Rauchen nicht verzichten und zog sich für fünf Minuten auf den Balkon zurück. Sie brauchte den Ritus des Kaffeetrinkens nicht, er diente ihr nur zur Pflege der Tradition. Aber das Rauchen, das brauchte sie schon, als könnte das Rauchen die Frauen miteinander verbinden in ihrer Treue und Ehrlichkeit. Vom Balkon aus genoss sie einen umfassenden Blick auf den Marktplatz, die Haltestelle und den Schulweg – fern von Herrn Zakholys beständigem Röcheln. Wenn sie etwas Außergewöhnliches, etwas Spannendes entdeckte, dann drehte sie sich aufgeregt um und schmatzte unruhig, um es jemandem zu erzählen. Aber auf dem Balkon leistete ihr niemand Gesellschaft. Baqqe wurde bloß besucht, damit sie den Kaffeesatz ihrer Gäste interpretierte, nicht um den Genuss des gerösteten Tabaks zu teilen. Also rauchte sie einsam auf ihrem Balkon und beobachtete all diese Menschen mit Geschichten im Schlepptau, die Baqqe auch ohne Kaffeesatz lesen konnte.

Die Nachbarinnen glaubten mehr an die Macht des Kaffees, meinte Herr Zakholy. Also kippten sie ihre winzigen Kaffeetassen auf den Untersetzer, damit ein Motiv entstehen konnte, mithilfe dessen Baqqe ihnen die Wahrheit verkündete: Manchmal entlarvte sie die Geheimnisse ihrer Töchter, andere Male offenbarte sie ihnen Möglichkeiten zu finanziellen Verbesserungen. Baqqe hatte eine Erfolgsquote von fünfzig Prozent. Als jedoch die endgültige Verbannung auf den Balkon erfolgte, weil in der Wohnung nicht mehr geraucht werden durfte, verringerte sich der Wahrheitsgehalt ihrer Aussagen. Und je geringer ihre Treffer wurden, desto löchriger ihr Geflecht von Kontakten im Viertel. Baqqe überlebte nur, indem sie sprach. Herr Zakholys

Husten verbannte sie in die Einsamkeit und damit in die Abhängigkeit von Tante Khalidas Anwesenheit und damit in unser Wohnzimmer.

Das Hochhaus ist ein organisches Wesen: Wenn auf der ersten Etage ein Bewohner sich das Bein bricht, hat es Folgen für die Menschen im ganzen Haus. Das bemerkt man aber erst nach einigen Monaten und manchmal sogar erst nach einigen Jahren. Herr Zakholys Husten wirkte sich direkt auf mein Leben aus. Herr Zakholy war dabei gar nicht das Problem, sondern seine lästige Frau, die schmatzend und schnaufend drauflos plapperte. Und wenn sie nicht redete, dann stank sie nach Chai und Nikotin. Tante Khalida ignorierte all das und hatte Baqqe zu ihrer Gefährtin auserkoren, denn Tante Khalida stank selbst nach Chai und Nikotin.

Baqqe wies sehr bald auch die vereinzelten Besucher an ihrer Tür ab, die nur mal so zum Kaffeetrinken vorbeigekommen waren. Baqqe behauptete, Herr Zakholy habe auch eine Kaffee-Allergie entwickelt.

»Ich hätte auch eine Kaffee-Allergie, wenn jeden Tag fünf Weiber antanzen, die mich mit ihren Problemen belästigen. Abu Yahya braucht Ruhe«, meinte Tante Khalida. Und weil bei Tante Khalida immer etwas los war und auch sie ihre Ruhe brauchte, kamen sie also zu uns, beanspruchten die Couch, beanspruchten die Federung, rauchten und tranken keinen Kaffee, sondern honigklaren Chai, weil sie ihre Zukunft bereits kannten.

Während der kurzen Fahrtzeit im Aufzug erzählt mir Herr Zakholy immer eine Episode aus Baqqes Leben, gewährt mir schnipselkurze Einblicke in ihren Alltag, die er besonders lustig findet, die in meinen Augen von Baqqes tollpatschiger Bösartigkeit zeugen. Heute erfahre ich von Herrn Zakholy, dass Baqqe sich heimlich seine Lesebrille borgt, weil sie zu eitel für eine eigene ist. Sie etikettierte ihre Geschenke für die Verwandten im Irak und schrieb die Namen auf die Tüten, als Herr Zakholy sie schließlich mit der Lesebrille erwischte; jetzt zwingt er sie, die Brille zu tragen. Er lacht und meint, er sei auf dem Weg zu Rossmann, um Baqqe eine Lesebrille zu kaufen. Am Ausgang verabschieden wir uns.

Ich laufe zur Bushaltestelle, wo bereits eine Menschentraube wartet, deren Teil ich bald bin: Hier trifft sich ein Haufen Geschichten, der von Baqqe gelesen werden kann, ganz ohne Lesebrille. Baqqe unterhält Tante Khalida mit fremden Schicksalsschlägen. Sie könnte Tante Khalida mitteilen, was in meinem Kopf schwirrt, was ich vorhabe, was ich will; Baqqe könnte sie mit überzeugenden Details wütend kochen. Mit einem Blick zu unserem Balkon vergewissere ich mich, dass die zwei Alten sich auf unserer durchgesessenen Couch ausruhen. Wenn ich lange genug an Baqqe denke, höre ich sie mit der glitschigen Zunge die Lippen laut lecken.

Auf dem Parkstreifen gegenüber hält der Volvomann an und steigt aus. Er schaut nach rechts und links, schaut, als erwartete er jemanden, als käme dieser Jemand jeden Moment, als hätte er sich eigentlich verspätet und stellte nun fest, seine Verabredung sei auch nicht da. Der Volvomann, dieser dicke Schauspieler, läuft ungeduldig hin und her. Die Verspätung scheint seine Pläne zu durchkreuzen, dabei weiß ich doch, dass er keine Pläne hat, dass sein einziger Plan offenbar darin besteht, mir hinterherzulaufen. Er schaut mit gespielter Genervtheit auf seine Uhr und dann rüber auf die andere Straßenseite und in die Ferne, schaut nach dem Menschen, auf den er wartet. Wäre er nicht so dick und haarig, würde ich ihn ansprechen, aber er sieht so unerträglich kurdisch aus. Der Volvomann lehnt sich gegen das Auto und schaut nun ohne Scheu zu mir herüber, als wäre ich für die Verspätung eines anderen verantwortlich.

Ich weiß nicht, wie man Menschen loswird, ohne mit ihnen zu sprechen. Vielleicht sollte ich mir den Finger in die Nase stecken und ausgiebig popeln und vortäuschen, ich hätte da einen fetten, vertrockneten Klumpen ganz tief in der Nasenhöhle, und deswegen bohre ich den Finger tiefer in die Nase. Nachdem ich einen Brocken rausgepuhlt habe, inspiziere ich ihn genauer, ja, was für eine Form hat mein Popelklumpen. Mit so einer Aktion kann man keine kurdischen Stalker verjagen, deswegen krame ich in meiner Tasche nach meiner Zigarettenschachtel, vielleicht sollte ich mir auch ein paar Zigaretten mit Marihuana drehen, vielleicht fiele mir der Volvomann dann nicht mehr auf. Die Schachtel ist leer.

Fünfzig Meter von der Bushaltestelle entfernt ist ein Kiosk, der hauptsächlich durch die vielen Verspätungen der Busse Gewinn macht. Wenn die Leute sich langweilen, gehen sie rüber und kaufen sich eine Erfrischung, Kinder holen sich Cola Kracher, Schulmädchen holen sich Chupa Chups und lutschen an den süßen Kugeln, ich hole mir immer Zigaretten. Der Kioskbesitzer mag mich nicht, weil ich nicht lächle.

Lach doch mal, Mädchen. Er denkt das, das sehe ich.

Nicht für dich, würde ich ihm antworten. In meinem Kopf ist der Kioskbesitzer unverschämter als in echt.

Helin und ihre Freundinnen kommen aus dem Hochhaus, haben vielleicht entschieden, ihre Mittagspause doch nicht in Dunjas stickigem Zimmer zu verbringen. Helin versteckt sich zwischen ihren Freundinnen, um jeden Kontakt mit Kemal, dem Kamel, zu vermeiden, der mittlerweile mit Mammut auf den Fahrradständern Platz genommen hat. Mammut finden sie alle sowieso eklig. Sie laufen zum Kiosk, und ich beobachte jede einzelne von Helins Bewegungen, die mal mit ihren Haaren spielt, die kichert, die ihre Freundin anstupst, die mich zu ignorieren versucht, die aussähe wie jedes beliebige Schulmädchen, wenn ich sie nicht kennen würde. Wenn ich nicht wüsste, dass sie mit sechs nur geheult hat, dass sie mit vierzehn einen Zirkel in die Wange gestoßen bekam, dass sie jede Nacht ihre Muschi reibt und ich mich frage, ob es ihr nicht langsam wehtut.

Auch der Volvomann wird auf die Mädchengruppe aufmerksam, die sich vor dem Kiosk tummelt und die es noch witzig findet, vom Kioskbesitzer belästigt zu werden: Ein süßer Lolli für die Süße mit den vollen Lippen. Helles Gekicher.

Der Mensch, auf den der Volvomann wartet, erscheint nicht, weshalb er nun ungeniert auf die Ärsche der Schulmädchen schaut. Vielleicht hat er nur auf die Mädchengruppe gewartet, vielleicht sogar auf Helin, weil er sie als meine Schwester kennt. Ich schaue zu den anderen Wartenden an der Haltestelle, ob sie den Dicken mit dem unangenehmen Blick bemerken. Aber sie stehen ungerührt da und warten.

Kemal und Mammut sitzen schweigend auf den Fahrradständern, rauchen, trinken Cola und knacken Sonnenblumenkerne zwischen ihren Zähnen. Bis zum Abend ist der Platz um die Fahrradständer gesäumt mit schwarz gestreiften Hülsen von Sonnenblumenkernen.

Die Mädchengruppe um Helin verabschiedet sich mit viel Trubel vom Kioskbesitzer und zieht weiter Richtung Schule. Der Dicke setzt sich in sein Auto, ohne den Blick von den Mädels abzuwenden. Der Bus kommt und versperrt mir die Sicht auf den Dicken. Ich steige ein und hoffe, der Busfahrer möge seine Verspätung aufholen und so schnell wie möglich aus dem

Viertel flüchten. Aus dem Fenster schaue ich Helin nach und wünschte, sie könnte auch entkommen.

Adnan hat Nudeln mit Sahne-Pesto für mich gekocht. Eine typisch türkische Mahlzeit, necke ich ihn.

Er halbiert ein paar Cherrytomaten und rührt sie unter, streut einige Sonnenblumenkerne auf die Nudeln und verziert sie mit drei Basilikumblättern. Es riecht nach italienischem Frühling. Jedenfalls stelle ich mir Italien im Frühling nach Basilikum und Tomaten duftend vor.

»Das sieht sehr lecker aus, danke schön.«

»Du musst mal zu uns nach Hause kommen und das Essen von meiner Mama probieren.«

Ich verkneife mir die Frage, ob sie immer koche. Schließlich ist nicht jede Mutter zu einer Salzsäule erstarrt. Ich will sagen: *Deine Mutter kann vielleicht kochen, dafür geht uns nie das Salz aus,* aber er würde den Witz nicht verstehen. Er würde nur ein verwirrtes »Was?« fragen und den Kopf schräg legen.

»Deine Mutter kann vielleicht kochen, dafür geht uns nie das Salz aus.«

»Was?«, fragt er und legt den Kopf nicht schräg.

Mit der Gabel steche ich nach den Cherrytomaten. »Ach, nichts.« Schließlich kann Asija kochen, und sie kann grandios backen, im Irak kreierte sie immer wieder neues Süßgebäck, das die Nachbarn vor Neid erblassen ließ – mit allen möglichen Zutaten. Die Leute fragten sie immer: »Wie kommst du nur auf solche Ideen?« Sie lächelte, aber nicht dünnlippig, nein, sie lächelte, dass sich die rosa Wangen strafften und die runden Augen zu Mandeln formten.

»Sie hat letztens Frühlingsdolma gemacht«, sagt Adnan.

»Wer?«

»Meine Mutter.«

Adnan schaut mich durchdringend an und atmet schwer aus. »Weißt du, dass du mir manchmal ein dummes Gefühl gibst?«

»Nee, wie denn?« Ich probiere ein weiteres Stück Cherrytomate.

»Ich höre dir sehr gerne zu, Sanaa, aber ich würde es cool finden, wenn du mir auch mal zuhören könntest.«

»Ich höre dir zu.«

»Jetzt, da meine Sätze aus vier Wörtern bestehen. Wenn ich länger als eine Minute rede, dann bist du weg.«

»Wie ›weg‹?«

»Du bist abwesend. Ich verstehe, dass du zu Hause viele Probleme hast. Aber wenn du hier bist, dann kannst du doch abschalten und dich mal auf andere Sachen konzentrieren.«

Ich überlege, und weil ich keine Lust auf ein ernstes Gespräch habe, necke ich ihn. »Entschuldige, hast du gerade was gesagt?«

»Fick dich.«

»Ich bin dafür, dass du mich fickst.«

»Nach dem Essen.«

Ich will ihm erzählen, dass mein Vater zu einer Nutte geht, vielleicht keiner Nutte, aber zumindest einer fremden Frau, mit meiner Mutter wechselt er in der Woche sieben Worte, meine Tante versucht, aus meiner Schwester eine Frau aus dem Hochhaus zu kneten, ein Kurde folgt mir auf Schritt und Tritt und bald wird er von irgendjemandem erfahren, wo ich studiere, und wird Adnan sehen.

Ich erzähle ihm all das nicht, weil ich ihm vor einiger Zeit die Sache mit Asija geschildert habe. Ich will ihn nicht verschrecken.

Ich möchte seinem Rat folgen und abschalten, deswegen konzentriere ich mich auf den Geschmack der Tomaten, auf das Pesto, auf das Basilikum, ich schaue ihm in die Augen und verliere mich in diesem warmen Braun.

Nach dem Essen legen wir uns hin. Mein Bauch ist voll mit Cherrytomaten und Nudeln mit sahniger Pestosauce. Warme Sahne fließt in meinen Gedärmen, und ich will mich in Adnans Laken einwickeln lassen. Er fühlt sich heiß an wie ein Stein in der Mittagshitze. Seine Zunge verbrennt mir die Lippen, die Hände meine Schultern. Wie Karamell umhüllt er mich, und ich sauge an ihm, lecke seinen Hals, ziehe ihm sein T-Shirt aus und küsse jede Stelle auf seiner Brust, ich küsse mich weiter nach unten und knöpfe ihm die Jeans auf. Packe ihn aus, bis ich seinen Schwanz im Mund habe.

Ich konzentriere mich auf anderes, ich dränge das Viertel aus meinem Kopf, indem ich mir Adnan anschaue, wie er auf mir liegt, wie meine Beine gegen seine Brust gelehnt sind, dann drehe ich mich, biete ihm meinen Hintern an, schiebe das Hochhaus zur Seite, indem ich mich darauf konzentriere, wie er von hinten in mich eindringt und mit einer Hand meine Muschi reibt. Ich denke nicht an Helin in der Nacht, wie sie stöhnt und das Gesicht verzerrt, ich denke nicht an Mammut, wie er Sonnenblumenkerne auf den Asphalt spuckt, ich vergesse Tante Khalida, ich vergesse Baqqe und Herrn Zakholy, ich vergesse Nasser und seine Nutte, ich vergesse Kemal und Onkel Abdul, den irren Abdul, und die Krabbe im Chabur, ich denke an Adnans Schwanz, Adnans Schwanz, Adnans Schwanz, ich konzentriere mich auf seinen harten Schwanz in mir, bis ich komme und komme und komme und dabei an nichts denke und selbst mich vergesse und da liege und atme und nur noch bin.

Ich sinke zum tiefsten Grund des Meeres, ein lauwarmer

Strom streicht mir über das Gesicht, ein paar Fische knabbern an meinen Fingern, die kitzeln. Moderlieschen vielleicht. Ich verscheuche sie nicht, liege da mit verschlossenen Augen und einem Lächeln im Gesicht, auf meinem Bauch tanzt eine Krabbe, ein Frosch quakt, und ich runzele verwundert die Stirn, weil es im Meer keine Frösche gibt. Auch egal. Es echot ein *Ich liebe dich,* und ich antworte in Gedanken, dass es okay ist, mich zu lieben.

Am Abend weckt mich Adnan mit einer kalten Hand.

»Sanaa, du musst los.«

»Wieso?«

»Du musst nach Hause.«

»Okay. Bekomme ich etwas Wasser?« Er reicht mir eine halb volle Flasche.

Der Schlaf hat mich ermattet, ich gehöre nicht zu den Menschen, die energiegeladen aufwachen und die Nacht durchmachen können. Ich stehe neben mir, mein Kopf brummt, ich hätte lieber weiter von Moderlieschen geträumt, meine Gedanken von ihnen anknabbern lassen – aber ich muss zurück, ich muss zum Hochhaus, ich muss zu Asija, ich muss zu Helin und gezwungenermaßen zu Tante Khalida, zu Nasser, zu Baqqe, zu diesen Menschen, die nur im Viertel existieren, denen man eigentlich leicht entfliehen könnte, wenn da nicht Asija wäre, die ein Ruhepunkt in diesem Chaos ist, die Stille und Schweigen ist, die aber auch Vergangenheit und Erinnerung ist. Und ich denke unweigerlich an Onkel Abdul, den irren Abdul, an die Kugel, an die Dächer Iraks, an warme Sommerabende, an Nasser auf der Flucht, der rennt, von einem Dach auf das nächste springt, weil seine Brüder ihn jagen, und während ich so an Nasser denke, beschleunige ich meinen Schritt, fühle Nassers Schmerz in meinen Oberschenkeln, fühle seine Angst im Magen, habe keine Zeit, mich zu übergeben. Nasser muss rennen, einem Traum hinterherrennen, für die Freiheit, und dann stürzt er. Er stürzt so tief, dass er sich unter einem Bett verstecken muss, unter Asijas Bett, und er wird entdeckt, wie ein verwundetes Tier, wie eine Krabbe mit gebrochenem Bein und gespaltenem Panzer, verletztem Herzen, schutzlos ausgeliefert. Der irre Abdul umklammert Nassers Arm, die Flinte an seiner Seite, und Nasser ist gefangen. Ich renne jetzt und habe Angst, vom irren Abdul auch am Arm festgehalten zu werden, in einer Hand hält er seine Flinte, die andere hat er amputieren lassen, um sie durch einen Schraubstock zu ersetzen. Er kann so etwas machen, er ist irre.

Obwohl die Sonne unten ist, steht Asija nicht auf dem Balkon, um den Mond anzubeten. Sonnenblumenkerne zeugen von Kemals und Mammuts nachmittäglicher Anwesenheit bei den Fahrradständern. Das Viertel ist ungewöhnlich ruhig. Ich rase zur Haustür, schaue hinter mich und entdecke den Volvomann nicht.

Die Wohnung ist still und dunkel, der Geruch nach kalter Asche schwebt im Wohnzimmer und zeugt von Tante Khalidas und Baqqes Anwesenheit. Ich betrete den Balkon, durchsuche alle Zimmer und treffe niemanden an. Ich stelle mir vor, wie der Volvomann Helin mit ihren Freundinnen gejagt hat, sie alle im Krankenhaus liegen, der Volvomann nach Frankreich geflohen ist, Asija und Nasser Helin auf der Intensivstation besuchen. Das ganze Viertel trauert um die Mädchengruppe. Die Türklingel reißt mich aus meinen absurden Vorstellungen: Ausländer trauern nicht still.

Das Ehepaar Zakholy steht da mit Asija in ihrer Mitte. Baqqe starrt auf meine Ausgehklamotten. Ich weiß nicht, ob ich die Nachbarn höflich hereinbitten oder Asija bestürzt fragen sollte, was geschehen sei. Herr Zakholy erleichtert mir die Sache: »Meine Tochter, deine Mutter war im Aufzug.«

»Sie wollte nach oben! Auf das Dach!« Während Baqqe bei dem Gedanken nach Luft schnappt, schwabbelt ihr Wanst, das Froschgesicht erschrocken über Asijas Wahnsinn. Um die aufgequollenen Lippen schwingt ein leichtes Lächeln, weil sie ganz begierig darauf ist, diese unerhörte Geschichte weiterzuerzählen. Ich glaube, so viel Aufregung kann sie gar nicht ertragen, die dünnen Froschschenkel werden sich gleich unter so viel Wallung verbiegen. »Deine Mutter stand da und schien fast glücklich«, erzählt Baqqe ungläubig, als wäre es eine Sünde, glücklich auszusehen.

Asija trägt ihr Nachtkleid und mit sich eine Bettdecke wie ein kleines Mädchen, das nachts mit der Kuscheldecke vor Albträumen in das Zimmer seiner Eltern flüchtet.

»Wahrscheinlich wollte sie zu meiner Tante.«

»Nein, nein, sie wollte auf das Dach –«

»Komm rein, Asija«, befehle ich und greife nach ihrem Arm, der sich anfühlt wie ein Ast, auf dem Rotkehlchen sitzen.

»Sie hat es uns selbst gesagt, nicht wahr?« Baqqe wendet sich ihrem Mann zu. »Ihr müsst auf eure arme Mutter aufpassen, sie kann nicht –«

»Danke«, unterbreche ich sie. »Eine gute Nacht wünsche ich«, sage ich lächelnd, bis ich die Tür leise und langsam schließe. Ich führe Asija ins Schlafzimmer.

»Ich dachte nur – nur für eine kurze Zeit dachte ich, dass ich wieder im Irak bin«, erzählt sie mir.

»Ist schon gut, das kann schon mal passieren.«

»Ist dir das auch mal passiert? Denkst du auch manchmal, dass du im Irak bist?«, fragt sie, als ich sie ins Bett bringe, sie zudecke und ihre Wange küsse. Sie starrt mich an, wartet auf eine Antwort.

»Manchmal«, lüge ich.

Wenn niemand auf Asija achtgibt, dann wandert sie noch in den Irak aus und bleibt möglicherweise für immer dort und hinterlässt uns nur ihren Körper. Aber sie kann nicht zurück, weil es den Irak von damals nicht mehr gibt, vielleicht weiß sie das und ist deswegen verstört und betet den Mond an, um den Irak zu heilen, aber so viel Spucke hat Asija nicht.

Als Helin nach Hause kommt, ist meine Wut auf sie schon verebbt. »Wo warst du?«

»Bei Tante.«

»Bis elf Uhr? Spinnst du?«

»Wieso, ist doch nix passiert.«

»Asija wollte aufs Dach. Die Zakholys haben sie zurückgebracht. Der Frosch wird das bis morgen früh schon überall verbreitet haben.«

»Was wollte sie auf dem Dach?«

»Was weiß ich? Da gehört sie jedenfalls nicht hin, Helin. Kannst du nicht mal auf sie aufpassen, wenn du schon zu Hause bist?«

»Ich bin doch nicht ihr scheiß Babysitter.«

»Hey, pass auf deinen Ton auf.«

»Sie ist verrückt, sie gehört in eine Anstalt. Das weiß hier jeder.«

»Halt deine blöde Klappe!«

»Warum passt *du* nicht auf die Irre auf?«

»Helin, noch ein Wort, und bei Gott, ich vergesse mich«, sage ich auf Kurdisch, weil es bedrohlicher klingt.

»Wo warst du denn, als sie auf's Dach wollte?«

»In der Uni.«

»Bis in die Nacht?«

»Das geht dich gar nichts an.«

»Tja«, sagt sie und geht. Am liebsten würde ich sie an den Haaren ziehen, ihr befehlen, sich gefälligst hinzusetzen und mir zuzuhören, während ich ihr von Asija erzähle, wie selbst ein paar Warzen an den Fingern ihrer Tochter sie dazu veranlassten, den Mond anzubeten, alle heiligen Frauen im Islam um Hilfe zu bitten.

Ich stürme aus der Wohnung und haste die Treppen hoch, um Tante Khalida eine Szene zu machen, um sie zu fragen, warum sie zugelassen hat, dass Asija durch das Hochhaus irrt, warum sie Helin nicht nach Hause geschickt hat, warum sie sonst alles sieht und riecht. Vor ihrer Wohnungstür bleibe ich stehen. Früher war sie immer offen, heute ist sie zu, vielleicht auch nur deswegen, weil es später Abend ist. Ich muss mir genau überlegen, was ich sagen möchte. Jedes Wort muss mit Bedacht gewählt sein, sonst dreht sie mir einen Strick draus. Egal, wie ich es darstelle, ich werde keine Chance haben. Ich lehne mich an die geschlossene Tür, die mich davor bewahrt, eine Dummheit zu begehen. Tante Khalidas Wohnung sollte niemals planlos betreten werden. Früher tat ich es gedankenlos, als sei die Wohnung nicht Tante Khalidas Quelle des Unglücks, in der Leben wie in Bernstein gefangen ist.

Ich lehne mich gegen die Tür, rutsche gedankenverloren bis zum Boden und bleibe dort erschöpft sitzen.

Vielleicht war die Wohnung damals tatsächlich eine sorgenlose, die sich Jahr für Jahr mit Unglück füllte, weil Tante Khalida hier lebt. Jedenfalls stand früher die Tür immer offen, weil meine Cousins ständig ihre Schlüssel verloren, und deshalb keilten sie die Tür mit einer Latsche. Es konnte jeder ein- und ausgehen, wie es ihm beliebte. Das Gebrüll der vielen Jungs in Tante Khalidas Wohnung hallt in meiner Erinnerung wider. Alle Jungs aus dem Viertel besuchten meine Cousins und spielten Playstation – in ihrem Zimmer lachten und grölten sie, tranken billige Cola von Lidl und füllten den Raum mit dem Gestank ihrer Socken.

Obwohl es so etwas wie ein Mädchenzimmer gab, in dem Dunja mit Barbies vom Flohmarkt spielte, vermied ich auch diesen Raum und gesellte mich meistens zu meinem Onkel Agid im Wohnzimmer. Er guckte sich alte Hochzeitsvideos von fremden Paaren an. Die meisten von ihnen hatten vermutlich schon mehr als drei Kinder. Auf die Frage, warum er das schaue, antwortete er nicht gleich, sondern bedeutete mir mit einer Hand, mich zu setzen, während er gebannt auf das Video starrte, und dann erklärte er mir, um wessen Hochzeit es sich handle und wie das Wetter an dem Tag gewesen sei. Dabei ist es im Irak immer warm, es wird meistens im Frühling oder Herbst geheiratet. Ich spürte die trockene Hitze, wenn ich mit Onkel Agid diese Videos schaute.

Im Irak war Onkel Agid Kameramann, er hatte einen Videoladen, den er mit seinem Bruder betrieb – *Camerika* nannten sie den Laden, weil Kurden Amerika lieben, weil Amerikaner Araber töten, weil Rambo aus Amerika kommt. Onkel Agid filmte hauptsächlich Hochzeiten, weil es sonst keine Anlässe zum Filmen gab. Die schwere Kamera auf der Schulter, filmte er die Hochzeitsgesellschaft, die sich in einem Kettentanz um den Kameramann drehte, als wäre mein Onkel die Sonne. Onkel Agid filmte aus verschiedenen Perspektiven, aber die Leute beschwerten sich, sie wollten diesen Schnickschnack nicht, sondern ihn mit der Kamera auf der Schulter in ihrer Mitte haben.

Sein Bruder schnitt die Videos, unterlegte sie mit kitschiger Musik und komischen Special Effects beim Vorspann, der darin bestand, das Brautpaar vorzustellen, erst einzeln, dann zusammen. Die Vorstellung schien mehr ein Anlass zur Trauer als zur Freude, so verkrampft und unnatürlich schaute das Brautpaar drein. Zwei Fremde sollten vertraut spielen, einander berühren, sich anschauen, lächeln, aber nicht zu viel lächeln, schließlich ist die Hochzeit für die Braut ein Grund zum Trauern, weil sie ihre Familie verlässt. Onkel Agid erzählte, wie schwer es gewesen sei, mit diesen jungen Bräuten zu arbeiten, weil die meisten kurz vor einem Nervenzusammenbruch gestanden hätten. Sie durften zum ersten Mal in ihrem Leben einen Mann anfassen, der nicht ihr Vater oder Bruder war. Weil Onkel stundenweise bezahlt wurde, wurde das Brautpaar von der Schwester des Bräutigams, manchmal der Mutter oder dem Bruder gedrängt, sich mit den Fotos zu beeilen, schließlich wartete noch eine ganze Hochzeitsgesellschaft. »Also, *yalla de*, macht schnell, nicht so schüchtern.«

Onkel Agid zeigte der Braut ein paar Posen: Sie sollte ihre Hand auf die Brust des Bräutigams legen, er seine Arme um ihre Taille, ohne sie zu nah an sich zu drücken.

»Schaut jetzt in die Kamera!« Und beide blickten abwesend in die Kamera, bis Onkel Agid sie daran erinnerte zu lächeln, manchmal vergaß Onkel das und dann hatte das Brautpaar für immer ein leeres Gesicht.

»An der Hand der Braut sieht man, ob es eine Liebesheirat ist«, behauptete Onkel Agid. Es gibt einen großen Unterschied zwischen einer Hand mit zusammengekniffenen Fingern, auf das Revers des Mannes gepresst, und einer Hand, die wie ein

Schmetterling auf der Brust des Geliebten ruht. Bei der ersten wirkt es wie ein Schwören auf den Koran, bei der zweiten ist es nicht die erste Berührung zwischen dem Paar. Der Vorspann zeigt auch, wie der älteste Mann, normalerweise der Schwiegervater, ein Band um die Taille der Braut bindet und wieder löst. Das wiederholt er drei Mal, keine Ahnung, warum. Manche sagen, dies stehe für die drei wichtigsten Ereignisse im Leben einer Frau: Geburt, Heirat, Tod.

Onkel Agid schob eine weitere Kassette ein und nahm einen Anruf entgegen. Dann schaute er mich mit großen Augen an, und ich wusste, dass es Tante Khalida war. Weil sie immer ihre Tabakdose vergaß, bat sie mich, ihr diese zu bringen. Damals lagerte sie keine Extra-Dose bei uns.

Ich war schon zu lange bei Onkel Agid, deswegen schnappte ich mir die Dose und verschwand. Natürlich schimpfte Tante, als ich unten ankam, und wenn sie einmal anfing, war es sehr schwierig, sie ruhigzustellen.

»Ich habe mit Onkel alte Hochzeitsvideos geschaut.«

Tante tobte, als hätte ich mit dieser Aussage eine alte und in der letzten Kammer ihres Herzens versteckte Wut entfacht. Selbst Baqqe fürchtete sich vor Tante Khalidas Ausbrüchen. Erst als sie wieder ruhiger atmete, wagte Baqqe zu fragen, was Tante Khalida daran störe, wenn Onkel Agid alte Videos ansehe.

»Dieser verrückte Mann, er sitzt den ganzen Tag vor diesen alten Hochzeitsvideos und weiß nichts anderes mit sich anzufangen, als fremden Menschen beim Tanzen zuzuschauen. Er weigert sich rauszugehen wie alle Männer, nein, das will er nicht, stattdessen sitzt er zu Hause und … und …« An dieser Stelle heulte Tante Khalida gekünstelt. Kein einziger Tropfen verließ ihre Augen, nur dumme Kuhlaute kamen aus ihrer

Kehle, sodass sie den Kopf verschämt senkte und sich mit den Zipfeln ihres Kopftuches die Augen rieb.

»… manchmal singt und klatscht er wie ein kleiner Junge.«

Das stimmte schon, auch wenn das für mich kein Grund zum Heulen war. Von einer Sekunde zur nächsten, wenn der Sänger ein neues Lied anstimmte, das Onkel Agid besonders verzückte, stand er ganz plötzlich auf, klatschte in die Hände, schnappte nach der Person neben sich und fing an, mit dieser zu tanzen. Da seine Kinder das anscheinend nervig und peinlich fanden und ihn mieden, war ich meistens seine Tanzpartnerin.

Ich musste seine gute Laune ausnutzen und fragen, ob ich die Fische füttern dürfe, weil ihm das Aquarium gehörte.

»Aber ja, süße Sanaa, jetzt tanz richtig!«

Also tanzten wir, und er brachte mir einige Schritte und Bewegungen der Arme bei. »Nicht so verkrampft, Sanaa, lass die Schultern locker, die Ellbogen müssen schweben, nicht so stampfen, du bist doch kein Elefant.«

Ich kam verschwitzt bei Tante an, die mich fragte, warum ich denn wieder so lange weg gewesen sei.

Da ich wusste, wie sehr es Tante aufregte, wenn Onkel tanzte und sang, erzählte ich ihr haargenau, was Onkel Agid und ich getrieben hatten. Sie drohte mir, im nächsten Moment wandte sie sich an Allah, dann wieder an Baqqe:

»Oh, Dayka Yahya, was soll ich nur tun, ich bin mit einem Verrückten verheiratet, mit einem Kindskopf.« Sie schien ehrlich verzweifelt.

»Da gibt es schon Wege, einen Mann wieder an sein Alter und seine Pflichten zu erinnern«, sagte Baqqe und widmete sich ihrem Tabak.

All diese Erinnerungen passieren unkontrolliert meinen Kopf, während ich vor Tante Khalidas Wohnungstür sitze. Die Hochzeitslieder hallen in der Vergangenheit und werden nie wieder in dieser Wohnung tönen. Jetzt herrscht Stille und Langsamkeit in Tante Khalidas Reich, vor allem um diese Uhrzeit. Ich richte mich wieder auf, mein Hintern fühlt sich hart und kalt an. Ich gehe die Treppen runter, gehe nach Hause.

In der Küche rolle ich für Tante Khalida ihre Zigaretten mit Marihuana neu und lege sie wieder in die Tabakdose, damit sie nichts bemerkt, ich habe gelernt, sie zu rollen, sie war eine gute Lehrerin. Asija steht hinter mir. Ich sage ihr, ich hätte lediglich geschaut, ob Tante auch genug Tabak habe. Sie interessiert sich nicht dafür, ob ich lüge, sie hat mich auch überhaupt nicht gefragt, warum ich mit Tantes Tabakdose hantiere. Sie steht nur da, trinkt etwas Wasser, dann geht sie zur Balkontür und entschwindet in die Nacht. Ich lege mich ins Bett und weine so leise, dass ich irgendwann glaube, mir das Weinen eingebildet zu haben. Die Nächte ziehen sich in die Länge, wenn Asija auf dem Balkon Wache hält, darüber wacht, den Moment nicht zu verpassen, wenn aus dem Mond eine Riesenkrabbe schlüpft, die Asija auf ihrem Rücken reiten lässt und mit ihr davonstakst.

Aber in dieser Nacht träume ich nicht von der Krabbe, sondern von meinem Bett auf dem Dach. Theoretisch könnte ich auf dem Hochhaus schlafen, weil es ein Plattenbau ist, doch mein geträumtes Haus hat das typisch deutsche Spitzdach mit rotbraunen Schindeln, auf dem ich im Bett balanciere, von einer Kante zur anderen husche, wenn es sich gefährlich zur Seite neigt.

Die Nacht verbringe ich damit, nicht vom Dach zu fallen.

Ich wache auf, als jemand die Wohnungstür aufschließt, schaue auf mein Handy, es ist zwei Uhr.

Es ist Nasser, ich kenne seine Art, sich zu bewegen, etwas

hastig für einen Mann. Aber so ist er, immer hastig. Er wandert in der Wohnung umher, entdeckt Asija auf dem Balkon, befiehlt ihr reinzukommen, schließlich sei sie ja nicht verrückt. Asija sagt: »Ja.« Als hätte sie erst jetzt gemerkt, dass es kein angemessener Zeitpunkt ist, auf dem Balkon zu sein. Er führt sie ins Schlafzimmer, fragt, ob sie schon was gegessen habe. Geht in die Küche, trinkt Wasser, trinkt viel Wasser, geht ins Bad, wäscht sich das Gesicht, wäscht sich die Arme, die jucken und blutig sind, verkrustete Arme, rot gepanzert. In Felsenklüften wohnt eine rote Krabbe, sie wetzt die Scheren an den Steinen, wandert im Sand umher, kriecht durch den Sand, steigt mit Sand in den Augen an die Oberfläche, besteigt die Spitze aller Klippen, tanzt den Krabbentanz, ist König, ist Jäger, ist allein, frisst sich den Bauch voll, frisst allein, stürzt von hohen Klippen, bricht sich ein Bein, ist allein.

Nasser schläft auf der Couch, der Fernseher läuft noch stummgeschaltet. Die Sonne ist aufgegangen, alle haben sich in sich verkrochen. Ich lasse ein Glas auf den Boden fallen, damit sie aufwachen.

Nasser setzt sich auf, kommt in die Küche und fragt, ob ich Chai kochen könne, wobei es kein richtiges Fragen ist, aber auch kein Befehlen, es ist eine Aufgabenzuteilung, irgendetwas in diese Richtung. Er geht ins Badezimmer, die Arme waschen. Krabben lieben Wasser.

In der Küche gesellt sich Helin zu mir und irgendwann sitzt auch Nasser da. Es ist Samstag, also befinden wir uns alle gezwungenermaßen zu Hause, und durch Zufall befinden wir uns alle in der Küche, am Küchentisch. Aus der Ferne betrachtet würde man eine Familie in dieser Konstellation vermuten. Nasser hat die Ärmel hochgekrempelt. Helin und ich schauen auf seine rot gepanzerten Arme. Er raucht, und ich nehme mir eine Zigarette aus seiner Schachtel, er ignoriert es. Ich greife nach seinem Feuerzeug und beobachte ihn und wünschte, wir befänden uns am Fluss. Was würde ich dafür geben, meine Haare von der irakischen Sonne ansengen zu lassen – da könnten sich hundert Krabben an meiner Wade zu schaffen machen, solange Nasser sich nicht in eine Krabbe verwandelt. Seine Haut ist gelb wie alter Knoblauch, die Bräune nur noch eine Erinnerung. Ich puste in Helins Richtung, die den Rauch problemlos einatmet und mich fast herausfordernd anschaut. Irgendwann ist auch Asija aufgestanden, und weil sie uns am Küchentisch entdeckt, fängt sie an, Frühstück vorzubereiten, als wäre sie nicht Asija. Beim Spülen des Geschirrs vom Vortag starren wir sie alle an. Die Gläser stellt sie auf die Arbeitsfläche, wo sie ein Tuch ausgebreitet hat. Ihre Bewegungen sind nicht fließend; leicht unnatürlich, denke ich, nicht gewöhnt daran, Gläser nacheinander zum Trocknen auf der Arbeitsplatte abzustellen. Weil ich das gerade so denke, fällt Asija ein Glas aus der Hand und zerschellt auf dem Boden. Nasser, Helin und ich schauen sie an, gefasst darauf, dass sie zu weinen anfängt, aber sie tut es nicht. Nicht einmal eine Kugel konnte sie zu Fall bringen. Vielleicht ist sie stärker als in meiner Vorstellung.

Helin und ich schauen wieder auf Nassers Arme, trauen uns nicht, ihn darauf anzusprechen. Als Asija im Wohnzimmer ist, erzähle ich im Flüsterton von gestern Abend, von Asijas Ausflug aufs Dach. Nasser raucht in Ruhe zu Ende, sagt: »Passt auf eure Mutter auf«, erhebt sich und verlässt die Wohnung. Ich müsste ihm nachlaufen, ihn fragen, was er treibt, ob er eine türkische Freundin hat, um die er seinen Krabbentanz aufführt. Er wird erst gegen Abend auftauchen, um mit Großmutter zu telefonieren.

Ich sage Helin, dass wir Asija im Wohnzimmer Gesellschaft leisten sollten. Helin meint, sie habe keine Lust.

»Du kannst nicht die ganze Zeit nur das tun, worauf du Lust hast«, sage ich und komme mir unglaublich altklug vor. Helin rollt mit den Augen, ist ein trotziges Kind, das erzogen werden muss. Auch wenn Tante Khalida sich ihrer angenommen hat, bedeutet das nicht, dass Helin Verantwortungsbewusstsein lernt. Ganz im Gegenteil, sie wird nur dazu erzogen, Scham vor fremden Leuten zu empfinden, sich vor Männern zu zieren.

Wir setzen uns also zu Asija, und ich überlege, worüber man sprechen könnte. Helin sagt irgendwann, sie sei mit Dunja verabredet, deswegen habe sie nicht so viel Zeit.

»Du musst nicht jeden Tag bei Dunja sein.«

»Das hast du nicht zu entscheiden«, sagt sie auf Deutsch.

»Ich habe das sehr wohl zu entscheiden. Solange Asija dir keine Grenzen setzt, muss ich das wohl tun.«

Sie lacht ein unechtes, boshaftes Lachen, das ausschließlich Pubertierenden vergönnt ist. Und ich bin für einen Moment wie Tante Khalida, die Asijas Kind erziehen will. Ich schaue Asija hilfesuchend an und will ihr sagen, sie solle Helin verbieten, zu Dunja zu gehen.

»Was ist los?«, fragt Asija irritiert.

Ich würde unsere Unterhaltung gern für sie übersetzen, fürchte jedoch den Moment, wenn sie es Helin verbietet und Helin trotzdem geht. Schlimmer wäre es, wenn sie sagt, dass es egal ist, wo Helin gerade ist. Ich habe keine Ahnung, wie man eine Fünfzehnjährige erzieht.

Helin scheint meinen Gedankengang mitverfolgt zu haben und blickt mich wieder herausfordernd an. *Na komm, Sanaa, zeig mal, was du draufhast.*

Ich darf mich überhaupt nicht darauf einlassen, das kann

nur schiefgehen. Deswegen wechsle ich das Thema und frage Helin, ob ihr der dicke Kurde im Volvo aufgefallen sei.

»Was für ein Volvo?«

»So ein weißes Auto, hässlich, kantig, und der Dicke mit den vielen Haaren, der muss dir doch aufgefallen sein. Der ist euch letztens zur Schule gefolgt.«

»Du willst mir jetzt nur Angst machen.«

Als sie das so sagt und ich darüber nachdenke, fällt mir auf, wie gruselig es immer noch klingt. Aber wenn man ihn sieht, dieses dicke Gesicht, das nicht furchteinflößend wirkt, aber auch nicht unbedingt vertrauenswürdig, dann nimmt das Schärfe aus der Geschichte.

»Woher kennst du diesen Mann?«, fragt sie und hebt eine Augenbraue, das ist neu bei ihr. Es macht mich traurig, nicht zu wissen, von wem sie das hat.

»Ich kenne ihn überhaupt nicht.« Ich will ihr aber auch nicht erzählen, dass er mich seit einer Weile verfolgt.

»Aha.« Ich hasse es, wenn Leute einen Vorwurf hinter einem »Aha« verstecken.

»Was ›aha‹?«

Für ihre fünfzehn Jahre kann sie einem ziemlich lange in die Augen schauen.

»Dunja meinte, du würdest viele Kerle kennen.«

»Warum glaubst du alles, was Dunja meint?«

»Ich habe nicht gesagt, dass es so ist, ich gebe nur wieder, was Dunja gesagt hat.«

»Und warum zitierst du Dunja ständig?«

»Weil du diesen dicken Kurden erwähnt hast und das zeigt, dass du einen Kerl kennst, den sonst niemand kennt.«

Die kurdische Logik ist ihr schon eingetrichtert worden, wahrscheinlich ist sie überhaupt nicht mehr zu retten.

Irgendwann fragt sie, ob sie gehen dürfe, und betont das »darf« dabei und zieht es in eine lächerliche Länge. Bevor sie aus der Wohnung ist, rufe ich ihr hinterher: »Pass auf, dass dich das Kamel nicht wieder niedertrampelt.«

Sie knallt die Tür zu.

Wir nennen sie beide *Uda*, »Mutter«, dabei ist sie nur Nassers Mutter, aber weil er sie »Mutter« nannte und es immer noch tut, rufe ich sie auch »Uda«. Sie zwingt uns jeden Samstagabend, mit ihr zu telefonieren. Der Inhalt ist eine endlose Schleife, die sich um unsere Hälse schlängelt. Uda weiß es nicht, aber sie ist unser einziger gemeinsamer Nenner.

Nasser, mein Sohn, wann besuchst du deine Mutter?, fragt sie, das ist ihre erste Frage, immer.

»Ich muss arbeiten, Uda«, sagt er und sieht weg, damit ich ihm beim Lügen nicht in die Augen schaue, in die sich Tränen geschlichen haben.

Immer arbeitest du. Du machst dich kaputt, mein Sohn.

»Nein, Uda, es ist einfach. Büroarbeit. Ich sitze nur auf dem Stuhl und … mache meine Arbeit.«

Trägst du eine Krawatte?, fragt Uda. Er schweigt. *Nasser.* Sie krächzt, und Nasser atmet nicht durch die Nase, weil ihn der Rotz verraten könnte. Wenn man eine Krawatte bei der Arbeit tragen muss, dann hat man es geschafft. Sie fragt das bei jedem Telefonat.

»Natürlich, Uda.«

Dann will sie mich sprechen, ihr Kind, ihr Herz, ihre Leber, ihr Ein und Alles. Sie lässt mich gar nicht zu Wort kommen, wofür ich ihr sehr dankbar bin. »Sanaa, oh, meine Sanaa, meine süße Sanaa, meine Tochter, mein Herz, wie geht es dir? Geht es dir gut? Bist du immer noch so fleißig in der Schule? Ist meine Sanaa immer noch wild? Du bist jetzt ein großes Mädchen. Was macht mein großes Mädchen?«

»Ich gehe immer noch zur Uni. Mir geht es gut, Uda. Ich vermisse dich sehr.«

»Dann besuch mich, nimm deinen Vater mit und besucht mich endlich, meine Tochter.«

»Machen wir«, verspreche ich ihr jeden Samstag, aber das ist so dahergesagt. Ein kurdisches Versprechen, kein deutsches, ein höfliches Versprechen, kein aufrichtiges.

»Ich möchte mit meinem Nasser sprechen.« Ich reiche ihm das Telefon. Danach wird sie ihm befehlen, mir das Telefon zurückzugeben, nicht etwa Asija oder Helin. In Udas Welt existieren sie gar nicht, Helin, das deutsche Kind, sagt sie. Wir erzählen es Helin nicht.

Erzähl mir von deiner Arbeit. Wie sind deine Kollegen?, fragt sie.

Nasser beantwortet ihre Fragen mit einer unverständlichen Geduld. »Sie sind alle sehr nett.«

Sind es Deutsche?

»Ja, es sind deutsche.« Das ist ein Gütekriterium.

Verdienst du gut, mein Sohn? Bist du glücklich?

»Ja, Uda, sehr.«

Sie betet für ihn am Telefon, sie bittet Gott, Nasser vor schlechten Einflüssen zu bewahren, ihn auf dem rechten Pfad zu halten, ihn und seine Töchter zu schützen, all seine Wünsche zu erfüllen. Früher sagte Nasser noch »Amen«, jetzt starrt er nur auf den Boden und wartet auf den Abschied. Als er auflegt, weint er in seine Hände. Nasser hat endlich verstanden, dass er nicht mehr sein kann als Nasser. Ich möchte ihm sagen, das sei nicht schlimm, wenigstens habe er endlich diese Erkenntnis erlangt – aber wir führen nie solche Gespräche, mir ist das peinlich. Ich weiß auch nicht mehr, mit welchen Worten ich ihn erreichen könnte.

Ich blicke vom Wohnzimmer aus auf Asija, die in die Ferne starrt, die am Geländer steht, auf dünnen Beinen steht, ob sie nicht langsam wehtuen, würde ich sie gerne fragen, ob sie sich nicht neben Nasser setzen könne. Wer rastet, der rostet, wer lange in die Ferne schaut, vergisst die Nähe, wer in Gedanken wandert, entfernt sich von der Gegenwart, wer rostet, empfindet am Ende keine Schmerzen. Dann beobachte ich Nasser, der sich auf der Couch einrichtet, sich zusammenfaltet, mit tiefer Zornesfalte zwischen den Brauen, mit Tränen auf den Wangen.

Irgendwann wacht er auf, hat schlecht geträumt, ich weiß das, weil ich ihn die ganze Zeit über beobachtet habe. Vielleicht rannte er von einem Dach auf das andere, rannte um sein Leben, rannte für die Freiheit und irgendwann stürzte er tief, und er wacht auf und befindet sich in Deutschland, hat sein Ziel erreicht.

Ich wünschte, Asija könnte bei uns sein, das Gleiche denken wie ich und Nasser umarmen und ihm sagen: Ich verstehe dich. Nasser und ich wissen, wie unmöglich dieser Wunsch ist, deswegen steht er auf, reibt sich grob über das Gesicht und will in die Nacht fliehen.

»Wohin gehst du?«, frage ich.

»In die Teestube.«

»Um diese Uhrzeit?«

Er antwortet nicht, ich bin seine Tochter, nicht seine Frau, vor mir muss sich niemand rechtfertigen. Vielleicht geht er zu der türkischen Nutte, sie hört ihm zu, während sie ihm über den Nacken streicht, immer wieder, als wäre er sieben Jahre alt.

Nasser kommt erst spät in der Nacht wieder, wenn das grelle Mondlicht keinen schlafen lässt, wenn die Familie spinnt: Helin hat eine neue Stellung eingenommen, sie liegt bäuchlings, den Po hochgestreckt, beide Hände in der Unterhose. Ob sie das von Dunja gelernt hat?

Stunden später wache ich von Fernsehgeräuschen auf, gehe ins Wohnzimmer, beobachte Nasser, der wieder auf der Couch eingenickt ist, daliegt wie ein totes Tier, Arme und Beine hängen herunter, die Haut ist mit dunkelroten Krusten übersät. Bevor die Haut heilen kann, schabt er frische Wunden – welche Frau würde mit diesem Krustentier ins Bett gehen, wenn sie nicht dafür bezahlt würde? Ich schalte den Fernseher aus und schlendere zum Bett, höre auf, in der Wohnung umherzugeistern, ich bin ja nicht Asija. Ich werde auch nicht weinen. Nein, ich lege mich wieder ins Bett, denke an Vater, Mutter, Kind. Wenn ich nicht frieren will in meinem Bett, dann muss ich in den Irak reisen, an die braunen Gräser denken, an den heißen und nachgebenden Asphalt, an Roush, das armenische Mädchen mit dem unvorsichtigen Lächeln und den vielen unreifen Mandeln in seinem Schoß. Roush, wie der Tag oder die Sonne – hitzig, schwitzig, mit spitzen Brüsten, kein BH und voller Neugier. Wenn wir am Fluss waren, versteckte sie ihre Unterhose unter den Steinen und rannte auf das lauwarme Wasser zu. Vor einigen Jahren bot mir Tante Khalida an, mit ihr in den Irak zu reisen, und für einen kurzen Moment dachte ich an Roush und den warmen Chabur, an Großmutters weichen Schoß. Für einen kurzen Moment zappelte ich an Tante Khalidas Haken, bis Asija einen Arm um mich legte, ganz plötzlich, als wäre sie aus einem bösen Traum erwacht, und sagte: »Meine Tochter bleibt bei mir.« Diese wenigen Worte reichten aus, um mich für den Rest meines Lebens an Asija zu binden.

Als Tante Khalida vor einigen Jahren in den Nordirak reiste, hatten wir in Deutschland irakisches Wetter. Ich wanderte überall im Hochhaus umher, das konnte ich noch als Pubertierende, da wunderte sich niemand über eigenartiges Verhalten, da erwartete niemand eine vernünftige Antwort. Ich stieg oft auf das Dach und schaute mir das Viertel an, während die irakische Sonne mir den Kopf schummrig machte. Es fühlte sich gut an. Ich blickte in diese weiße Scheibe und kniff die Augen zu, sah nur noch grün, drückte mir auf die Augäpfel, wo eine Krabbe wohnte. Ich bildete mir eine Krabbe ein, stellte sie mir im klaren Wasser des Chabur vor, stellte mir vor, wie ich zu meinem Vater rannte, der auf den heißen Kieselsteinen lag und mich fragte, wieso ich weinte. Mit sehnigen Beinen umarmte er mich, schützte meinen kleinen Körper und hielt mich fest an sich gedrückt. »Du bist ein kluges Mädchen, wein nicht.« Ich weinte auf dem Dach, setzte mich in eine schattige Ecke und heulte, ohne wirklich zu wissen, warum. Vielleicht weinte ich um den Chabur, weinte wegen der einsamen Spaziergänge der Krabbe oder weil Nasser mich nie wieder in seinem Schoß, in der Umarmung seiner Beine behütete. Nachdem ich mir die Nase mit Rotze verstopft hatte, verließ ich das Dach, ging zu Onkel Agid. Ich beschloss, diese Strähne zu finden, die mir Tante Khalida mit Baqqes Hilfe vom Kopf entwendet hatte.

Die Wohnung wirkte herrenlos, da Tante Khalida ihre Augen mit sich genommen hatte. Onkel Agid stand ans Geländer des Balkons gelehnt und schaute auf die kleinen Leute unten.

»Onkel, wie geht's?«

»Was für ein schönes Wetter.«

»Das ist die irakische Sonne.«

Er lachte und fuhr mir mit einer Hand durch die Haare und bemerkte meinen brennend heißen Schädel.

»Kleines, du darfst nicht lange direkt unter der Sonne stehen. Das ist nicht gut für den Kopf.«

»Ich mag die Sonne«, sagte ich zu meiner Rechtfertigung. Er nickte wissend.

»Ich mag die Sonne auch.«

In dem Moment wünschte ich mir, Asija würde die Sonne auch mögen, aber sie sehnte sich nur nach dem unbeständigen Mond. Das wollte ich dem Onkel sagen, als ihn auf einmal starke Kopfschmerzen befielen. Wir begaben uns ins Wohnzimmer, wo er sich auf die Couch legte und ein leises Stöhnen von sich gab. Mich überkam eine kindliche Furcht vor meinen eigenen Gedanken: Weil ich Asijas Mondsucht direkt mit Onkels Kopfschmerzen verband, glaubte ich, ihn mit der Macht meiner Gedanken ungewollt verzaubert zu haben.

»Onkel, soll ich dir eine Schmerztablette holen?«

»Nein, nein, es wird mir gleich besser gehen.«

Ich holte ihm trotzdem ein Glas Wasser, weil ich das auch immer für Asija machte und sie mir dankbar war.

Onkel lächelte mich an und sagte: »Du bist ein kluges Mädchen.«

Obwohl Onkel Agid das gesagt hatte, musste ich ihn anlügen, als ich vorgab, zu Dunja zu gehen, mich in Wirklichkeit aber auf die Suche nach meiner Haarsträhne machte.

Das Schlafzimmer roch nach Tante Khalidas tabakgewürzter Kleidung, als hätte sie den Geruch hier eingeschlossen. Auch wenn sie wegziehen würde, wenn man all ihre Kleidung, ihr Bett mit der gesamten Bettwäsche wegschaffen, staubsaugen, wischen und die Wände streichen würde, der Geruch bliebe auf Ewigkeit in diesem Zimmer. Man müsste die Wohnung verbrennen.

Ich schaute in jede Schublade, unter die Matratze. Der Kleiderschrank erinnerte mit seinen Mustern und Farben an ein schwindelerregendes Kaleidoskop.

In diesen zwei Wochen schaffte ich es nicht, meine Haarsträhne zu finden. Tante Khalida kam aus dem Irak zurück, die Koffer mit Geschenken vollgestopft. Als mein Cousin eine Tasche mit Mühe öffnete, schwappte billiger Krimskrams auf den Boden. Tante hörte gar nicht mehr auf zu reden; sie erzählte, sie habe das Grab ihres Vaters besucht und lange geweint, bis ihr Herz sämtliche Trauer auf dem kurdischen Friedhof ausgeschüttet habe, um Platz für Freude zu machen. Das erzählte sie zwar nicht, aber ich stellte es mir so vor, weil ich sonst nicht verstand, warum man am Grab eines vor über dreißig Jahren Verstorbenen heulte. Sie erzählte, wie sie Udas Hände geküsst habe, die nach den Blumen aus den kurdischen Bergen gerochen hätten. Dann schimpfte sie mit Nasser, weil er Uda nicht besuchte. Mein Vater drückte sich ins Sofa, wurde ganz klein und murmelte Unverständliches. Tante Khalida genoss es, die Aufmerksamkeit aller auf sich gerichtet zu wissen.

Sie kochte für Onkel Agid einen starken Schwarztee mit getrockneten Zitronen und Sternanis, der Onkel Agid schläfrig machte. Er stand danach nicht mehr von der Couch auf, nicht einmal fürs Tanzen. Er gewöhnte sich ab, die Hochzeitsvideos von Fremden zu schauen, und fing an, seitlich auf der Couch zu liegen, mit seinem Videorekorder Tierdokumentationen aufzunehmen und zu schweigen wie die Sterne. Ich setzte mich ungefragt zu ihm. Manchmal glaubte ich, er wisse nicht um meine Anwesenheit.

Also ließ ich ihn in Ruhe. Während sich in der Savanne Afrikas Leoparden an junge Antilopen heranpirschten, suchte ich weiter nach meiner gebundenen Haarsträhne. Einmal saß ich in Tantes Zimmer und fragte mich, ob sie meine Strähne wohl im Irak neben dem Grab ihres Vaters versteckt hatte, damit ich sie auf keinen Fall finde. Ich kniete mich hin und schaute unter das Bett.

Mein Cousin Taufik stand mit überkreuzten Armen an den Türrahmen gelehnt und fragte, was ich denn im Schlafzimmer seiner Eltern zu suchen habe.

»Tante braucht ihre Tabakdose.«

»Komm her.«

Er führte mich aus dem Zimmer, durch den Flur, am Aquarium im Wohnzimmer vorbei in die Küche. Er öffnete einen Oberschrank und präsentierte mir die Dose.

»Hier ist sie. Das nächste Mal fragst du einen von uns, wenn du was suchst.«

Ich schnappte mir die Dose und floh aus der Wohnung, ohne ihm zu antworten.

»He, hast du mich verstanden?«

Ich stieg nicht in den Aufzug, sondern nahm die Treppe, weil man dort selten jemanden antraf. Ich öffnete die Dose und roch daran und wunderte mich, wie man so etwas Ekelhaftes rauchen konnte. Beim nächsten Mal, als ich den Tabak holen sollte, spuckte ich in Tante Khalidas Tabakdose, weil sie nicht höflich gefragt hatte. Von da an bellte sie nur noch Befehle, als hätte meine Spucke sie mit Tollwut angesteckt.

Ich fragte Asija, was sie glaube, wo Tante Khalida die Haarsträhne versteckt halte.

»Wahrscheinlich zwischen ihren Brüsten. Wenn du sie nicht dort findest, dann unter ihrer Matratze.«

»Da habe ich schon geschaut. Es ist kein einfaches Versteck.«

»Deine Tante ist einfältig.« Asija drehte sich um, deckte sich zu, krümmte sich zu einem Knäuel.

»Soll ich die Strähne überhaupt finden, Asija?«

»Das ist deine Entscheidung.«

Ich erinnere mich daran, mit welch einer Besessenheit ich damals nach der Haarsträhne suchte, von der ich überzeugt war, sie habe auf eine magische Art Einfluss auf mein Leben. Als könnte Baqqe zaubern, als könnte Tante Khalida durch bloßes Knotenlösen darüber entscheiden, wann und wen ich heirate. Ich denke unweigerlich an den Volvomann, an seine behaarten Arme, an sein konturloses Gesicht mit den stechend schwarzen Kugelaugen. Ich stelle mir vor, wie aus seinen Nüstern Nasenhaare wie Hortensien sprießen. Sein Rücken ist bedeckt von einem rauen Fell. Wenn er aus der Dusche steigt, dann hinterlässt er im Abflusssieb kurze, gekräuselte Haare. Nasser würde ihm eine Tracht Prügel verabreichen.

Am nächsten Tag okkupiere ich die Couch, lege Bücher auf den Wohnzimmertisch, streue Stifte auf meine Notizblöcke, die ich strategisch platziert habe, um vielbeschäftigt auszusehen. Beim Lesen kann ich, ohne belästigt zu werden, das Treiben in der Wohnung beobachten. Nasser kommt am Nachmittag nach Hause, um zu duschen. Als er nach einem frischen Handtuch fragt, holt Asija im Schlafzimmer eines aus dem Schrank. Ich höre eine kurze Unterhaltung, Banalitäten werden ausgetauscht, Eier, Käse und Öl werden gebraucht, man könnte auch mal wieder Zucker und Salz kaufen. Nasser sagt, er mache das morgen, ihre Einkaufswünsche solle sie ihm an Werktagen auftragen und nicht an einem Sonntag.

»Du bist ja nie da«, sagt Asija, und ich scheine der einzige Mensch auf der Welt zu sein, der sich über einen Streit zwischen den Eltern freut. Auf ihren Vorwurf geht Nasser nicht ein. Er ist nicht da, er flüchtet, er rennt, er ist nicht angekommen, das weiß Asija mittlerweile, also warum der Vorwurf, denkt Nasser wahrscheinlich. Er zieht keine T-Shirts an, immer langärmelige Pullover, sein Tattoo soll bedeckt werden, seine Krabbenarme versteckt. Ich frage mich, ob Helin das Tattoo kennt, ob sie weiß, wofür N und A stehen. Ich will es ihr erzählen, von Asija, von Ali, von *azadî*. *Azadî* bedeutet zu schwimmen und schwimmen und nie zurückzukehren.

Wenn ich Nasser beschreiben müsste: rennen, rasen, auf Steinen schlafen, hasten, runterwürgen, schwitzen, zittern, kratzen, kratzen, Arme aufreißen, springen, Dächer verlassen, Länder verlassen, Töchter zurücklassen, Arme aufreißen, rennen, rasen, auf Steinen schlafen, hasten, runterwürgen, schwitzen, zittern, kratzen.

Nasser scheint es glücklich zu machen, nicht zu Hause zu sein. Er fragt Helin, ob sie mit ihm nach oben komme.

»Zwei Minuten, Babu, dann bin ich fertig.« Bei dem Wort »Babu« muss ich schmunzeln, er ist nur noch der Schatten von Babu aus dem Irak, hat nur in etwa sein Aussehen.

»Warum geht ihr nach oben?«, frage ich, und Asija schaut sie gespannt an, als hätte sie mit gefragt. Wie selbstverständlich antworten beide: »Essen.«

»Ihr könnt mitkommen«, bietet Nasser uns an und wartet nicht auf eine Antwort, weil er weiß, dass keine kommen wird.

Ich schaue in den Kühlschrank und entdecke nur einige Tomaten, eine einsame Aubergine, ein Ei, etwas Butter, Milch. Wir könnten Brot backen, denke ich.

»Wir kochen uns etwas Leckeres«, sage ich und schaue Asija hoffnungsvoll an.

»Du willst wahrscheinlich auch zu deiner Tante gehen.«

Beinahe verletzt mich die Aussage. »Nein, auf keinen Fall«, sage ich. »Du scheinst vergessen zu haben, wer Tante Khalida ist.«

»Nein, wie könnte ich nur«, sagt sie.

Ich würde sie gern wegen der Geschichte im Supermarkt um Entschuldigung bitten, die Frage nach der Kugel in der Schulter sollte nicht an öffentlichen Plätzen beantwortet werden müssen. Bevor Asija sich zum Gehen umdreht, frage ich, ob sie mir nicht etwas zum Frühstück machen könne. Im Gegensatz zu Helin weiß ich um ihre Kochkünste. Sie zögert kurz, setzt sich an den Küchentisch und gibt dann doch Anweisungen.

»Schneide eine Zwiebel in zwei Hälften, würfel die eine Hälfte und gib sie in heißes Öl, glasig braten. Wasch drei reife Tomaten –«

»Warte, Asija, ich bin nicht so schnell.« Ich habe gerade die Zwiebel in zwei Hälften geschnitten.

»Du hättest sie vorher pellen sollen«, meint sie.

Ich muss mir beim Schneiden die Tränen wegwischen, und sie sind nur zum Teil den Zwiebeln geschuldet. Ich erinnere mich an den Vorfall mit dem Notruf und schaue schuldbewusst zu Asija. Ich habe es damals vermasselt, dafür gesorgt, dass das Viertel sie für verrückt hält, dass Tante Khalida jeden Tag mit Baqqe auf der Couch sitzt und unseren Alltag überwacht. Plötzlich ist Asija aufgestanden, schaut mir beim Schneiden zu, bis sie mich ungeduldig zur Seite schiebt. Sie nimmt mir das Messer aus der Hand und fängt an, die Zwiebelhälfte zu schneiden. Erst langsam und, ja, eingerostet, dann schneller und geübter. Sie würfelt die Tomaten, gibt sie in eine Pfanne und lässt sie zischen, würzt mit Salz und Pfeffer. Als sie weich und gekocht aussehen, schlägt sie das Ei darüber auf und lässt es vor sich hin braten. Wir essen in Ruhe. Weil ich keine Tomaten mag, esse ich nur das Ei. »Uda hat das auch immer gemacht«, sage ich.

»Nein, das war ich.«

»Ich dachte, das wäre Uda gewesen.«

»Sie kam immer in letzter Minute, hat mich vom Herd gedrängt, etwas Salz darüber gestreut und es als ihres ausgegeben.«

Ich lache. Das findet Asija weniger komisch.

»Uda war der Chef im Haus«, sage ich.

»Uda …« Mutter – aus Asijas Mund klingt es höhnisch. Im Haus war Großmutter die Mutter von uns allen, auch meine Mutter, obwohl Asija mich geboren hatte. Aber ich war öfter in ihrem Schoß als in Asijas.

»Sie war wie diese Tiere, die Fische im Meer, mit diesen ganzen Armen und Beinen, die einen umklammern und nicht mehr loslassen, deren Arme überall sind.«

»Tintenfisch«, sage ich. Auf Deutsch, weil ich das kurdische Wort nicht kenne.

Asija atmet tief ein, als hätte der Tintenfisch einen Arm um ihren Hals gelockert.

»Wollte Nasser deswegen nach Europa?«

Sie schaut mir in die Augen, mit klarem Blick. Sie taxiert mich und fragt schließlich: »Was weißt du?«

Nasser flüchtete auf die Dächer Iraks, als er gezwungen wurde zu heiraten. Sein sehnlichster Wunsch war, in Europa zu leben. Er hatte sich in die Fremde verliebt, war Europa verfallen und seine Augen strahlten, wenn die Auswanderer von ihr erzählten. Sie kamen aus Kirkuk, Erbil oder Mossul und wollten gen Westen, dorthin, wo Sorgen selten sind, wo das Glück auf den Bäumen wächst. Großmutter verbot Nasser, sich den Wanderern anzuschließen, er sollte sesshaft werden, weswegen man ihm vorschlug zu heiraten. Man hatte schon jemanden für ihn gefunden, und als er merkte, wie ernst es seiner Familie war, floh er; vor allem vor seiner Mutter, vor Uda, die den Brüdern befohlen hatte, Nasser nicht aus den Augen zu lassen.

Der Abend dämmerte, und Asija, damals noch ein Mädchen mit Wimpern wie Krähenflügel, klappte auf dem Dach die Betten auf, nahm sich viel Zeit, um länger auf dem Dach bleiben zu können. Sie genoss es, ihren Gedanken nachzuhängen, während die Matratzen die Mittagshitze ausatmeten. Den Sommer über schliefen alle auf dem Dach, sonst erstickte man in der Hitze. Asija spannte das hellblaue Moskitonetz und wollte die Laken über das große Metallbett ausbreiten, als sie ein Winseln darunter vernahm. Sie kniete sich hin und schaute unter das Bett. Dort entdeckte sie einen jungen Mann mit verheulten Augen, der einen Zeigefinger an die Lippen drückte. In dem Moment erschienen weitere Frauen auf den Dächern und bereiteten ihre Schlafstätten vor. Asija wollte nach unten rennen und der Familie berichten, unter dem Bett befinde sich ein Mann; aber sie dachte an seine Augen. Ihr Herz schlug schneller, als sie das Lachen der Frauen hörte. Die Frauen würden reden, wenn sie ihn entdeckten, sie ging ein paar Stufen die Treppe runter, dann wieder rauf, sie rang mit sich. Schließlich blieb sie vor dem Bett stehen und fragte, ohne die Aufmerksamkeit der anderen Frauen auf sich zu ziehen, was er denn da unten mache.

Er antwortete nach einer Weile, er sei vor seinen Brüdern geflohen.

»Und wieso auf unser Dach?«

»Mit wem redest du da?«, fragte Asijas Bruder, der jüngste von ihnen, der die Treppe hochkam.

»Mit niemandem«, antwortete sie und ihre Knie schlotterten, dass sie sich setzen musste.

Er kam näher und schaute sich um. Aber er entdeckte niemanden außer dem kleinen Nachbarsmädchen, das auf dem Geländer saß und seiner Mutter zurief: »Guck mal, Mama, da versteckt sich ein Mann!« Dabei zeigte es auf Asijas Bett. Der kleine Bruder schaute darunter nach.

»Bruder, ich kann dir das erklären«, jammerte Nasser.

Es war zu spät. Mein Onkel rief die Familie, meine Großmutter schämte sich, dass ihre Tochter in aller Öffentlichkeit mit einem Fremden erwischt worden war, die Nachbarschaft stand in Reihen auf den Dächern wie ein Krähenschwarm, während das vermeintliche Liebespaar nach unten ins Wohnzimmer gezerrt wurde. Onkel Abdul, der irre Abdul, ohrfeigte Asija so heftig, dass sie gegen das bernsteinfarbene Porträt ihres Vaters knallte.

»Ich schwöre beim heiligen Koran, bei Allah und bei den Propheten, ich kenne Ihre Tochter nicht. Ich bin vor meinen Brüdern geflohen. Ich habe mich auf Ihrem Dach versteckt, weil ich nach Europa will.«

»Du Hundesohn, die ganze Nachbarschaft hat dich mit meiner Schwester gesehen, wie kannst du da von Europa schwafeln?«

»Ich küsse deine Füße, Onkel.« Nasser warf sich vor die Füße meines Großvaters.

Die Nachbarschaft hatte es gesehen – einen Monat später heirateten meine Eltern, der irre Abdul stand hinter ihnen, die Mündung der Flinte gegen Nassers Rücken gepresst. Aber in Nassers Herz war kein Platz für eine Frau, Europa schwappte gemächlich wie eine fette Qualle in seinem Brustkorb hin und her.

Und was die Flinte angeht, ja, da bin ich mir nicht ganz sicher. Ich zucke mit den Achseln, antworte Asija, ich wisse nichts.

Wir haben unseren Chai ausgetrunken und setzen uns auf die Couch, auf der Tante Khalidas und Baqqes Gesäßabdrücke zu sehen und zu spüren sind.

Asija fängt an, mir eine andere Geschichte zu erzählen.

Als Nasser sich wieder einmal im Teehaus herumtrieb und Domino spielte anstatt zu arbeiten, hörte er am Nachbartisch zwei alte Männer über Asija reden; sie sprachen von ihrem Unfall und der Kugel in ihrer Schulter. Nasser musste sich stark auf die Geschichte konzentrieren, da im gut besuchten Teehaus laut gelacht, geredet und gespielt wurde. Die Chai-Jungen hetzten mit ihren Blechtabletts von einem Tisch zum nächsten, verjagten die fetten Hausfliegen vom Würfelzucker, während sie Chai servierten, und trotzdem vermochten sie nicht den Durst der Gäste nach diesem honigklaren Getränk zu befriedigen. Nasser trank seinen Tee bitter und dunkel wie Dattelsirup. Wenn er sich auf einen dieser Stühle mit buntem Plastikgeflecht setzte, wurde ihm sofort sein Chai serviert, weil er großzügiges Bakschisch verteilte. Mit einer Zigarette zwischen den Fingern und dem Chai-Gläschen in der Hand folgte er gebannt dem Gespräch der zwei Alten, vernachlässigte das Dominospiel. Das Mädchen, erfuhr er, war versehentlich in einem Erbstreit zwischen ihren Brüdern angeschossen worden. Manche behaupteten aber, das Mädchen habe einen Liebhaber gehabt. Der Bruder jedenfalls war ein ziemlicher Hitzkopf, man nannte ihn den »irren Abdul«.

»Die Kugel ist immer noch in der Schulter drin.«

Da ratterte es in Nassers Kopf, und er fragte die Tischnachbarn, wo dieses Mädchen lebe. Aber diese hätten ihn beinahe zusammengeschlagen, weil bereits die Frage die Ehre des Mädchens verletzte. Er flüchtete aus dem Teehaus. Zu Hause schimpfte Uda wieder, was für ein wertloses Leben Nasser führe, ohne Frau und Kinder.

»Mein Junge, wir finanzieren dir deine Hochzeit, irgendwann in der Zukunft vielleicht ein Haus, bitte geh nicht nach Europa, brich deiner alten Mutter nicht das kranke Herz. Ich werde noch kränker, wenn du gehst.« Sie merkte, wie wenig es brachte, sein Mitleid erregen zu wollen. Schließlich forderte sie ihn auf: »Sei endlich ein Mann, willst du nicht wie deine Brüder arbeiten, heiraten, Kinder kriegen? Was ist das Leben eines Mannes wert, wenn er keine Kinder hat?«

»Ich werde heiraten«, verkündete er und machte sich daran, die Stadt nach dem Mädchen mit der Kugel in der Schulter zu durchkämmen. Er wartete im Teehaus auf die zwei Alten, die wiederkamen, und beim Gehen folgte er dem älteren, folgte ihm zum Mittagsgebet in die Moschee, wanderte ihm hinterher durch den Basar. Dann schlenderte der alte Mann zum Viehmarkt und erkundigte sich nach den Preisen für Lämmer, da er eines zur Beschneidung seines Enkels schlachten wollte. Irgendwann gegen Abend schickte der alte Mann sich an, nach Hause zu laufen. Endlich wusste Nasser, in welcher Nachbarschaft Asija wohnte. Am nächsten Tag kaufte er Süßigkeiten, um die Kinder in der Nachbarschaft für ein paar Informationen zu bestechen. Als er sie endlich gefunden hatte, begann er ihr nachzustellen. Egal, wohin Asija ging, in irgendeiner Ecke lauerten Nassers Augen. Selbst beim Einkaufen fuhr er ihr hinterher, in so einem alten Ding.

»Welche Farbe?«, frage ich.

»Rot. Warum?«

»Nicht wichtig.«

Er wusste, dass Asija im Sommer immer aufs Dach ging, um wie alle Frauen in Kurdistan die Schlafstätten vorzubereiten. Eines Tages versteckte er sich unter dem Bett, um mit diesem Mädchen zu sprechen, das er auf gewisse Weise auch anziehend fand: Sie wirkte immer etwas abwesend, als träumte sie davon, irgendwo anders zu sein. Und schon bei seinem ersten Versuch, mit ihr zu reden, wurden sie erwischt.

Während meine Großmütter die Hochzeit arrangierten, grübelte mein Vater, wie man eine schreckliche Geschichte um eine Kugel in der Schulter einer wehrlosen jungen Frau spinnen könnte.

»Was hast du gemacht?«, frage ich Asija.

»Was sollte ich denn tun? Es hätte keinen Unterschied gemacht, jemand anderes zu heiraten, den ich auch nicht kannte.«

»Aber fandest du Nasser gut?«, frage ich kleinmädchenartig.

»Es war unangenehm, als er mir jeden Tag nachstellte. Irgendwann fielen mir seine traurigen Augen auf. Die mag ich heute noch.«

Die Augen passen nicht zu Nasser, sie wirken wie ruhige Nächte. Nach einer Weile fällt mir der Anfang unseres Gesprächs ein.

»Und warum ist Uda ein Tintenfisch?«

Asija streckt sich auf der Couch aus, ein Arm schützt die Augen vor dem Licht.

»Lass, Sanaa, ich möchte mich ausruhen.«

Ich hole ihre Decke und lege sie über ihren Körper. Nach einer Stunde wecke ich sie, damit sie in der Nacht nicht herumwandert. Obwohl ich keinen Hunger verspüre, bitte ich sie, uns etwas zu kochen, auch für Helin und Nasser, damit sie nicht mehr zu Tante Khalida oder der türkischen Freundin gehen. Asija braucht lange, bis sie wieder ganz zu sich kommt. Ich rüttele an ihrer Schulter, schaffe es, ihren Blick auf mich zu lenken.

»Erinnerst du dich an Udas Maqlub?«, frage ich, und der Duft von gebratenen Hähnchenkeulen mit frittierten Zwiebeln und Auberginen steigt mir aus der Erinnerung in die Nase. Asija nickt.

»Warst du das auch?«, will ich wissen. Aber sie schüttelt den Kopf.

»Nein, das war deine Großmutter.«

Wir begeben uns in die Küche. Sie zeigt mir, wie man Reis mit gerösteten Mandeln kocht und Suppe mit frittierten Auberginen und Zwiebelringen. Wir essen, und ich spüre eine Wärme sich in meinem Bauch ausbreiten, als würde eine Sonne in mir geboren. Ich erzähle Asija von der Uni, ich erzähle ihr von imaginären Freunden, weil sie mich danach fragt. Ich kann nicht von Adnan erzählen; ich erzähle erst recht nicht von Omer, wie könnte ich nur. Ich will sie nicht ängstigen, deswegen erzähle ich auch nicht vom Volvomann. Ich erzähle ihr von einem Roman, den ich als die Geschichte einer Freundin ausgebe. Asija hört gebannt zu, ist schockiert, fiebert mit, lacht, und am Ende sagt sie, ich solle meine Freundin mal zu uns einladen.

Die Freude in Asija währt die Lebensdauer eines Regentropfens. Es wird Asija eng um die Brust; sie müsse raus, sagt sie. Sie flieht auf den Balkon und ignoriert mich, als ich mich neben sie stelle, um unsere Unterhaltung fortzuführen. Ich habe so viele Bücher gelesen, ich könnte ihr jeden Tag von einer anderen Freundin erzählen, unendlich viele Geschichten. Aber jetzt ist Asija weg und hört nicht mehr zu, ist in der Ferne, hat ihre eigenen Geschichten, hat Erinnerungen, die zu viel sind für ein einziges Gedächtnis, deswegen wandern sie vom Kopf in den Körper, wo sie versteinern und uns alle überleben werden.

Tante Khalida und Baqqe kommen in die Wohnung, unterhalten sich laut, als wären sie zu Hause. Während Tante frischen Chai aufsetzt, nimmt Baqqe auf dem Sofa Platz. »Wer hat gekocht?«, fragt Tante verwundert.

»Asija«, sage ich.

»Ha!« So einfach kann Tante Khalida ihren Spott zeigen.

»Deswegen riecht es hier so komisch«, meint Baqqe. Die Frauen lachen, und Tante fährt fort mit ihrer Erzählung über die Schwiegertochter einer Nachbarin, die abgehauen ist. Baqqe fängt an zu paffen und weiß schon alles, hört aber aus Höflichkeit Tante Khalida zu, die sich auch mal wichtig fühlen darf. Plappernd holt sie ihre Tabakdose aus einem Hängeschrank.

Früher beobachtete ich die zwei Frauen, wie sie ihren Tabak bearbeiteten und Geschichten erzählten, von vor fünfhundert Jahren, als sie noch Jungfrauen gewesen waren. Sie unterbrachen ihre Erzählungen nur, um den Tabak zu loben. Tante Khalida liebte ihren besonders, ja, wie sie ihn zwischen den Fingern rieb und an die dicke Nase führte, um mit den Nasenlöchern den Geruch in den Kopf zu saugen.

»Wie lecker du bist«, sprach sie zum Tabak. *Candt xushi, xushike.*

Sie atmete aus. Auf einem Tablett streute sie den Tabak aus, glättete die Fläche mit runzligen Händen, zwischen denen sie die braungoldenen Blätter zerrieb. Roch an ihren Händen und nickte. »Das ist guter Tabak.« Sie beugte sich über das Tablett, begutachtete die Masse, nahm mit den Fingerspitzen eine Prise und lobte den Feinschnitt. »Und so schön gekräuselt.«

Nachdem sie den Tabak vor sich bewundert hatte, schob sie ihn auf eine Seite des Tabletts, und mit spitzen Fingern ertastete sie jede Unregelmäßigkeit darin, so, als würde sie auf einem winzigen Klavier spielen. Unter ihren Fingern wanderte der Tabak auf die leere Seite. Ihr Spiel wurde durch einen Stängel oder einen Klumpen unterbrochen, sie schmiss diesen in den Aschenbecher. Ihre Hände waren trocken, und zwischen den Falten lagerte sich eine gelbe Farbe ab, besonders an den Rändern ihrer Fingernägel. Die Hände von Tante Khalida und Baqqe waren nicht zu unterscheiden. Ihre Nägel waren eckig und gelb, die Finger kurz und geschwollen, in ihren Handtellern konnten sie literweise Wasser schöpfen oder Säuglinge wiegen.

Am Ende trug Tante Khalida den Tabak vorsichtig zurück in die Dose, wie ein geköpftes Rotkehlchen, während Baqqe ihnen zwei Zigaretten rollte.

Ich setze mich an den Küchentisch, von wo aus man sowohl den Balkon im Blick hat als auch das Geschehen im Wohnzimmer verfolgen kann.

Baqqe berichtet von ihren Plänen, in den Irak zu reisen. Sie und Herr Zakholy waren vor zwei Jahren da, jedes Mal veränderten sich das Land und die Menschen; man komme gar nicht mehr mit, beschwert sich Baqqe bei niemand Bestimmtem.

Irgendwann sind sie beim Thema Kinder angelangt, und ich genehmige mir eine der Zigaretten von Tante, die mich anfunkelt und nach Luft schnappt, um verbal auszuholen.

»Wenn die Mutter so schwach ist, dann kommen so schamlose Mädchen wie du dabei raus.«

Baqqe pustet Rauch gegen die Decke und meint, es sei ein Wunder, dass Asijas Körper Menschen habe gebären können, so staubtrocken und fragil, wie er sei. Tante Khalida stimmt ihr zu, sagt, deswegen habe Asija auch nur zwei Töchter zustande gebracht. Sie hingegen hatte vier Söhne geboren, und mit einundvierzig brachte Tante Khalida mit letzter Kraft ihr jüngstes Kind auf die Welt: eine Tochter.

»Das ist auch der Grund, warum deine Mutter nicht raucht.«

»Das verstehe ich nicht«, sage ich und will ihr ins Gesicht pusten. Ich verstehe es nicht, weil es entweder ihre Kiffer- oder ihre Kurdenlogik ist.

»Natürlich nicht. Deine Mutter hat nicht die Schwangerschaft einer Frau wie ich erlebt. Als ich mit meinen Jungen schwanger war, hatten die Leute Angst, meinen Bauch anzufassen, weil er so dick war. Sie dachten, bei der kleinsten Berührung würden Sechslinge aus mir schießen, aber das ist natürlich nicht passiert, denn meine Haut hat sich gespannt wie Leder.«

»Was hat das mit dem Rauchen zu tun?«

»Jede Frau gelüstet es während ihrer Schwangerschaft nach einem bestimmten Geschmack. Manche sehnen sich nach scharfem Essen, andere wollen Salziges oder Süßes. Bei mir war es nichts davon. Ich sehnte mich wie Uda nach der roten Erde, die man zwischen Akrê und Sêmêl findet.«

Baqqe schmatzt genüsslich, dabei kennt sie das Gefühl der Schwangerschaft gar nicht, noch viel weniger als Asija. Ich behalte diesen Gedanken im Hinterkopf, um sie gleich zu konfrontieren. Aber erst will ich herausfinden, ob Tante Khalida rote Erde als Metapher für etwas verwendet oder ob sie tatsächlich Erde gefressen hat.

»Es gibt einen besonderen Ort, wo es reine rote Erde gibt, ohne Pflanzenwurzeln oder Getier, es hat die Konsistenz einer reifen Birne und schmeckt wie …« Sie hält inne und zieht genüsslich an ihrer Zigarette, aus ihren Nasenlöchern entweicht Rauch, während sie versucht, sich den Geschmack ins Gedächtnis zu rufen, um einen genauen Vergleich anzustellen.

»Wie was?«

»Ich kann es dir nicht beschreiben«, sagt sie nach einer Weile. »Es schmeckt wie geröstete Datteln, wie Pistazien mit Sesamöl beträufelt, wie ein Kalbsfilet, das wie Schokolade im Mund zergeht, es schmeckt nach Baumrinde und sengenden Steinen, nach roter Erde.«

»Nach Steinen.«

»Nicht nach irgendwelchen Steinen! Nach diesen Steinen, die in der Mittagshitze ganz salzig werden.«

Ich schaue sie ungläubig an.

»Ach, du hast doch noch nie in deinem Leben was Anständiges gegessen, du klappriges Ding. Jedenfalls war ich süchtig nach roter Erde, die mich während der Schwangerschaft beruhigt hat, Hunger und Appetit stillte, meine Brust mit Milch anschwellen ließ, mich zum Beben brachte, mich atmen ließ.« Sie atmet tief ein und aus, scheint in Trance zu geraten, träumt von einer vergangenen Zeit, in der die Steine von der Mittagssonne geröstet wurden. Baqqe und ich lassen die Tante nicht aus dem Blick. Die Welt könnte in diesem Moment untergehen, und wir würden es nicht merken.

Nach einer Weile schaut Tante beschämt zur Decke und fährt fort, als wäre nichts passiert. »Ich habe zu viel davon gegessen und landete im Krankenhaus. Dein Onkel verbot mir, die rote Erde zu essen, und warf die ganze schöne Erde in den Mülleimer, dabei hatte ich sie ganz frisch von meiner Nachbarin geliefert bekommen. Ich wurde unruhig wie ein Stier vor dem Kampf. Uda wusste von allen am meisten um meine Qualen, sie hatte immerhin das Gleiche durchlitten. Sie brachte mir eine Schachtel Zigaretten von ihrem Einkauf mit. Und da fing ich an zu rauchen und habe seitdem keine rote Erde mehr angefasst. In den nächsten drei Schwangerschaften habe ich kein Gramm Erde zu mir genommen, ich habe alles durch das Rauchen überstanden. Nach der vierten Schwangerschaft war es dann sehr schwer, damit aufzuhören, obwohl ich rauchende Frauen anstößig finde, hörst du. Nicht rauchen, es sei denn du bist schwanger! Natürlich nachdem du geheiratet hast.«

»Rauchen ist nicht gut für das Baby.«

»Ach ja? Das sind dumme Gerüchte.«

»Ist so.«

»Das sagen Menschen wie deine Mutter. Schau dir deine Cousins an, sind sie etwa krank?«

»Sie rauchen alle.«

»Sie sind gesund. Ich habe ihnen viel Milch gegeben. Dayka Yahya, ich hatte so viel Milch in den Brüsten, dass ich ab und zu auch noch die Babys der Nachbarinnen stillte.«

Baqqe nickt nur und sagt: *»Mashallah«*, und preist Allah in seiner unendlichen Güte und Großzügigkeit.

Bei dem Gedanken, von Allah reich beschenkt worden zu sein, lehnt sich die Tante zurück. Sie sitzt fettleibig da wie eine entspannte Kröte an einem warmen Vormittag. Mit den Jahren ist sie Baqqe immer ähnlicher geworden. Diese freut sich jetzt, auf das Thema Irak zurückzukommen, um von ihrer bevorstehenden Reise zu erzählen. Sie werden bei Herrn Zakholys Schwester unterkommen. Die Frauen unterhalten sich, aber der Klang ihrer Worte ist fern und fühlt sich an wie Dampf auf der Haut. Das Marihuana beruhigt mich, löst die Rastlosigkeit in meinen Muskeln auf, und ich muss über Asijas Frage nachdenken, ob ich manchmal glaube, im Irak zu sein.

Ich verwechsle Deutschland nicht mit dem Irak, wie sollte das gehen, wenn Uda nur noch eine Stimme aus dem Telefon ist, wenn Roush fehlt, wenn Asija auf dem Balkon steht, wenn Nasser sich blutig kratzt, wenn die Krabbe vergessen wurde. Im Irak schlich ich mich während des Mittagsschlafes aus dem Haus, in Deutschland fahre ich mit dem Aufzug nach unten; ich werde von allen gesehen, wenn ich an der Bushaltestelle warte. Im Irak schliefen sie vor den Ventilatoren, weil es draußen so unsäglich heiß war, dass die Kinder mit Teer spielten, der sich aus dem weichen Asphalt herauskneten ließ. Alle schliefen, auch Uda und auch Onkel Abdul, der irre Abdul mit seiner Flinte an Nassers Niere. Sie schliefen, und ich schlich mich aus dem Haus, nicht durch die Tür, sondern ich kletterte über die Dachmauer zu den Nachbarn, zu Roushs Haus. Auf deren Dach lagen auf einer Decke Tomaten und Auberginen zum Trocknen ausgebreitet – einmal aß ich so viele, dass ich mich tagelang übergeben musste. Seitdem habe ich keine Tomaten mehr angerührt, es sei denn, es sind Cherrytomaten und von Adnan zubereitet.

Ich ging leise die Treppe runter und traf Roush im Garten, die in ihrer selbstgebastelten Schaukel saß. Obwohl diese lediglich aus einem Seil bestand, das am dicksten Ast festgeknotet war, wünschte ich mir auch eine Schaukel, aber wir hatten keinen Baum im Garten. Damit das Seil nicht in die Oberschenkel schnitt, legte sich Roush ein Kissen auf das Seil.

»Du schon wieder«, sagte Roush genervt. Damals wusste ich nicht, dass sie das sagen musste, weil es komisch gewirkt hätte zuzugeben, dass sie den ganzen Tag auf mich gewartet hatte.

»Gehen wir schwimmen?«, fragte ich.

»Wo ist Nasser?«

»Mein Vater schläft.«

»Mit deiner Mutter?«

»Ja.«

»Macht sie vor dir die Beine für ihn breit?«

Ich hatte nur eine leise Ahnung von dem, wovon sie sprach. Ich wusste, Roush mochte meine Mutter nicht, weil sie meinen Vater begehrte, aber warum das in direktem Zusammenhang stand, begriff ich nicht.

»Wollen wir schwimmen gehen?«

Sie stand widerwillig auf, zog Gummilatschen an, und wir liefen zum Chabur. Sie fragte mich über Nasser aus: was sein Lieblingsessen sei, was er als Allererstes sage, wenn er nach Hause komme, ob er im Schlaf spreche.

»Er will nach Europa«, erzählte ich ihr. Das schien mir das Wichtigste an Nasser zu sein. Sie blieb stehen. »Warum das?«

Ich zuckte mit den Achseln. »Da ist die Freiheit.« *Azadî.*

Ihre Augen füllten sich mit Tränen. Sie war dankbar, als wir an der Mandelplantage ankamen, die wir durchqueren wollten. »Wir nehmen die Abkürzung.« Ihre Stimme klang tränenerfüllt.

»Warum weinst du?«

Sie griff hastig nach einem Ast und pflückte die unreifen Mandeln.

»Wir dürfen sie nicht pflücken«, sagte ich ihr. Aber das hörte sie gar nicht. Normalerweise warnte sie mich, nichts anzufassen, weil die Plantage einem gnadenlosen Greis gehörte, der seine Enkel mit einem dicken Stock bewaffnet über das Feld patrouillieren ließ. Was macht dummen Jungen mehr Spaß, als die Erlaubnis zu bekommen, mit einem Stock auf andere Kinder einzudreschen?

Roush schien das völlig vergessen zu haben, hatte den Rock gerafft und sammelte die ganzen Mandeln darin.

»Bitte, Roush, hör auf damit.«

»Ich wette, es gibt keine Mandeln in Europa.«

Sie langte nach einem Ast, als würde sie nach jemandes Arm greifen, der sich vor ihr rechtfertigen musste. Dabei pflückte sie nicht nur Mandeln, sondern riss Ästchen und Blätter mit ab. Sie zerrupfte einen ganzen Ast, ließ ihn erst los, als er komplett nackt war.

In dem Moment umklammerte jemand Roushs Nacken. »Was machst du da, du Nutte?«

Vor Schreck ließ sie ihren Rockzipfel los, und die Mandeln fielen auf die vertrocknete Erde.

»Bitte, ich wollte nur ein paar Mandeln probieren.«

»Das sieht nicht nach ein paar aus«, meinte der Junge und hielt sie nun an den Haaren gepackt.

»Lass sie los!«, schrie ich und wünschte mir in dem Moment, ein Mann zu sein.

Der Junge grinste nur und meinte, ich solle warten, ich käme auch noch dran. Roush schimpfte, ich solle die Klappe halten. Dann wandte sie sich mit versöhnlicheren Worten an den Jungen. »Mein Vater kauft die Mandeln immer bei deinem Opa«, log Roush.

Er ließ sie los und richtete den Stock wie eine Flinte auf ihre Brust. »Du hast den ganzen Baum zerpflückt. Dafür wirst du jetzt zahlen.« Er schaute an ihrem Rock hinunter, der für kurdische Verhältnisse zu kurz war. »Du bist Christin.«

Roush nickte.

»Du hast kein Geld dabei.«

Roush nickte.

»Womit möchtest du bezahlen?«, fragte er. Sein Gesicht glänzte, unter den Achseln hatte er zwei große Kreise geschwitzt, mit dem Handrücken wischte er sich immer wieder den Schweiß von der Oberlippe.

»Mit Stockschlägen?«, schlug er vor.

Roushs Brust hob und senkte sich heftig, ihr Herz würde gleich zerspringen. Das vorlaute Mädchen war plötzlich ganz leise. Roush schüttelte den Kopf.

»Wie möchtest du mich stattdessen bezahlen?«

Roush betrachtete sein Gesicht, dieses verschwitzte, eitrige Gesicht mit den vielen roten Stellen.

»Ich hätte da eine Idee.«

»Ich höre.«

»Du darfst für fünf Minuten meine Brüste anschauen.«

Der Junge nahm den Stock von ihrer Brust, schaute schnell nach hinten und zu den Seiten, ob vielleicht einer seiner Brüder zwischen den Mandelbäumen zu sehen war. »Ich will sie auch anfassen«, sagte er.

»Dann nur zwei Minuten«, sagte Roush, diesmal selbstbewusster, keine Tränen mehr in der Stimme, keine Angst mehr in ihrer Kehle. »Fünf Minuten sehen oder zwei Minuten anfassen. Wir bekommen die Mandeln, und du lässt uns zum Chabur gehen.«

Er willigte schnell ein.

Roush befahl mir, alle Mandeln einzusammeln und im Schatten eines Baumes zu warten. Ich dürfe bloß nicht gucken, was sie machten, sagte sie mir.

Sie verschwanden. Natürlich war ich viel zu neugierig, um Roush zu gehorchen. Nachdem ich die Mandeln aufgelesen hatte, ging ich auf die Suche nach Roush und dem Jungen. Einige Reihen entfernt sah ich sie hinter einem Baum versteckt. Roush hatte lediglich ein paar untere Knöpfe ihrer Bluse geöffnet, sodass der Junge von unten ihre Brüste massierte. Von oben konnte er nichts sehen. Es dauerte ziemlich lange, wie ich fand. Roush strich ihm einmal langsam über den Schritt, sodass der Junge völlig die Fassung verlor und sich beinahe an Roush festklammerte. Sie drückte ihn lachend weg und meinte, die Zeit sei um.

»Kommst du morgen wieder?«

»Vielleicht«, meinte Roush und drehte sich um, sah mich, kam auf mich zugestürmt und hätte mich am liebsten geohrfeigt.

»Ihr müsst schnell weg, sonst erwischen euch meine Brüder.« Er begleitete uns auf die andere Seite und fragte Roush, wann genau sie denn wiederkommen würde und ob sie noch ein paar andere Sachen wolle, ob sie Maulbeeren möge oder doch Trauben oder Aprikosen, Feigen?

Roush lachte nur.

Ich rannte ihr hinterher und wollte wissen, warum der Junge mit dem Stock nett zu ihr sei, wo er doch bloß ihre Brüste habe anfassen dürfen.

»Weil er einen Schwanz hat«, war ihre Antwort. Ich verstand nicht, und sie meinte nur: »Du bekommst, was du willst, wenn du geile Brüste hast.«

»Ich will ein Fahrrad.«

»Wenn du Brüste hast.«

Ich darf nicht zu lange im Rauch der alten Frauen bleiben, sonst werde ich noch zu einer richtigen Hochhausfrau und laufe Gefahr, mich für ihre Gespräche zu interessieren. Sie reden über die neue Familie im Hochhaus; auf der fünften Etage ist sie eingezogen, hat viele Söhne, viele Töchter, viele Bräute, eine große Familie, eine mächtige im Irak. Ich denke, hier sind sie niemand, aber ihr Image haben sie mitgebracht nach Deutschland, und nur Menschen aus der Elterngeneration wissen und schätzen diese Tatsache.

Ich muss Kemal noch mal bitten, herauszufinden, wo sich mein Vater herumtreibt, wenn die Sonne untergeht.

Weil Tante Khalida bei uns ist, traue ich mich in ihre Wohnung. Die Reste einer kindlichen Angst vor Tante Khalidas Macht stecken mir bis heute in den Knochen. Das Schlimmste war für mich, nicht zu wissen, was sie mächtig machte. Aber das hatten alle Erwachsenen gemein, außer Asija. Noch heute echot Tantes Stimme aus der Vergangenheit in meinen Ohren. »Sanaa, hol mein Feuerzeug, es ist das grüne. Und wenn du gerade dabei bist, sag deinem Onkel, Abendessen gibt's erst um acht Uhr.« Dann wandte sie sich hilfesuchend an Baqqe: »Ich weiß auch nicht, wo mein Kopf in letzter Zeit ist. Ich bin so vergesslich geworden, Dayka Yahya. Was kann man dagegen machen?« Ich musste los und hörte Baqqes Antwort nicht, weil sie sich erst einmal die Zunge warm schmatzen musste.

Widerwillig lief ich die Treppen hoch, um Tantes Befehl zu gehorchen. Ich kannte die Folgen einer Verweigerung nicht – vielleicht könnte sie wieder Baqqe auf mich ansetzen, mir diesmal nicht das Auge auszulecken, sondern es komplett herauszusaugen. Vielleicht nicht nur eine Strähne abzuschneiden, sondern einen Körperteil. Ich fantasierte mir das zusammen, während ich die Treppen hochlief.

Jedes Mal fand ich meinen Onkel im Wohnzimmer vor, der eine Videokassette in den Rekorder schob. Die Kamera schwenkte über das unendliche Meer. Er sah mich, grüßte höchstens mit dem Blick, legte sich wieder seitlich auf das Sofa, die Hände aneinandergepresst zwischen Kissen und Kopf, und ruhte wie eine Wolke an einem heißen Tag.

»Das ist aber schön«, sagte ich.

»Psscht.«

Ich holte mir ein Glas Wasser, weil mich der Anblick des Ozeans durstig machte, und fragte Onkel, ob ich die Fische füttern dürfe. Er antwortete mit einem Grunzen.

Seit damals hat sich an Onkels Zustand nicht viel verändert.

Wenn ich heute die Wohnung betrete, wünsche ich mir, Herr Zakholy wäre da statt meines Onkels. Ich würde ihm erzählen, dass es Asija ein wenig besser geht. Sie steht immer noch auf dem Balkon, aber sie hat heute Morgen Frühstück gemacht, gekocht, gesprochen, sogar sich mit meinem Vater gestritten, wie das Ehepaare so machen.

Mein Cousin Ergin macht die Tür auf, ich frage, ob Kemal da sei. Er schüttelt den Kopf, aber ich gehe trotzdem rein, weil ich ihm nicht vertraue, weil er schließlich Tante Khalidas Sohn ist.

Mein Onkel sitzt wütend vor dem Fernseher; ich frage ihn, wie es ihm gehe. Er wird mir nicht antworten, deswegen schaue ich mir das Aquarium an. Es sind nur noch zwei Fische drin. Es kümmert sich niemand mehr um das Aquarium. Auch heute frage ich ihn – um der Vergangenheit willen –, ob ich die Fische füttern dürfe. Damals gab er zumindest einen Laut der Zustimmung von sich. Ich glotzte daraufhin ins Aquarium, in dem die Fische lustlos schwammen. Sie wollten in die Weiten des Ozeans gelassen werden, den die Dokumentationen Onkel Agids versprachen. Sie wollten schwimmen und schwimmen und nicht zurückkehren, schwimmen und, noch bevor sie am Ausgangsort anlangten, auf dem Weg sterben oder gefressen werden. Ich schüttete etwas von diesem Konfettifischfutter ins Aquarium. Das ignorierten sie geflissentlich. Es waren enttäuschende Fische, die meine Tante Khalida hatte.

»Ich habe mal gehört, dass Fische die Sonne brauchen«, sagte ich zu meinem Onkel.

Er ignorierte mich.

»Wo ist Tantes Feuerzeug?«

»Auf dem kleinen Tisch, neben dem Bett.«

Sollte einer meiner Cousins nun auftauchen, hatte ich einen guten Grund, in Tante Khalidas Schlafzimmer zu sein. Auf dem kleinen Tisch befand sich das Feuerzeug, ein hellblaues war es, kein grünes. Ich ließ es liegen und schaute unter ihrem Kissen nach, da lagen zwar Haare, aber es waren vereinzelte graue, kräuselige Haare, die nur von Tante Khalida stammen konnten. Ich überlegte, sie zu einer Strähne zu sammeln, um Tante Khalida damit zu erpressen.

Asija hatte nie recht, meine Haarsträhne befand sich weder unter der Matratze noch unter dem Kissen, das nach kaltem Tabak roch. Ich schnappte mir das Feuerzeug und verließ das Zimmer.

»Abendessen gibt's um acht Uhr, sagt die Tante.«

Da Onkel Agid mich nicht mehr beachtete, beschäftigte ich

mich mit dem Aquarium und beobachtete das Treiben der Fische. Einmal bemerkte ich einen neuen Fisch im Wasser, einen graublaulila changierenden Fisch mit einem unsympathischen Mund, ein bisschen wie Tante Khalida. Die anderen Fische waren nicht zu sehen, was mich verwunderte. Dieser neue Fisch war nicht gelangweilt, es gab im Aquarium noch viel für ihn zu entdecken, zum Beispiel diesen löchrigen Steinbrocken oder das weiße Porzellanhäuschen. Er schwamm um die Meerespflanze aus Plastik und fragte sich vielleicht, warum sie nach Kleber roch.

Ich öffnete den Deckel und verstreute eine Portion Konfettifutter. Der bunt schimmernde Fisch bemerkte es sofort und raste nach oben.

»Der neue Fisch hat richtig Hunger.«

»Er kommt weg«, sagte mein Onkel.

»Wieso?«, fragte ich entrüstet. Aber da reiste Onkel schon mit den Quallen im Blau des Ozeans davon.

Ich drehte mich verärgert zum Aquarium. Auf einmal tauchten die anderen Fische doch auf; sie hatten das Futter bemerkt. Der neue Fisch jagte die anderen und knabberte an ihren Flossen, Schwänzen und Schuppen – ein kannibalistischer Fisch.

Er konnte natürlich nicht die ganze Portion auffressen, es war einfach zu viel, deswegen schwamm er durch das sinkende bunte Futter. Mit dreister Selbstverständlichkeit schwamm er im kleinen Aquarium hin und her, was mich an Tante Khalida erinnerte und mich dazu veranlasste, den Deckel zu öffnen und nach dem neuen Fisch zu schnappen. Er war tatsächlich so selbstsicher, dass er nicht floh und ich ihn zu fassen bekam. Vorsichtig holte ich meinen Arm aus dem Aquarium, der mit Fischfutter befleckt war, als hätte ich eine Krankheit. Mein Onkel fragte, was ich denn da mache.

»Nichts!« Ich stopfte mir den Fisch in die Hosentasche.

Onkel war unglaublicherweise aufgestanden und taxierte mich, ignorierte das wilde Zappeln in meiner Tasche und wandte seinen müden Blick zum Aquarium, wo es wieder ruhig zuging. Er beugte sich vor und beobachtete, wie die Fische aus ihren Verstecken herausschwammen und nach Futter schnappten.

»Versteckst du etwas in deiner Hosentasche?«

Ich reagierte nicht.

»Hmm. Geh jetzt, deine Tante wartet auf dich.«

Ich rannte nach Hause, den Fisch in meiner Hosentasche, nur noch leicht zappelnd, rannte auf unseren Balkon, ignorierte die Schreie meiner Tante, wo denn ihr Feuerzeug sei, holte den glitschigen Fisch heraus, um ihn zu begraben, und stellte fest, dass wir keinen einzigen Blumentopf besaßen. Zwischen meinen Fingern schien er jetzt doch harmlos, seine Schuppen aber immer noch farbenfroh schimmernd. Ich streckte meine Hand mit der Fischleiche darin über das Geländer, um sie in die Sonne zu halten. Bei jeder Handbewegung veränderten sich die Farben. Fast so viele Farben wie in Tante Khalidas Schrank, dachte ich. Ich öffnete die Hand, um den ganzen Körper zu sehen. Der Fisch entglitt mir nicht, weil er glitschig oder weil meine Hand zu klein war. Nein, der Fisch sprang bei dieser Gelegenheit, so schnell er konnte, aus meiner Hand und klatschte auf den Boden, landete im Gras und vergrub sich darin. Ich sah die wütenden Bewegungen seiner Flossen ein Loch in den Boden graben. Der Fisch legte sich zornig da rein. Während er auf den Tod wartete, schwor er sich, als Krabbe im Chabur wiedergeboren zu werden, um einem Mädchen in die Wade zu kneifen.

Tante Khalida brachte mir an diesem Tag bei, Zigaretten zu rollen. »Irgendwann einmal habe ich eine ganz trockene Zunge, dann musst du mir all meine Zigaretten drehen.« Sie händigte mir ein Blättchen aus und meinte, ich solle ihr es einfach nachmachen und: »Nicht zu viel Spucke, nicht so viel. Das Papierchen zerreißt sonst.« Und: »Bei Gott und den Propheten, du vergeudest zu viel Tabak!« Und: »Achte darauf, nichts fallen zu lassen, du ungeschicktes Ding!« Und schließlich verstaute sie die Zigaretten in ihrer Tabakdose und ging nach Hause, wo sie rauchte und kochte. Mein Onkel aß und sie aß und rauchte dann, mein Onkel schob eine weitere Videokassette in den Rekorder und Tante Khalida rauchte. Eine Löwin jagte eine Antilope, stieß ihre Krallen in ihr Fleisch, und die Löwengruppe legte sich gesättigt in den Schatten eines Baums in Afrika, Tante Khalida rauchte.

»Hey, träumst du?« Mein Cousin rüttelt an meiner Schulter, weckt mich damit aus den Erinnerungen und Tagträumen. Ich habe damals schon erkannt, dass ich Tante Khalida aus unserem Leben entfernen muss. In manchen verzweifelten Nächten fantasierte ich auch davon, sie vom Dach zu stoßen.

»Sanaa!«, ruft Onkel Agid.

»Ich komme ja schon, Onkel.«

»Sanaa, reparier mal den Fernseher.«

»Ich habe keine Ahnung von Fernsehern.«

»Du bist doch ein schlaues Mädchen.«

»Ich bin keine Technikerin, Onkel.«

»Aber du gehst doch zur Uni.«

Ich schaue mir seinen funktionierenden Fernseher an. Er erklärt mir, er könne seine alten Videos nicht mehr abspielen, seit sie dieses monströse Ding hingestellt hätten – das war die Idee seiner Söhne.

»Warum guckst du nicht einfach fern? Da laufen auch Tierdokus«, sage ich.

Nein, nein, sagt er enttäuscht, es liefen keine Tierdokus mehr, nur noch irgendwelche Zooberichte oder Haustiere oder wie ein verletztes Kängurubaby von einer dicken Hausfrau mit einem Milchfläschchen gefüttert werde. Er will Tierdokus ohne Menschen sehen.

Ich probiere jede Taste, frage den Onkel, ob der Schirm blau werde, wenn man jene Taste drücke, und er nickt und legt sich wieder hin, überzeugt von meinen Fähigkeiten, seinen alten Videorekorder mit diesem neuartigen Teil verbinden zu können. Er erzählt mir, wie toll sein alter Fernseher gewesen sei.

»Aber Onkel, guck mal, dieser Fernseher hat hier so einen Schlitz, da kannst du DVDs abspielen, ist das nicht toll? Du kannst damit ins Internet, du kannst total viele Sendungen aufnehmen ohne DVDs oder Videos. Das ist platzsparend.« Wenn ich an seine Videokassettensammlung denke, die fein beschriftet in den Schränken liegt, teilweise unter den Betten, in den Kommoden und Schubladen und Kisten im Keller, dann ist dieser Fernseher wie für ihn geschaffen.

»Wir haben genug Platz. Ich brauche nichts Platzsparendes. Wenn ich etwas gucken will, dann will ich die Kassette in die Hand nehmen, sie in den Videorekorder reinschieben und die große, runde Taste da drücken. Dann will ich, dass sie läuft. Ist das zu viel verlangt?«

Omer hat mir zum Geburtstag einen eBook-Reader geschenkt und meinte, wie toll es sei, kein schweres Buch mehr tragen zu müssen. Er verstand nicht, warum ich ihm nicht aus lauter Freude um den Hals sprang. »Ich will ein Buch zwischen den Fingern haben«, erklärte ich ihm. Ich will die Seiten umblättern, ich will das Papier hören, ich will an neuen Büchern riechen, ich will sehen, wie meine Regale voll mit Büchern sind, ich will das Gewicht spüren, ich will das Buch zuklappen, wenn ich es zu Ende gelesen habe, und nicht eine dumme Taste drücken, ich will mir das Cover angucken und die Rückseite lesen mit den ganzen Lobeshymnen, verstehst du das?

»Du kannst deine Lieblingsstellen markieren und sehen, ob das auch die Lieblingsstellen von anderen sind.«

Er verstand es nicht.

»Nein, Onkel, das ist nicht zu viel verlangt.«

Als ich es schaffe, den Videorekorder mit dem Fernseher zu verbinden, lächelt der Onkel und lobt mich.

»Taufik will sich ein neues Auto kaufen, ich habe ihm gesagt, er soll dir sein altes geben, sprich ihn mal darauf an«, sagt Onkel.

Dann beauftragt er mich, ihm eine Videokassette einzulegen. Da ich mich mit seiner Sammlung nicht auskenne, greife ich nach irgendeiner. Es ist ein altes Hochzeitsvideo, in dem Tante Khalida kein Kopftuch trägt und sogar geschminkt ist.

Ich muss lachen. »Oh Gott, von wann ist das?«

Mein Onkel überlegt. »Es könnte Nassers Hochzeit sein.« Als er das sagt, schrumpft mein Brustkorb, ist viel zu klein für die Gefühle, die die Hochzeit meiner Eltern in mir auslösen könnte. Jetzt erst verstehe ich, warum Asija immer auf den Balkon möchte, warum sie das Weite, das Ferne braucht.

»Du hast die Hochzeit meiner Eltern auf Band?«

Er nickt. »Wusstest du das nicht?«

Wenn ich mir ihr Video anschaue, den jungen Nasser sehe, diesen rastlosen Mann, und Asija, mit abwesendem Blick, sehe, wie sie sich auf ihrer Hochzeit verhielten, sehe, ob der irre Abdul hinter Nasser stand, mit seiner Flinte an Nassers Niere, ob Nasser aussah, als würde er weglaufen wollen, oder ob er lieber erst seine Braut mit der Kugel in der Schulter empfangen wollte, vielleicht verstehe ich dann Nasser und Asija etwas besser und kann ihnen helfen.

In diesem Moment wird das Brautpaar gezeigt: eine Frau mit schlecht blondierten Haaren und ein Kerl mit Backenbart. Das sind nicht meine Eltern.

»Wo ist die Kassette von meinen Eltern?«, frage ich Onkel Agid, schreie ihn fast an.

»Die muss irgendwo sein«, sagt er völlig entspannt. »Jetzt leg bitte eine Tierdokumentation ein.«

Wenn ich an seine Sammlung denke, wird mir ganz schwindelig. Da ist es wahrscheinlicher, meine Haarsträhne zu finden.

»Onkel, können wir bitte erst nach dieser Kassette suchen?«

Schließlich hat er sie auf Arabisch beschriftet, könnte sie also ganz leicht finden.

»Ein anderes Mal.«

Ich weiß, dass er sich nicht bewegen wird, schließlich hat er die Asija-Krankheit; er wird mir nicht helfen. Ich bin aufgeregt, in meinem Körper scheint sich eine Eidechse verirrt zu haben. Meine Finger zittern, als ich ihm Zettel und Kuli hinhalte.

»Bitte schreib Nassers und Asijas Namen auf Arabisch auf diesen Zettel. Ich werde versuchen, die Kassette zu finden.«

Er schreibt die Namen hin: ناصر und آسيا.

Ich fange sofort mit der Suche an und weiß, dass ich nicht vor Sonnenuntergang fertig sein werde, und wahrscheinlich auch nicht danach, und es ist nicht abzuschätzen, wie viele Sonnenuntergänge ich brauchen werde. Ich suche bis zum Abend, als Tante Khalida nach Hause kommt und mich fragt, was ich denn hier täte. Ich habe ihr Wohnzimmer auf den Kopf gestellt, sie schimpft, und zum ersten Mal seit Jahren lacht mein Onkel. Wahrscheinlich freut es ihn, wie sich Tante Khalida ärgert. Sie müsste eigentlich viel entspannter sein, so viel, wie sie geraucht hat. Vielleicht muss ich anfangen, die Dosis zu erhöhen.

Ich schreie auf, als ich Nassers Namen sehe, und schiebe die Kassette in den Rekorder. Drücke auf den Knopf, mein Herz rast. Selbst meine Tante ist für einen Moment leise, und wir schauen gespannt auf den Schirm. Der Vorspann läuft, und mein Onkel lacht jetzt noch herzlicher. Ich verstehe seine Reaktion nicht.

»Nasser und Amina.«

»Wer ist Amina?«, frage ich.

»Die Frage ist, wer Nasser ist.«

Erst als das Brautpaar auf dem Schirm erscheint, wird mir klar, die falsche Kassette zu haben. Mein Vater ist nicht der einzige Kurde mit dem Namen Nasser.

»Jetzt hör mit dem Quatsch auf, geh nach Hause, dein Onkel ist müde«, meint Tante Khalida, aber ihre Worte können mich nicht mehr von einem Ort zum anderen schieben. Ich habe gelernt, dass Befehlsverweigerung bei Tante Khalida keine Konsequenzen hat.

Irgendwann steht Kemal hinter mir und fragt, was ich treibe.

»Die Hochzeitskassette von meinen Eltern suchen. Hilf mal mit.«

Ich kläre ihn auf, warum die Kassette wichtig ist, auch wenn ich nicht alles erzähle und auch nicht erzählen kann.

»Ist dir bewusst, dass sich zehn Mal so viele Kassetten noch im Keller befinden?«

»Ja.«

In der Nacht lege ich mich erschöpft auf die Couch, meine Bücher und Notizblöcke riechen jetzt nach Tantes Marihuana. Ich werde auf Nassers Platz schlafen, von hier aus kriege ich mit, wann er nach Hause kommt, von hier aus höre ich Helins Gestöhne nicht und habe den Balkon im Blick. Es ist ein guter Platz, denke ich, und wenn er nach Hause kommt und mich auf der Couch entdeckt, dann wird er sich zu Asija legen müssen. Vielleicht wird er mich vorher noch zudecken.

Am nächsten Morgen wache ich ohne Decke auf, mein Nacken ist steif, der Rücken hart, weil die Couch durchgesessen ist. Nasser schließt die Wohnungstür auf, sieht mich, fragt, warum ich nicht in meinem Zimmer schlafe. Das Gleiche könnte ich ihn fragen, aber ich tue es nicht. Wir lassen einander in Ruhe, und das ist falsch.

Kemal, Mammut und ich gehen in den Keller, die Kassette suchen. Genervt von der Sucherei fange ich irgendwann an, die beiden zu beobachten, und wundere mich über ihren Eifer bei der Suche. Vielleicht ist das Kamel, wie Helin Kemal nennt, gar nicht so faul. Er braucht nur eine Aufgabe. Es ist Montagmorgen, und traurigerweise haben sie nichts Sinnvolleres zu tun, als nach der Hochzeitskassette von Nasser und Asija zu suchen. Mammut folgt allen Anweisungen Kemals. Mahmut sieht auch aus wie ein Mammut, die Haare platt gedrückt, das Gesicht in Trauer gelegt, als wäre er der Letzte seiner Art. Kemal hat mir viel von Mammut erzählt, ohne zu wissen, dass ich ihn schon kannte. Mammut ist in meinem Alter, aber er steckte bis zu seinem achtzehnten Lebensjahr in der neunten Klasse fest, und als Kemal ihn überholte und letztes Jahr seinen Realschulabschluss machte, verließ auch Mammut die Schule, als würde eine Schnur ihn an Kemal binden. Mammut wirkt loyal. Zumindest folgt er Kemal gehorsam, obwohl er vier, fünf Jahre älter ist.

Kennengelernt habe ich Mammut, als ich Marihuana für meine Tante besorgen wollte. Daniel, ein Typ aus meiner Klasse, war ein übler Kiffer. Doch die Menge Gras, die ich mir von Daniel in der neunten Klasse erschnorrte, konnte man in einem Fingerhut verstecken. Er sagte, das würde reichen, um entspannter zu werden. Tante Khalida aber bemerkte lediglich einen eigenartigen Geruch, woraufhin sie die Tabakmarke wechselte. Ich musste Tante Khalida zudröhnen, das war nicht Daniels Tante, die von einem Likörchen beschwipst war. Das war Tante Khalida, die verträgt ähnliche Mengen an Drogen wie ein Rhinozeros, sie hatte Erde gegessen wie andere Leute Schokolade. Ich musste ihr so viel geben, dass sie nicht einmal wusste, ob sie zehn Zehen hatte oder vielleicht nur acht, und dass ihr dies letztlich scheißegal war, weil andere Dinge viel wichtiger waren, wie zum Beispiel sich eine ganze Stunde lang mit Baqqe an ihrem Tabak berauschen.

Daniel schickte mich zur Quelle, die aus drei gierigen Libanesen bestand. Einer von ihnen war Mammut, den ich als Kiffer kannte. Damals war er das Alphatier, weswegen ich nur noch mit ihm verhandelte und die zwei anderen ignorierte, während sie hyänenartig um uns herum strolchten und ab und zu wagten, einige Worte in die Runde zu werfen. Ein Gramm würde mich fünf Euro kosten.

»Ich brauche eigentlich hundert Gramm.«

Sie lachten mich aus. »Ich habe gerade mal zwanzig Gramm dabei, und wenn du alles willst, dann macht das hundert Euro, und weil du einen geilen Mund hast, kriegst du es für neunzig Euro.« Die anderen schauten Mammut skeptisch an.

»Ich habe zwanzig Euro. Kann ich den Rest in Raten zahlen?«

Sie lachten wieder. »Wie bei Poco, oder was?« Sie kriegten sich nicht mehr ein.

Mammut beruhigte sich als Erster. »Was willst du mit dem Zeug?«

Ich zuckte mit den Schultern. »Meine Sache.«

»Außerdem kann ich es dir sowieso nicht verkaufen. Mädchen sollten nicht kiffen.«

Ich überredete Mammut zu einem Privatgespräch. Ich war mir sicher, dass Mammut mit dem verpickelten Gesicht nicht so viele Mädchen hatte, wie er es gern wollte. Wir verhandelten und einigten uns nach einem zehnminütigen Gespräch darauf, dass er mir für das fehlende Geld einmal die Woche zwei Minuten und dreißig Sekunden lang die Brüste kneten dürfe – einen ganzen Monat. Wir verabredeten uns auf der Mädchentoilette, immer zur siebten Stunde, wenn alle in den Klassen waren. Manchmal wurde er gierig und wollte auch sehen, was er da anfasste. Ich erinnerte ihn an die Abmachung.

»Deine Titten sind so geil. Ich würde sie auch gerne mal lecken. Oder meinen Schwanz zwischen sie stecken. Meinst du, ich darf das irgendwann?«

Ich schaute auf mein Handy, um die Zeit zu stoppen.

»He, ich rede mit dir, antworte mir. Ich will mal meinen Schwanz zwischen deine Brüste stecken und abspritzen.«

Das ist der Grund, warum ich keine Pornos gucken kann, ohne an Mammut zu denken.

Mammut und Kemal sagen, sie machen morgen weiter. Für heute würde es reichen. Mammut schwitzt im Gesicht, deswegen sage ich nichts, bleibe stumm, und er wischt sich den Schweiß von der Stirn. Sie gehen hoch zu den Fahrradständern, setzen sich zu ein paar anderen Jungs in ihrem Alter. Bis heute Abend werden sie auf diesen Fahrradständern sitzen und quatschen und Cola trinken und Sonnenblumenkerne knacken.

Ich will aus dem Viertel fliehen; ich brauche eine Auszeit von den Gesichtern und ihren Geschichten, deswegen steige ich in den nächsten Bus und will so schnell wie möglich zu

Adnan. Während der Fahrt verjage ich die Gedanken an Mammut und seinen Schwanz zwischen meinen Brüsten und Sonnenblumenkernen zwischen seinen Zähnen.

Ich liege mit Adnan im Bett und lasse mich von ihm umarmen. Er fragt mich, was los sei, weil ich mich an ihm festkralle.

»Nichts«, sage ich und drücke ihn fester an mich.

Er lacht. »Hey, du erdrückst mich ja.«

Manchmal vergesse ich, dass Adnan nicht Omer ist. Omer ist da anders, er kann mich auf einem Arm tragen und hochheben, als wäre ich eine Ballerina aus einer Musikkiste. Aber ich will auf keinen Fall an Omer denken, während ich mit Adnan im Bett liege. Adnan erzählt mir von seiner Schwester, die übernächste Woche Geburtstag hat. Sie ist in meinem Alter, und er möchte, dass wir uns gut verstehen. Ich lächle, ja, wäre schön, jemanden in meinem Alter zu kennen, mit dem ich mich verstehe, sage ich ihm.

Ich denke dabei an das Hochzeitsvideo meiner Eltern und will Adnan davon erzählen, stattdessen erzähle ich ihm die Episode mit Tante Khalida und Baqqe, die mir das Auge ausleckte, eine Haarsträhne abschnitt und verzauberte.

Nach Wochen wuchs die Haarsträhne zu alter Länge, als hätte ich mir alles eingebildet. Ich dachte darüber nach, was Baqqe prophezeit hatte. Vier Männer hatte sie gesehen, die mich umzingelten. Einer war sogar in mir, vor dem fürchtete ich mich am meisten. Ich rasierte mir regelmäßig die Schamhaare, damit kein Mann sich einen Weg zu mir bahnen könnte. Tante Khalida hatte das Wachsen von Schamhaaren und das Heiraten miteinander verknüpft. Das Rasieren war die einzige Möglichkeit, dies zu verhindern.

Aber die vier Männer in Baqqes Prophezeiung waren schon in mir; genährt von meiner Furcht machten sie es sich gemütlich in meinem Kopf. Sie stellten Dinge an, von denen ich damals glaubte, nur Männer seien zu solchen Taten fähig. Die Zeit schrumpfte die Männer zu winzigen Figuren und verbannte sie in die hintersten Winkel meines Kopfes.

Da diese Männer in Wirklichkeit fernblieben, glaubte ich, die Strähne hätte ihre Kraft entfaltet, um mich zu schützen. Ich gab die Suche nach der Haarsträhne auf.

Adnan grinst, unterdrückt wahrscheinlich ein lautes Lachen, vielleicht wird er es heute Abend tun, wenn ich gegangen bin. Dann wird er sich die Verrücktheit vor Augen führen und es irre finden, mit mir abzuhängen, mit jemandem, der vor einigen Jahren noch glaubte, eine verzauberte Strähne könne sein Schicksal besiegeln.

»Und diese Frau, diese Baqqe, die dein Auge geleckt hat, sie besucht euch jeden Tag?«

»Nein, nicht uns, sie kommt einfach mit meiner Tante.«

»Redet ihr darüber, was damals vorgefallen ist?«

»Nein, ich denke nur manchmal daran.«

Dann umarmt er mich, diesmal lässt er mich nicht mehr los. Bevor ich zu weinen anfange, stoße ich ihn leicht von mir. »He, keine Umarmungen aus Mitleid.«

Vielleicht wird er heute Abend doch nicht über mich lachen, sondern nachdenken, grübeln, Adnan grübelt, und diese Erinnerung, die ich an ihn weitergereicht habe, wird irgendwo in seinem Gedächtnis darauf warten, ausgegraben zu werden, um ihm einen Stich zu versetzen. Er erzählt von einer Tante, die ihr ganzes Leben nach ihrem Aberglauben richtet, dann möchte er mit mir über die Bedeutung von Aberglauben in der Gesellschaft diskutieren, hält aber stattdessen einen Monolog, was mir gelegen kommt. Während ich mich bei dem Klang seiner Stimme entspanne, stolziert eine fette, rot glühende Krabbe an einem einsamen Strand von rechts nach links nach rechts und krabbelt ohne Ziel.

Wenn es stürmt, wenn das graue Wasser gegen die weißen Felsen peitscht, krabbelt die Krabbe hastig von einem Stein auf den nächsten, schützt sich unter den Brocken gegen das schmutzige Meerwasser. Doch an einem sonnigen Tag wie heute stakst sie mit stolzgeschwellter Brust auf den Steinen umher oder wetzt die Scheren, wetzt so lange, bis ich aufwache.

»Ich wollte dich nicht wecken«, sagt Adnan und zieht sich um. »Ich muss los.«

»Jetzt schon?« Ich schaue auf mein Handy, es ist achtzehn Uhr.

»Zwei Minuten habe ich noch«, sagt er und legt sich auf mich. »Später habe ich mehr Zeit für dich, versprochen.«

Ich denke, ja, morgen muss er nicht arbeiten oder erst sehr spät. Oder was meint er mit »später«?

»Was meinst du mit ›später‹?«

»Na später eben.«

»Meinst du morgen?«

Er lacht. »Ja, morgen.« Er küsst mich, und noch bevor ich den Kuss erwidere, lässt er mich auf dem großen Bett allein zurück, zieht sich eine leichte Jacke über und will weg. Dann bleibt er stehen und schaut noch einmal zu mir rüber. Ich rolle mich im Bett zusammen.

»Es wäre super, wenn du heute Nacht hierbleiben könntest. Dann hätten wir morgen den ganzen Tag für uns und die Nacht natürlich. Klingt das nicht verlockend?«

»Doch«, sage ich, »aber ich kann nicht.«

»Wegen deiner Mom?«

»Sag nicht ›Mom‹.«

»Ja, deiner Mutter.«

»Ja.«

Adnan weiß das mit Asija, aber nicht das mit Mammut. Omer weiß das mit Mammut, aber nicht das mit Asija. Nachdem ich von Mammut erzählt hatte, sagte Omer als Allererstes, ich sei schon damals eine dreckige Nutte gewesen. Ich ohrfeigte ihn leicht, und wir lachten, weil es egal ist, was Omer denkt, wenn er denn denkt.

»Tut mir leid, ich habe das wohl verdrängt«, sagt Adnan. Er kommt zurück und umarmt mich ein letztes Mal für heute. Ich kann nicht bei Adnan bleiben, weil Asija nicht nur im Kopf herumirrt.

Er lädt mich zu seinen Eltern ein, die mich kennenlernen wollen. Ich sage fürs Erste zu und bereue es im nächsten Moment.

Ich fahre nach Hause. Habe den Volvo am Hauptbahnhof gesehen, hatte zwischen den Taxis geparkt, obwohl er das gar nicht darf. Der Dicke schaute mich durchdringend an, als wüsste er, dass ich mit Adnan im Bett gelegen hab, als könnte er den Geruch Adnans auf meiner Haut aus hundert Metern Entfernung riechen. Im Bus setze ich mich auf die hinteren Plätze, um die Gespräche der Mädchen und Jungen zu belauschen. In den Gängen vor mir stehen jetzt ein paar Mädchen in Helins Alter, die nicht miteinander sprechen, weil sie mit ihren Handys beschäftigt sind. Ich schaue aus dem Fenster, um sie nicht die ganze Zeit anzustarren, ihre kleinen Ärsche, die in diesen engen Jeans eingezwängt sind. Die Kombi mit den kurzen, falschen Lederjacken und den Jeggings macht mich jedes Mal fertig. Ich frage mich, wie ein Vierzigjähriger es schafft, auf diese sechzehnjährigen Ärsche zu gucken, ohne am Abend in Gedanken daran zu masturbieren. An der nächsten Haltestelle steigen zwei ältere Damen ein, und anstatt vorne zu sitzen, laufen sie durch den ganzen Bus und fühlen sich fit. Sie nehmen genau vor mir Platz und setzen ihre Unterhaltung fort. Die eine erzählt von einem Krankenhausbesuch, von jemandem, der vom Dach gefallen sei, habe sich den Rücken gebrochen, werde für einige Zeit nicht mehr laufen können.

Ich denke, wenn im Irak die Dächer auch spitz wären, wäre ich vielleicht gar nicht geboren worden.

Wenn ich nach Hause komme, dann liegen Tante Khalida und Baqqe normalerweise still wie satte Babys vor dem Fernseher, schauen Kochsendungen oder türkische Soaps, die von arabischen Sendern synchronisiert werden. Heute sitzen sie da, trinken trotz der warmen Temperaturen heißen Chai und essen dazu Klecha. Tante Khalida seufzt und sagt zu Baqqe, sie solle schleunigst die mit der Dattelpaste probieren. Baqqe stopft sich derweil noch ein mit Kokosnussraspeln gefülltes Süßgebäck in den Schlund.

»Köstlich!«, sagt sie mit vollem Mund. »Dayka Idris, köstlich, möge Allah deine Hände segnen.« Dayka Idris muss wohl die rundliche Frau in ihrer Mitte sein. Ich erkenne in ihr die Frau vom Marktplatz wieder, die nach meinem Wert gefragt hatte.

Sie wird als Erste auf mich aufmerksam und bietet mir in meinem eigenen Haus Süßgebäck an, das sie wohl gebacken hat. Meine Tante macht eine wegwerfende Handbewegung: »So was schätzt sie nicht, ihre Mutter hat noch nie in ihrem Leben Klecha gebacken, Sanaa ist praktisch ein Waisenmädchen.«

Die Fremde scheint sich über diese Aussage zu freuen und

hält mir weiterhin den Teller mit den Köstlichkeiten hin. »Probier die mit den Walnüssen, junge Mädchen mögen Walnüsse.«

Ich nehme eins, das mit einer halben Walnuss in der Mitte verziert ist. Es ist noch lauwarm, und ich beiße rein. Vor ihren Augen widerstehe ich dem Gefühl, mir alles auf einmal in den Mund zu stopfen. Ich will mir den Teller schnappen, mich in eine Ecke setzen und essen. Jedenfalls darf ich nicht vor ihnen stehen bleiben. Die Frau langt mit ihren butterweichen Fingern nach meiner Hand, zieht mich langsam zu sich, nimmt mir das schwere Buch aus der anderen Hand und schenkt mir ein weiteres Klecha. Dabei lächelt sie immerzu wie von der Sonne geküsst. Ihre Wangen sind zwei straffe Nektarinen, ihr Mund ein leichtes Rosa. Ich vergesse für einen Moment Tante Khalida und Baqqe und sehe dieser Frau in ihre braunen Augen, die mich mit Freundlichkeit übergießen, wie Uda es mit warmem Wasser tat, als sie mich badete. Die Frau streicht mir über meine Hand und sagt, wie weich meine Haut sei. Dabei schäme ich mich fast, weil ihre weicher ist, aber ich nehme das Kompliment mit einem Lächeln an. Dann sitzen wir da und vergessen für einen schönen Moment, dass wir Baqqe, Tante Khalida und Sanaa sind.

Wir schlürfen unsere Chais. Die nette Dicke hat für mich einen Chai geholt, ohne dass ich fragen musste, als wüsste sie genau, was mir guttut.

Ich lächele sie wieder an und höre gar nicht mehr auf. Tante Khalida bemerkt das und lächelt ihrerseits, was mir fast unangenehm ist, deswegen schaue ich wieder zu der dicken Frau. Tante Khalida und Baqqe zünden sich Zigaretten an und qualmen. Die Frau ist zu höflich, um etwas gegen den Rauch zu sagen, denke ich, bis sie auch anfängt zu rauchen. Und weil das gerade so eine lockere Stimmung ist, hole ich meine Zigaretten raus. Die Dicke hält mir ihr Feuerzeug hin, ich bedanke mich diesmal mit einem Wort: *Mamnun*. Natürlich qualmen die Zigaretten von Tante Khalida und Baqqe etwas stärker, lassen uns in Wolken eintauchen und benebeln uns angenehm. Ich atme tief ein und will diese Luft nie wieder rauslassen. Aber Ausatmen ist das Drittschönste auf der Welt, deswegen entspanne ich meine Brust. Und als hätten die drei Frauen mich beobachtet und die Zufriedenheit gesehen, ahmen sie mich nach, und jede von ihnen scheint um ein Grad glücklicher. Sie wiederholen den Vorgang, und Baqqe hat das Gefühl, sie mache etwas falsch, jedenfalls schaut sie verstohlen zu meiner Tante und der dicken Frau hinüber und atmet leicht daneben. Ich fange ihre Augen mit meinem Blick und atme ein und aus und fordere sie auf, es mir gleichzutun, einatmen, halten, halten, ausatmen. Sie schafft es, mit uns zu atmen.

Wir rauchen zu Ende, trinken unsere Chais und genießen das Schweigen. In dieser Ruhe fängt Baqqe an zu hüsteln, sie stellt den Chai ab und hustet besorgniserregend laut. Tante Khalida klopft ihr schwesterlich auf den Rücken, aber das hilft nicht. Die dicke Frau reicht ihr etwas Wasser, aber Baqqe, so tollpatschig, wie sie ist, trinkt und spuckt das Wasser aus, weil sie erneut husten muss, aus Mund und Nase fliegen Spritzer auf Tante und unsere dicke Freundin. Ihr Husten scheint nicht mehr aufhören zu wollen, und auch Wasser wird nicht helfen, denn es liegt nicht an ihrem Hals. Tief in ihrem Körper brodelt etwas, es kommt aus ihrer Brust: Ihre Lungen scheinen überzukochen, langsam wandert es die Brust hoch zum Hals, und Baqqes Augen werden wässrig und rot und groß – vielleicht erstickt sie an der Dattelpaste, die sie ungehemmt in sich hineingestopft hat. Baqqe legt beide Hände auf die Knie, um festen Halt bemüht, ihre Backen plustern sich auf, sie würgt jetzt, und wir schrecken zurück. Schließlich spuckt sie eine faustgroße Schleimpfütze auf den Tisch vor uns. Wir schauen ihren grüngelben Klumpen an, dann wieder Baqqe, die sich mit Schweißperlen auf der Stirn zurücklehnt, als hätte sie ein goldenes Ei gelegt. Tante Khalida wendet sich angeekelt von Baqqe ab und raucht in Ruhe zu Ende. Die Dicke nimmt sich noch ein Klecha, und ich beobachte Baqqes Rotz. Vielleicht ist es der Marihuanarauch, aber ich bin mir sicher, der grüngelbe Klumpen fängt an zu quaken. Nachdem er einige Zeit sinnlos vor sich hin gequakt hat, springt er auf den Boden und hopst zum Balkon.

Ich bleibe bei ihnen sitzen, die Dicke erzählt von der Stadt, aus der sie weggezogen sind. Ihre Stimme klingt angenehm wie Dampf auf der Haut. Nach Stunden verabschieden sich die Frauen, für heute haben sie in ihrem Kopf genug Gedanken gejätet, die über Nacht wieder heranwachsen werden.

Am nächsten Vormittag steht Onkel Agid vor der Wohnungstür und will mir das alte Auto von Taufik schenken, unter der Bedingung, dass ich ihn jeden Freitag zur Moschee fahre. Ich nicke eifrig und sage, ich würde ihn sogar in den Irak fahren.

Aber er winkt ab. »Was soll ich da?«

»Familie Zakholy fliegt in den Irak«, erzähle ich im Aufzug.

Das ignoriert er geflissentlich. Mein Onkel checkt Wasser- und Ölstand. Wir müssen Motoröl kaufen. Das kommt ihm gelegen, weil er mich einmal fahren sehen möchte. Dass ich seit drei Jahren meinen Führerschein habe, interessiert ihn nicht. Er navigiert mich zu einem Laden für Autozubehör. Ich frage mich, woher er solche Läden kennt, wenn er kaum die Wohnung verlässt. Onkel zahlt für das Öl, wir fahren wieder nach Hause. Während der Fahrt gibt er mir einige Fahr- und

Pflegetipps, die ich zwar kenne, aber ich lasse mir nichts anmerken und stelle stattdessen naive Fragen. Vor dem Hochhaus beauftragt er mich, das Öl nachzufüllen.

»Jetzt musst du nicht mehr auf den Bus warten.«

Ich kann jederzeit in mein Auto springen, die dreihundertachtundsechzig Augen hinter mir lassen und ruhige Tage mit Adnan verbringen, vielleicht mal mit ihm nach Rotterdam fahren und so tun, als wäre ich keine Hochhausfrau, als gehörte ich schon immer nach Rotterdam. Wenn Adnan arbeiten muss, dann würde ich Asija mitnehmen, mit ihr könnte ich stundenlang den Hafen beobachten. Ein paar Autos weiter hält der Volvomann an. Er steigt aus und sieht manchmal zu uns rüber. Er wird mir jetzt hinterherfahren können, was meine Freude über das Auto dämpft. Ich muss ab jetzt frühmorgens aufstehen, wenn das Viertel noch schläft, damit er mich verpasst.

»Habt ihr die Videokassette gefunden?«, fragt Onkel.

Ich schüttle den Kopf und beobachte den Volvomann. Er schaut zurück, diesmal lächelt er sogar. Vielleicht freut er sich mehr über mein Auto als ich, denkt daran, wie er auf der Autobahn hinter mir herrast, mich bedrängt und dies seine einzige Möglichkeit ist, mir nahezukommen. Er wird von Adnan und Omer erfahren und es bei den Kurden im Viertel verbreiten. Vielleicht erpresst er mich, will für fünf Minuten meine Brüste anfassen, um das Geheimnis nicht auszuplaudern.

»Heute ist Helins Geburtstag«, sage ich zu Onkel, um mich vom Volvomann abzulenken. Onkel interessiert sich nicht für Geburtstage, das tut kein Kurde. Sie wissen nicht einmal, wann sie Geburtstag haben, aber weil es so etwas wie Geburtsurkunden gibt, müssen die Behörden ihnen ein Datum zuweisen, und alle Kurden teilen sich den 1.7. als Geburtstag, zumindest die ältere Generation. Nasser, Asija, Onkel Agid, Herr Zakholy,

Baqqe und Tante Khalida haben am 1.7. Geburtstag. Nasser wurde wahrscheinlich im Juli geboren, in der heißesten Zeit, Asija muss im Februar geboren sein und Tante Khalida wurde nie geboren, es gab sie schon immer, so wie es Steine gibt.

Wir fahren mit dem Aufzug wieder hoch, der Autoschlüssel steckt in meiner Tasche. Ich werde Helin vorschlagen, sie irgendwohin zu fahren, ich werde mit ihr reden, über ihre Zukunft, über Kemal und Dunja, über Tante Khalida und Asija.

In unserem Zimmer läuft laute Musik. Als ich die Tür öffne, sehe ich Helin für Dunja tanzen. Dunja sitzt auf meinem Bett, kaut Kaugummi mit offenem Mund, zeigt viel von ihrer rotnassen Zunge, ohne zu wissen, dass es an ein warmes Fötzchen erinnert, und schaut Helin mit lächelnden Augen an. Helin hat ihr Shirt hochgekrempelt, einen Knoten gebunden, um den karamelligen Bauch zu entblößen; ihre Brüste sind fest und wackeln doch wild, das Haar ist zerzaust hochgesteckt, ihr Auftritt eine Ode an die reinste Freude, als wäre unsere Mutter ein glücklicher Mensch. Dunja quetscht ein Knie in Helins Schritt und lacht. Erst jetzt fallen mir die Gläser in ihren Händen auf – eine dunkle Flüssigkeit schwappt hin und her. Es riecht nur nach Zigarettenrauch, aber nicht nach Alkohol.

Ich trete in das Zimmer, und Dunja rappelt sich auf, trinkt aus und schaut betreten drein. Dann entdeckt mich auch Helin. Ihr Gesicht wirkt tatsächlich älter, die Augen dunkel geschminkt, der Mund ein verschmierter roter Fleck.

»Alles Gute zum Geburtstag«, sage ich.

»Danke«, sagt sie mit ihrer trockensten Stimme.

Ich nehme Dunja das Glas ab und rieche daran. Dann erst fällt mir die Eisteepackung auf dem Tisch auf.

»Wir haben so getan, als würden wir Alkohol trinken«, sagt Helin und nippt an ihrem Glas.

Ich weiß nicht, was ich davon halten soll.

»Habt ihr auch so getan, als würdet ihr rauchen?«, frage ich. Dunja schüttelt vehement den Kopf. Helin holt aus einer Schublade eine Schachtel Zigaretten hervor, zündet eine an und sagt: »Nein, wir haben geraucht.«

»Was deine Mama wohl sagt, wenn ich ihr davon erzähle?«, frage ich Dunja, nehme Helin die Zigarette weg und ziehe daran.

»Sag es ihr nicht. Bitte.«

»Dann geh nach Hause.«

Ich kann Helin überzeugen, mit mir essen zu gehen. Asija ist da schwieriger: Als ich ihr von Helins Geburtstag erzähle, fängt sie an zu weinen. Wenn ihr die Tränen die Wangen herabfließen, wie zwei Flüsse mit starker Strömung, habe ich Angst, dass sie irgendwann zwei Narben auf dem Gesicht hinterlassen, sich ihren Weg aushöhlen. Ich wische das Gesicht vom Salz rein, nehme ein trockenes Tuch und reibe vorsichtig über die Haut. Manchmal sehe ich winzige, silbrige Fische unter Asijas Haut schwimmen und will sie wegscheuchen, aber das ist nicht möglich, weil sie in meinem Kopf sind, in meinen Augen, und ich schüttle mich, weil ich an Baqqes harte Zunge denke und wie sie auf die Fische in meinen Augen zuschnellt.

»Gehen wir jetzt oder nicht?«, fragt Helin. Ich darf nicht lange bei Asija bleiben, sonst verliere ich mich in wirren Gedankengängen.

Während der Fahrt will ich Helin von der früheren Asija erzählen. »Sie war nicht immer so, weißt du«, fange ich an.

»Ehrlich gesagt interessiert mich das nicht«, sagt sie. »Wenn ich an sie denke, werde ich immer gleich depri, deswegen habe ich keinen Bock darauf.«

»Aber es ist doch wichtig zu wissen, wer deine Eltern sind.«

»Ich habe keine Eltern«, sagt sie. »Und manchmal habe ich nicht einmal eine Schwester.«

Ich konzentriere mich aufs Fahren und schaue ab und zu in den Rückspiegel, um zu checken, ob der Volvomann uns verfolgt.

»Es ist alles sehr schwierig, Helin. Irgendwann wirst du das verstehen. Ich verstehe ja auch nur so halb, was passiert.«

Wir halten vor einem Laden an, der für seine Adana Kebabs berühmt ist. Wir setzen uns rein, der Kellner flirtet mit Helin, was sie freut. Komischerweise freue ich mich auch für sie, deswegen verrate ich ihm, dass sie Geburtstag hat. Er gibt uns die Getränke aus. In einer Ecke sehe ich den Volvomann an seiner Cola schlürfen. Er glotzt mich an.

»Dreh dich unauffällig um und schau dir den Typen in der Ecke an«, fordere ich Helin auf. Sie tut es und fragt mich: »Was ist mit ihm?«

»Er verfolgt mich.«

»Was für ein Arsch«, sagt sie nur und blättert in der Speisekarte.

Irgendwann fragt sie, ob es viele Typen gebe, die mich verfolgen.

»Das wäre ein wenig stressig, meinst du nicht?«

»Ich weiß nicht, du wirkst immer sehr beschäftigt, immer so gehetzt, als müsstest du dich mit vielen Leuten treffen. Dunja meinte, du hättest viele Typen.«

»Und wenn schon«, sage ich, leise, damit der Volvomann nichts hört. Dann rufe ich den Kellner. Er kommt gern zu uns. Ich frage ihn, ob er dem Mann in der Ecke sagen könne, er solle aufhören, uns zu begaffen.

Er schlägt vor, uns umzusetzen, vielleicht auf die nächste Etage zu gehen.

»Er belästigt uns, nicht wir ihn. Wenn sich einer umsetzt, dann wohl er«, sage ich.

Helin meint, sie hätte kein Problem damit, sich woanders hinzusetzen. Aber ich beharre auf unserem Platz.

Der Kellner nickt und geht auf den Volvomann zu, redet leise mit ihm, um ihn nicht bloßzustellen. Natürlich glotzt der Volvomann weiterhin, schüttelt den Kopf und belächelt meine Naivität. Der Kellner kann nichts tun, uns höchstens Freigetränke anbieten und Helin schöne Augen machen. Der Volvomann könnte unseren Kellner ohne Probleme auffressen, dazu müsste er nur seinen Schlund weit genug aufreißen.

Wir setzen uns um.

Helin fragt erneut, ob Dunja denn recht habe. Sie will hören, dass sich mein ganzes Leben um die Uni dreht, wie ich es Tante Khalida immer erkläre, wenn sie fragt, was ich denn ständig in der Uni treibe. Ob die Seminare tatsächlich um zwanzig Uhr beginnen. Sie hat bestimmt dafür gesorgt, dass ich Taufiks altes Auto bekomme, damit ich pünktlich nach Hause komme, damit die Ausrede, der Zug habe Verspätung gehabt oder sei ausgefallen oder stehen geblieben, weil ein Mensch sich auf die Gleise geworfen habe, nicht mehr zählt.

»Dunja meint, du bist keine Jungfrau mehr.«

Helins Naivität nervt mich beinahe. Ich erkläre ihr, wie unwichtig die Sache mit dem Jungfernhäutchen sei. »Und wenn du einen Typen findest, der dich will, dann ist es ihm egal, ob du Jungfrau bist.«

Sie hebt wieder eine Augenbraue, das hat sie höchstwahrscheinlich von Dunja, die glaubt, damit intelligent zu wirken. Aber Brauen helfen nicht bei Dunja, sie kommt aus Tante Khalidas Schoß.

Wir bestellen Adana Kebab.

»Das glaube ich nicht. Die meisten Männer legen Wert darauf, dass sie die Ersten sind, die mit ihrer Frau schlafen.«

»Ja, die meisten Kurden sind auch dumm.«

»Nein, ich meine nicht Kurden, ich meine zum Beispiel auch Araber oder sogar Türken.«

»Mach erst mal dein Abi und besuch die Uni, dann sieht die Welt auch anders aus.«

»Ich werde kein Abi machen, und zur Uni gehe ich erst recht nicht«, sagt sie.

»Spinnst du?« Am liebsten würde ich ihr gerade noch einen Zirkel in die Wange rammen.

»Ich mache eine Ausbildung. Dunja auch. Ich will bestimmt nicht als alte Jungfer enden, die nie heiratet und nur Bücher mit sich rumschleppt.«

»Die Uni dauert höchstens fünf Jahre, du Idiot.«

»Nenn mich nicht ›Idiot‹.«

»Du bist aber ein Idiot.«

»Das Abitur dauert auch drei Jahre, das sind ja schon acht Jahre, so lange kann ich nicht warten. Ich mache nach der Zehn eine Ausbildung als Kosmetikerin.«

»Und dann?«

»Und dann heirate ich.«

»Und dann?«

»Kinder, Familie, Mann, Sanaa, stell dich nicht so dumm.«

»Du wirst todunglücklich, Helin.«

»Was ist denn dein Plan? Willst du nie heiraten?«

»Doch, aber doch nicht jetzt mit zweiundzwanzig. Heiraten ist kein Ziel im Leben, das ergibt sich. Du musst etwas machen, was dich glücklich macht, Helin.«

»Es gibt drei wichtige Ereignisse im Leben einer Frau. Nur drei: ihre erste Menstruation, ihr erstes Mal und die Geburt ihres ersten Kindes. Mehr nicht«, sagt sie wie ein auswendig gelerntes Gedicht.

»Wo hast du den Mist her?«

»Von Dunja, ihre älteste Schwägerin hat es ihr erzählt.«

»Und ihre Schwägerin hat es von Tante Khalida. Das Ziel ist also, Tante Khalida zu werden.«

»Nein, ist es nicht.«

Anstatt ihr zu erzählen, dass sie mit einem Studium aus dem Viertel rauskäme, neue Gesichter entdecken, andere Leben sehen, andere Länder besuchen, vielleicht ein Auslandssemester in den Staaten machen könnte, schnauze ich sie an: »Doch ist es. Du wirst irgendwann fünf Söhne haben, die nichts mit dir zu tun haben wollen, die dich nicht für voll nehmen; ihre einzige Verbindung zu dir wäre, dass sie mal aus deiner Muschi rausgekommen sind. Du wirst einen Mann haben, der sich am liebsten Schraubenzieher in die Ohren stecken würde, um dich nie wieder zu hören. Du wirst deine Tage damit verbringen, andere Leute zu beobachten, über sie zu reden, über sie zu urteilen, weil du selbst ein stinklangweiliges Leben hast.«

»Du bist eine gemeine Nutte, weißt du das?«, sagt Helin und fängt an zu heulen wie damals mit sechs. Ihr ist egal, ob die Leute gucken. Und in dem Moment habe ich auch die paar starrenden Blicke vergessen, schließlich sind es keine Kurden.

»Helin.« Ich will sie umarmen, aber sie stößt mich von sich. »Mann, Helin, dir passiert das natürlich nicht. Du bist viel zu intelligent. Das passiert nur so dummen Mädchen wie Dunja.«

Wir fahren nach Hause, Helins Wangen sind feucht, ich habe es vermasselt – vielleicht wäre sie ohne Asija, Nasser und mich tatsächlich ein glücklicher Mensch. Vielleicht ist Dunja sogar glücklich. Am Ende stellt sich heraus, dass *ich* wie Tante Khalida geworden bin, die Menschen um mich mit Unglück übergieße.

Ich sollte das Treffen mit Adnans Familie für morgen absagen. Adnan wird Asija und Nasser nie kennenlernen, höchstens aus meinen Erzählungen, und er wird froh sein, sie nie getroffen zu haben. Irgendwann werde ich ihn fragen, was er davon hat, mich zu kennen.

Ich halte direkt vor dem Hochhaus, und noch bevor ich den Motor ausschalte, steigt Helin aus dem Wagen und rennt zum Eingang. Im Rückspiegel sehe ich den Volvomann an der Seitenstraße parken. Er steigt aus, scheint auf mich zu warten und geht schließlich um seinen Wagen herum, öffnet den Kofferraum und holt einen länglichen Gegenstand heraus. Er sieht wie eine Waffe aus. Der Volvomann beschäftigt sich mit der Waffe wie andere Menschen mit ihren Handys. Ich starre auf den leeren Beifahrersitz. Mein rechter, rechter Platz ist frei, ich wünsche mir Nasser herbei. Aber nirgendwo eine Spur von Nasser, auch die Fahrradständer sind unbewacht. Im Rückspiegel sehe ich den Volvomann ans Auto gelehnt auf seine Beute warten. Ich steige aus dem Wagen und sprinte ins Haus, schaue nicht zurück. Ein Schub Adrenalin fährt mir durch das Rückenmark. Zwischen meinen Schulterblättern fängt es an, unangenehm zu kribbeln. Eine Kugel könnte es beenden, aber ich bin schon im Aufzug.

Helin hat die Zimmertür abgeschlossen. Auf mein Klopfen und Zureden reagiert sie nicht. Stattdessen schaltet sie Musik ein und dreht auf. Helin ist mir gerade egal, ich will in mein Bett, mir die Decke über den Kopf ziehen und im Schoß meiner Großmutter aufwachen.

»Mach die Tür auf!«

Irgendwann fange ich an, gegen die Tür zu treten. Aber auch das beeindruckt Helin nicht. Ich schnappe mir eine Zigarette von Tante Khalida und sauge all die süße Luft in meine Lungen.

Ich setze mich vor die Zimmertür, irgendwann muss sie ja auf die Toilette, denke ich.

Ich rauche die Zigarette in einer Minute zu Ende und hole mir die nächste, rauche so lange, bis ich schließlich glaube, mir die Waffe eingebildet zu haben. Ich denke zu oft an Onkel Abdul, den irren Abdul. Vielleicht hat er dem Volvomann seine Waffe geliehen, vielleicht wartet der Volvomann auf Onkel Abdul. Ich glaube, Vergessen ist ein schöneres Geschenk als Erinnern.

Während ich so gegen die Zimmertür gelehnt meine Zigarette rauche, klopft es an die Wohnungstür. Die meisten Leute klingeln, aber diese Person meint, es sei angebracht zu klopfen. Vielleicht hämmert der Volvomann mit seiner Flinte gegen die Tür, denn beim genaueren Hinhören klingt es, als würde nicht Haut, sondern Metall gegen Holz geschlagen. Ich schleiche mich zur Tür und schaue durch den Spion. Es ist Tante Khalidas dicke Freundin. Sie schaut wieder so freundlich, als wohnte eine Sonne in ihrer Brust. Ich beneide diese Frau um die Leichtigkeit in ihrem Magen. Die Dicke hat noch nie im Leben durch Stress und Trauer bedingt an Sodbrennen gelitten. Sie will gerade gehen, als ich die Tür öffne.

»Sanaa, meine Hübsche, wie geht es dir? Ich habe Dolma gemacht und hoffe, euch wird es auch schmecken.«

Widerwillig nehme ich den Teller entgegen. Der Duft der Mischung aus Fleisch und Reis steigt in meine Nase, ich schmecke bereits die Gewürze im Reis, das Tomatenmark, die Weinblätter; die Aubergine hinterlässt ein Kribbeln am Gaumen, und trotzdem will ich den mit Köstlichkeiten gefüllten Teller nicht. Ein Teller vom Nachbarn muss mit einer anderen Leckerei gefüllt zurückgebracht werden, alles andere ist peinlich. Ich bedanke mich bei ihr, indem ich sie mit Floskeln überschütte: Das wäre doch nicht nötig gewesen, Tante – warum hast du dir die

Mühe gemacht – die sehen aber lecker aus – Gott segne deine Hände. Etwas Zigarettenasche rieselt auf eine gefüllte Zucchini. Sie bemerkt es, sagt aber höflichkeitshalber nichts.

Mitten auf dem Küchentisch sieht der Teller aus wie eine Insel. Irgendwann entscheide ich mich, Asija in die Küche zu locken. Ich ziehe noch einige Male an meiner Zigarette, überlege mir den genauen Wortlaut für Asija. Schließlich locke ich sie aus ihrem Zimmer, indem ich behaupte, ein Geschenk für sie zu haben. Sie folgt mir nicht aus Interesse, sondern um mir einen Gefallen zu tun. Auf den Küchentisch stelle ich zwei Gläser mit Leitungswasser.

»Wer hat das gebracht?«, fragt sie.

»Lieferservice«, sage ich.

Sie geht nicht darauf ein und fängt an zu essen. Ich nehme mir eine gefüllte Aubergine. Der Reis hat an den Rändern der Aubergine lila Farbe angenommen.

»Abgespacet.«

»Da fehlen etwas Dill und ein bisschen Minze«, sagt Asija nachdenklich.

»Dill und Minze? Ich finde, es schmeckt sehr gut.« Erst jetzt löst sich die Anspannung in meinem Rücken, aber mein Nacken fühlt sich immer noch hart an, die Schultern tun mir weh; ich werde wie Asija zu einer steinernen Figur mutieren, wenn ich den Volvomann nicht loswerde.

»Ja, sie sind besser als Khalidas Dolma.«

»Und von Baqqe sowieso.«

»Ein bisschen Zitrone, Dill und Minze. Dann wären die Dolma perfekt. Die Weinblätter wurden zu lange blanchiert, deswegen ist das leicht Frisch-Säuerliche verloren.«

»Also mir schmeckt es«, sage ich und nehme mir noch eine gefüllte Zwiebel. »Vielleicht kannst du ja mal Dolma mit Dill und Minze machen«, sage ich. Sie zuckt nur mit den Schultern.

Irgendwann in der Nacht schließt Helin die Tür auf, wahrscheinlich nachdem sie masturbiert hat.

»Hör mal, Helin, es tut mir wahnsinnig leid«, sage ich, aber sie reagiert nicht, hat mir den Rücken zugewandt und stellt sich schlafend.

Am nächsten Tag gehe ich um sechs Uhr aus dem Haus, um dem Volvomann zu entwischen. Vereinzelt sind Autos auf der Autobahn, es ist noch zu früh für den Berufsverkehr.

Adnan reißt die Augen auf, weil er mich nicht um die Uhrzeit erwartet hat. Dann nimmt er mich in seine Arme, die noch vom Schlaf ganz warm sind wie frisch gebackenes Brot.

Wir legen uns ins Bett und schlafen bis zehn Uhr, dann essen wir gemeinsam, gehen gemeinsam zu Uni, erzählen einander, was wir in der Vorlesung Interessantes gehört haben, und ich kann für ein paar Stunden so tun, als gäbe es weder Tante Khalida noch Nasser oder Asija. Für einen Moment fühle ich mich wie ein deutsches Mädchen, dessen einzige Sorge ist, den Eltern des Freundes zu gefallen. Da aber Adnan und ich nie heiraten werden, ist es mir ziemlich egal, was Adnans Eltern von mir halten werden. Im Uni-Café setzt sich irgendwann Omer neben mich, grüßt mich, ignoriert Adnan komplett, auch nachdem ich sie miteinander bekannt gemacht habe. Omer schenkt ihm ein schiefes Lächeln, deswegen erzähle ich, unser Seminar würde gleich anfangen, obwohl Adnan etwas völlig anderes studiert. Omer hat außerhalb seiner Wohnung nichts mit mir zu tun, er will mich nur aus der Fassung bringen, schauen, wie ich mich in Adnans Gegenwart verhalte, vielleicht geilt ihn das auf, wenn ich nervös bin. Omer grinst nur zum Abschied.

Wir schlendern über den Campus, die Hände in den Taschen. Adnan verliert kein Wort über Omer, als wäre Omer nie passiert. Ich kann nicht einschätzen, ob er das aus Gleichgültigkeit tut oder sich in Lässigkeit übt.

Ich frage ihn, ob wir nicht jetzt zu seinen Eltern gehen können.

»Nein, erst um drei Uhr, haben sie gesagt. Meine Mama kocht etwas Besonderes für dich.«

»Wir könnten ihr helfen.«

»Nein, da ist sie eigen.«

Bei uns kann jeder jederzeit in die Wohnung kommen, ungeachtet unseres Willens. Adnans Eltern scheinen Sprechstunden zu haben.

Um kurz vor drei fahren wir mit meinem Auto zu seinen Eltern. Sie haben ihr eigenes Haus mit Garage und Vorgarten, mit Blumenbeet und Rasensprenger, mit zwei Fahrrädern vor der Tür und werbungsweißen Gardinen an den Fenstern. Das einzige Indiz für ihr Türkischsein ist der Nachname. In der Gegend herrscht Stille wie in Zakho während der Mittagshitze, wenn die Erwachsenen vor Klimaanlagen schliefen und die Kinder sich aus dem Haus schlichen. An der Tür werden wir von der Mutter empfangen. Wir reichen uns die Hand, und ich bin froh, nicht umarmt und geküsst zu werden von dieser fremden Frau, denn sie ist ja keine Hochhausfrau mit nimmersattem Blick, sie hält einen höflichen Abstand. Sie schaut nicht aus dem Fenster, um die Nachbarn auszuspähen; sie kümmert sich um Adnan und Melisa, die sie Lisa nennt. Melisa hasst das, möchte Melisa genannt werden. Melisa hat eine Bobfrisur und einen krakeligen Lidstrich, der ihre Augen wie von Picasso gemalt aussehen lässt. Sie bemüht sich um Individualität, deswegen sieht sie wie alle Mädchen in der Uni aus.

Der Vater fragt mich, was ich über die PKK denke.

»Oh Mann!«, ruft Adnan.

Die Mutter fragt mich, wann ich wieder in den Irak reise.

»Weiß ich nicht.«

Die Schwester fragt mich, ob ich auch vorhabe, ein Auslandssemester zu machen.

»Ich habe nie darüber nachgedacht.«

Meine vagen Antworten veranlassen sie, nicht weiterzubohren.

Adnan lenkt die Aufmerksamkeit auf sich, erzählt von seinem Auslandssemester in Rom, schwärmt von der Architektur, von der Pizza – er nennt irgendein Lokal – und von den italienischen Mädels, und alle schauen mich an und ich lache und dann lachen sie auch. Eifersucht ist was für Proleten.

Seine Mutter erklärt mir, wie sie die Dolma gekocht hat.

»Meine Mutter mischt da etwas Dill und Minze unter«, sage ich und esse ihre Dolma, deren Reis trocken und ungewürzt ist, die nicht halb so gut schmecken wie die von unserer dicken Freundin.

»Das ist ja interessant«, sagt die Mutter, und überhaupt findet sie alles interessant oder schön. Die Namen Helin und Asija findet sie schön, die Tatsache, dass wir Kurden alle in einem Viertel wohnen, findet sie interessant. Adnan hat es ihnen verraten, jetzt weiß ich nicht mehr, wie viel ich vor ihnen verbergen kann, ohne mir die Blöße zu geben.

Dann fängt die Schwester wieder an, von ihrem bevorstehenden Auslandssemester zu erzählen, sie weiß noch nicht, ob sie in Nord- oder Südamerika studieren soll – sie möchte so gerne die Amis kennenlernen, sie verstehen, sie *wirklich* verstehen –, sie betont es, als wäre es ihr größtes Anliegen, die Amis zu verstehen, quasi ihr *American Dream*. Ihre Eltern nicken verständnisvoll.

»Andererseits Peru. Pe-ru!« Sie legt den Kopf in den Nacken, rauft sich das Haar, als würde die Wiederholung dieser zwei Silben eine ganze Argumentationskette ersetzen.

Ich höre ihr nicht mehr zu, schaue mir Adnans Eltern an, um herauszufinden, von wem er seine Augen, seine Nase und diesen wunderschönen Mund hat. Ich komme zu dem Schluss, dass er adoptiert sein muss. Seine Mutter bietet mir eine Hausbesichtigung an. Ich nicke stumm.

Im Flur bleibe ich vor einem Gebetsteppich mit Kaaba-Motiv stehen. Sie erklärt mir, Freunde der Familie hätten ihnen diesen handgeknüpften Teppich aus ihrem letzten Dubai-Urlaub mitgebracht.

»Bist du gläubig, Sanaa?«

»Ich habe noch nie einen aufgehängten Gebetsteppich gesehen«, gebe ich als Antwort. Ich muss an Tante Khalidas Teppich denken, dessen Fußende abgewetzt ist, weil sie fünf Mal am Tag darauf betet. Auf diesem Teppich wird niemals gebetet werden, man beraubt ihn seines Zwecks.

Adnans Mutter fragt mich irritiert, ob ich den Rest des Hauses sehen möchte. Ich folge ihr. Als Erstes zeigt sie mir die Bibliothek der Familie. Beeindruckt stehe ich vor den Regalen, wie ich einst vor Tante Khalidas Kleiderschrank stand, dessen Inhalt mich mit seinen vielen Farben und Mustern überforderte.

»Kann ich in diesem Zimmer wohnen?«

Sie lacht. Eine Wand hat sie mit den Buchseiten von *Hundert Jahre Einsamkeit* tapezieren lassen.

»Ein beeindruckendes Buch.« Sie starrt mit abwesendem

Blick auf die Seiten, als würde sie in Gedanken Macondo wieder aufleben lassen. Dann wendet sie sich mir zu. »Sanaa, hast du auch ein Lieblingsbuch?«

Noch nie hat mich jemand nach meinem Lieblingsbuch gefragt, deswegen überlege ich eine Weile, und sie hinterfragt wahrscheinlich meine Liebe zur Literatur. Ich sage irgendwann: »*Die unerträgliche Leichtigkeit des Seins*«; das geht immer als Lieblingsbuch.

»Hast du die Verfilmung mit Juliette Binoche gesehen?«

Ich verneine und weiß noch nicht einmal, wer Juliette Binoche ist, aber das muss sie ja nicht wissen.

Im Badezimmer erklärt sie mir, wie wichtig ich für Adnan sei, er habe schon so oft von mir geschwärmt wie noch nie zuvor von einem Mädchen.

»Wenn Adnan sagt, dass du etwas Besonderes bist, dann glaube ich das«, sagt sie abschließend, als könnte nur Adnan mich zu etwas Besonderem machen.

Im Grunde sei doch diese ganze Kurden-Türken-Thematik Quatsch, am Ende des Tages zähle das Miteinander. Ich will ihr sagen, dass Adnan kein Türke ist, sondern ein Deutscher, aber ich lasse es, weil wir am Gebetsteppich vorbeikommen. In der Küche spülen Adnan und Melisa das Geschirr ab.

»Und hier sind meine wunderbaren Kinder«, sagt sie zum Abschluss der Besichtigung, als gehörten die Kinder zum Inventar.

Wir setzen uns an den Esstisch im Wohnzimmer und quatschen bis zur Dämmerung über Filme und Bücher. Eine wohlige Wärme breitet sich in meinem Bauch aus. Adnans Mutter ist eine Filmliebhaberin, sie will mir beim nächsten Mal ihre DVD-Sammlung zeigen. Ich muss an Onkel Agids Videos denken.

»Mein Onkel hat eine beträchtliche Sammlung von Tierdokumentationen, er war im Irak Kameramann.«

»Oh, das ist ja interessant«, sagt die Mutter.

Damit erhebe ich Onkel Agid in den Stand der Intellektuellen, ohne seine Erlaubnis. Ich stelle mir Onkel Agid auf seinem Sofa vor, wie er gelassen den Komodowaranen bei ihrem Treiben folgt, unberührt von meinem Geschwätz.

»Er ist ziemlich oldschool, schaut immer noch Videokassetten.« Ich tue ihm unrecht, weil er damit auch noch in die Hipster-Ecke gedrängt wird.

Das weckt die Schwester aus ihrer Handy-Katatonie, sie fragt, ob ich Lust auf Sonnenblumenkerne hätte. Ohne eine Antwort abzuwarten, springt sie auf und holt eine kleine Tüte. Adnan und sie fangen ziemlich dilettantisch an, Sonnenblumenkerne zwischen ihren Zähnen zu knacken.

»Man muss die Schalen auf den Boden werfen!«, ruft die Schwester, und Adnan lacht.

Ich fahre Adnan zu seiner Wohnung. Beim Schalten legt er seine Hand auf meine und versichert mir, seine Mutter würde mich sehr mögen, als sei das von Bedeutung. Beim Abschied von seinen Eltern widerstand ich dem Drang, den Gebetsteppich von der Wand zu reißen.

Ich stelle mir vor, wie ich nachts bei Adnans Eltern einbreche und den Gebetsteppich klaue, ein paar Sonnenblumenkerne esse und die Hülsen überall ins Haus streue. In die Mikrowelle würde ich einen mit Dolma gefüllten Teller stellen, damit sie einmal im Leben leckere Dolma essen.

»Das war schön«, sage ich, meine es aufrichtig. Es war wie Urlaub: Man muss nicht denken, die Probleme und Konflikte spielen sich in Büchern und Filmen ab, sie rumoren nicht in der Brust, treiben keinen von ihnen in der Nacht auf Balkone. Aber das sage ich Adnan nicht; Adnan, der nichts mit mir zu tun hat, dessen Mutter nicht einmal Dolma kochen kann. Vielleicht könnte Asija ihr helfen.

Wir verabschieden uns mit einer langen Umarmung, die mir unangenehm ist, weil ich fürchte, er könne mir jeden Moment seine Liebe gestehen.

Vor dem Hochhaus bleibe ich stehen. Beim Anblick der Hülsen von Kemals und Mammuts Sonnenblumenkernen wird mir bewusst, dass Adnan mich niemals verstehen wird: Ich weine. Mir ist egal, wer mich sieht und was er von meinen Tränen hält. Manchmal wünsche ich mir, kurzsichtig zu sein, –4,75 Dioptrien mindestens, um das Viertel nur verschwommen wahrzunehmen – wie angenehm muss es sein, nicht jedem Blick zu begegnen, jedes Lächeln zu erwidern, ein Grüßen nicht kommen zu sehen.

Kemal und Mammut kommen aus dem Haus. Kemal fragt mich, warum ich weine. Ich lüge ihn an, sage, ich hätte eine Klausur nicht bestanden. Da lacht er, und Mammut fragt, ob ich wisse, wie viele Klausuren er nicht bestanden habe. Ich verneine, und er sagt, er wisse es auch nicht.

Kemal begleitet mich nach Hause, ins Wohnzimmer, und leistet mir Gesellschaft.

»Habt ihr nach der Videokassette gesucht?«, frage ich, nachdem ich mich beruhigt habe.

»Da sind nur noch ein paar Kisten unter meinem Bett. Wenn sie nicht da drin ist, dann ist die Kassette weg.«

Ich schaue ihn lange an, will ihm von Adnan und seiner Familie erzählen, um mir selbst zu versichern, nicht von einer Familie geträumt zu haben, die durchs Leben schwebt. Er scheint aus meinem Gesichtsausdruck das Bedürfnis nach einer Umarmung herauszulesen. Er legt einen Arm um meinen Nacken, damit ich den Kopf auf seine Schulter betten kann.

Wir sitzen eine Weile so da, und irgendwann fragt er: »Hör mal, Sanaa, was erhoffst du dir eigentlich von der Kassette?«

»Nasser und Asija zu sehen, sie zu verstehen.«

Er nickt nur, ich wünschte, er würde sagen, wir seien alle Kinder unglücklicher Ehen.

»Was ändert es, wenn du sie verstehst?«, fragt er.

Ich denke an Nasser, wie er von einem Dach auf das nächste springt, ich spüre die Schmerzen in seinen Oberschenkeln, das Zittern in den Füßen, das Ziehen der Bänder, ich spüre die Flinte an seiner Niere, ich höre das Brechen eines Panzers, ich fühle, wie eine Kugel sich in Asijas Schulter bohrt, Haut, Muskeln durchlöchert, im Knochen stecken bleibt, wie die Schmerzen ihr Bewusstsein rauben, wie Asija auf den Boden fällt und die Krabbe erschreckt, sich zwischen Steinen tarnt, bis sie selbst zum Stein wird.

»Mich wird es verändern«, antworte ich ihm schließlich.

»Du solltest nicht so viele Hoffnungen in diese Kassette setzen, Sanaa, man kann nicht in die Köpfe der Menschen schauen, egal, wie sehr man sich mit ihnen beschäftigt. Du solltest das Ganze ruhen lassen.«

»Ich wünschte, ich könnte das, süßes Kamelchen, aber ich kann es nicht.«

Mein Vater schließt die Tür auf, Kemal und ich lösen uns schnell voneinander. Nasser eilt in die Küche, trinkt Wasser, eilt ins Schlafzimmer, zieht sich um, verlässt die Wohnung, ohne zurückzuschauen.

»Lass uns ihm folgen«, sage ich und stehe auf.

Kemal zieht an meinem Arm. »Sanaa, lass ihn in Ruhe. Du wirst es so nicht herausfinden.«

Er zieht mich zu sich, und wir sitzen da, mein Kopf in seinem Schoß, mit einer Hand streicht er mir über das Haar. Ich frage ihn, ob er Lust auf einen Joint habe. »Um der alten Zeiten willen.«

Kemal schaut abwesend, als geisterten seine Gedanken ähnlich wie Asija in der Wohnung umher.

Ich tätschle seine Wange. »Hey, was ist los?«

»Auch wenn du die Kassette findest, bedeutet es nicht, dass du deinen Vater oder Asija verstehen wirst.«

Ich gebe ein Geräusch der Zustimmung von mir, richte mich auf und beobachte ihn.

Er starrt auf den Boden. »Du wolltest doch immer wissen, warum ich Helin damals verletzt habe.«

»Ja.«

»Sie hat mir erzählt, dass meine Mutter ein *neveshti* für uns beide gemacht hat. Ich wusste damals nicht, was ein *neveshti* ist, bis sie es mir erklärt hat.«

Kemal holt eine kleine Stofftasche aus seiner Hosentasche, so groß wie ein zusammengefaltetes Taschentuch. Der Stofftasche entnimmt er mit zittrigen Fingern ein dünnes Papier, das auf Arabisch beschrieben ist. Seine Stimme ist klar, die Augen voller Tränen, die ihm gleich die Wangen runterkullern werden. Ich warte auf diesen Moment. Er entfaltet das Papier vorsichtig, gelb wie Nassers Haut.

»Hier steht, dass Helin und ich für immer zusammen bleiben werden, dass wir heiraten und glücklich sein werden.«

Ich habe den Moment verpasst, als ihm die Tränen aus den Augen ausgebrochen sind, weil ich auf seine nervösen Finger geachtet habe.

»Meine Mutter hat diesen Zettel bei einem Mullah im Irak anfertigen lassen und ihn Helin gegeben, sie sollte ihn als Talisman oder so was mit sich tragen. Helin hat mir das *neveshti* gezeigt. Ich habe ihr gesagt, wir sollten es verbrennen, aber das wollte sie nicht. Wir haben uns immer wieder darum gestritten. Und an dem Tag wollte ich das *neveshti* unbedingt haben, aber sie hat es mir nicht gegeben.« Jetzt weint er laut und versteckt das Gesicht in seinen Händen. »Ich wollte ihr wehtun, Sanaa. Ich dachte, das ist meine einzige Möglichkeit, von diesem Ding loszukommen.«

Diesmal nehme ich ihn in den Arm, er zittert wie ein verletztes Tier. Nach einigen Augenblicken befreit er sich aus meiner Umarmung, als bereue er, sich bloßgestellt zu haben.

»Damals habe ich geglaubt, dass so eine Scheiße Einfluss auf meine Zukunft haben kann.« Er flattert mit dem Fetzen hin und her, wischt sich mit dem Ärmel die Nase sauber. »Jetzt habe ich es in der Hand.«

Als ich dieses *neveshti* zwischen seinen Fingern sehe, denke ich an meine Haarsträhne. Er faltet es zusammen, steckt es in die Stofftasche und diese in die Hose, als handele es sich um einen Glücksbringer. Helins Narbe mahnt mich, nicht über Kemals Glücksbringer zu schmunzeln.

»Verstehst du, warum ich das gemacht habe, Sanaa?«, sagt er.

»Ja, Kemal, ich hätte vielleicht genauso gehandelt.«

Er lehnt sich gegen die Couch, trocknet das Gesicht von den letzten Resten seiner Traurigkeit und atmet hörbar aus.

»Dann sollten wir diese Kassette finden, Sanaa.«

Aus der Küche hole ich Kemal und mir zwei Zigaretten von Tante Khalida, zünde seine für ihn an und erzähle von meiner Augenentzündung, von Baqqes Zunge, von der großen Schere, von meiner Haarsträhne, von meiner Suche nach dieser Strähne.

»Krass. Und wo ist sie jetzt?«

»Ich habe sie immer noch nicht gefunden.«

Kemal zieht entschlossen an seinem Joint und sagt: »Dann müssen wir auch nach dieser Strähne suchen.«

Ich muss lächeln.

Als ich mich von Kemal verabschiede und auf mein Zimmer zusteuere, entdecke ich Helin, die im Flur sitzt. Für heute habe ich genug geredet, auch wenn sie mich mitleidig anschaut. Ich verkrieche mich in mein Bett und verjage die Gedanken, indem ich mir den wärmsten Ort der Welt vorstelle. Der wärmste Ort der Welt liegt im Schoß meiner Großmutter. Ich wickele mich ein in die Laken und Decken, bis ich zu schwitzen anfange, bis meine Haut so warm ist wie die eines Neugeborenen warm von der Gebärmutter. Ich imaginiere mich in den Schoß der Großmutter, platziere den Kopf zwischen den hängenden Brüsten, den sie mit faltiger Hand streichelt. Großmutter riecht nach Aleppo-Seife, weil sie frisch aus dem Bad kommt, das Wasser dampft noch von ihrem Körper, die rostroten Haare sind nass geflochten. Von den Spitzen ihrer Zöpfe tropft Wasser auf meine Wangen, ich bin glücklich.

Großmutter schlief während der Mittagshitze, ich wachte auf und streunte durchs Haus, kletterte über die Dachmauer in das Haus der Nachbarn. Draußen war es leise, abgesehen vom Hupen einiger Autos in weiter Entfernung und von Kinderrufen, sodass die ganze Nachbarschaft im Schlaf nicht gestört wurde. Leisen Schrittes ging ich die Treppen runter, um mit Roush zum Chabur zu laufen. Sie war nicht im Garten, also setzte ich mich in ihre Schaukel, aber das Seil schnitt mir in die Oberschenkel, weil das Kissen fehlte.

In der Küche hörte man die Deckenventilatoren die Luft zerschneiden, im Wohnzimmer war das Surren der Klimaanlage zu hören, die warme Luft in die Zimmer wehte, weil das kalte Wasser verbraucht war.

Ich betrat Roushs Zimmer.

»Hey Roush. Lass uns –«

»Pssscht!« Sie unterbrach mich und zischte, ich solle die Klappe halten. Sie saß vor einem geöffneten Kommodenschränkchen.

»Was machst du da?«

In einem unachtsamen Moment hatte sie ihrer Schwester den Schlüssel zu ihrem Schränkchen entwendet. Ich setzte mich neben sie und betrachtete das Innere des kleinen Schranks. An der Innenseite der Tür klebten Postkarten von Kathem Al-Saher, ihrem Lieblingssänger. Roush griff nach einem Büchlein, das Gedanken und Gedichte ihrer Schwester enthielt. Gelangweilt blätterte Roush darin, ab und zu kicherte sie. Ich dagegen bestaunte all den bunten und glänzenden Krimskrams: Nagellacke, Ringe, Ketten, Spangen, halb leere Parfümflakons, Lippenstifte, Kohlenstifte für schwarz umrandete Augen, eine Sonnenbrille mit runden Gläsern, eine Pinzette, Chapstick, Polaroids von ihr und ihren Freundinnen, ein Passfoto von einem verpickelten Jungen und ein grauer Gameboy. Während Roush nach dem Foto des verpickelten Jungen griff, nahm ich den Gameboy. Beim Drücken eines Knopfes klang es, als hätte ich den Jackpot gewonnen, woraufhin Roush mir das Teil aus den Händen riss.

In meiner Erinnerung heißt Roushs Schwester Nergiz. Der Schlüssel von Nergiz' Schränkchen wurde wieder in der Schublade zwischen ihren BHs versteckt. Am Chabur schaute sich Roush das entwendete Passfoto an, auf der Rückseite war die winzigste Schrift, die ich je gesehen hatte.

»Was steht da?«

»Gebete. Sie bittet Jesus, er möge diesen Jungen in sie verliebt machen.«

»Geht das?«

»Natürlich nicht. Jesus interessiert sich nicht für Nergiz.«

Adnan schreibt mir, er habe mir etwas Wichtiges mitzuteilen. Dass es sich um eine gute Nachricht handelt, sehe ich am Smiley. Ich fürchte mich vor einem Liebesgeständnis, vor einem Versprechen. Ich werde ihm erklären, dass ich Asija versprochen bin, für ihr Glück die Verantwortung trage. Solange Asija nicht lachen kann, kann ich nicht mit Adnan schweben. Ich würde ihn zwischen meinen Gedanken und Erinnerungen ersticken, um ihn dann neben dem Rotkehlchen und dem graublaulila Fisch ins Grab zu legen, von wo aus er mich verwünscht.

Die Sonne ist schon lange aufgegangen, an der Straße wartet der Volvomann auf mich, geht keiner Arbeit nach, ich bin sein Ziel. Bevor ich ins Auto steige, rauche ich meine Zigarette zu Ende und erwidere seinen Blick. Mit verschränkten Armen steht er an seinen Wagen gelehnt, auf der Motorhaube ruht die Flinte. Vielleicht wird er sie heute benutzen, vielleicht auch morgen oder übermorgen. Meine Angst lasse ich mir nicht anmerken, sonst glaubt er noch, mit der Waffe könne er mich daran hindern, das Viertel zu verlassen. Wie verabredet steigen wir beide in unsere Autos ein und fahren los. Ich fahre in die Uni und der Volvomann hinter mir her. Adnan ruft an, ich gehe nicht ran. An der Uni parke ich auf dem Behindertenparkplatz, weil es nirgends einen Platz gibt, ins Parkhaus möchte ich nicht fahren, weil der Volvo im Rückspiegel zu sehen ist. Eine Studentengruppe weist mich mit ihren Blicken zurecht, als ich aus dem Auto steige, aber das ist mir egal, denn ich habe den Volvomann abgehängt. In der Bib setze ich mich an einen Computer, um einen Artikel für mein Seminar auszudrucken. Hinter mir scheint jemand zu stehen, er atmet laut und schnell, als sei er gerannt, sein Atem schlägt gegen meinen Nacken. Ich drehe mich um und in einer sicheren Entfernung lehnt sich der Volvomann gegen ein Regal. Ich wundere mich, warum niemand auf ihn und seine Waffe aufmerksam wird. Die geschäftigen Studenten flitzen an ihm vorbei, mal in Gruppen, mal paarweise, aber er scheint niemandem aufzufallen, deswegen grinst er mich breit an.

Dann taucht Omer plötzlich auf, setzt sich zu mir und fragt, ob ich Lust hätte, dieses Wochenende feiern zu gehen. Adnans Schwester will auch dieses Wochenende ihren Geburtstag feiern, denke ich.

»Keine Lust«, antworte ich und will Omer den Volvomann zeigen, aber er ist zwischen den ganzen Studenten verschwunden.

»Wen suchst du? Deinen Loserfreund?«

»Er ist nicht mein Freund.«

»Hast ihn aber ziemlich verliebt angeschaut.«

»Hast du diesen dicken, haarigen Typen gesehen? Er hat da gestanden«, sage ich zu Omer und weise in die Richtung.

»Du wirkst verwirrt. Weißt du, was da hilft?«

»Ruhe?«

»Feiern«, sagt Omer und legt eine Hand auf meinen Oberschenkel.

Ich drehe mich wieder um, schaue, ob der Volvomann uns beobachtet.

»Was feiern wir?«

»Uns«, sagt Omer.

»Ich habe keinen Grund, mich zu feiern«, sage ich und stehe auf, hole meinen Artikel von der Druckstation ab und haste ins Seminar. Jetzt weiß der Volvomann, wo ich studiere. Auf der Rückfahrt verfolgt er mich nicht mehr.

Adnan versucht den ganzen Tag, mich zu erreichen. Schreibt mir Nachrichten. Auf seine letzte antworte ich, er solle sich keine Sorgen um mich machen.

Im Viertel angekommen, sehe ich Nasser aus dem Haus hetzen. Einige Meter vor ihm hat der Volvomann geparkt, sie grüßen sich. Ich will Nasser zurufen: *Hau ab, der Volvomann hat eine Flinte, die er an deine Niere halten kann.* Sie reden miteinander, dabei ist Nasser doch so wortkarg. Es bleibt nicht beim Grüßen. Nasser tritt näher an ihn heran; sie wirken wie zwei Verbündete, wie Eingeweihte, die ein vertrauliches Gespräch miteinander führen. Ein paranoider Gedanke: Nasser könnte ihn auf mich angesetzt haben, wie ich Kemal auf ihn ansetzen wollte. Abends treffen sie sich in der Teestube, und der Volvomann berichtet ihm, was ich den ganzen Tag lang getrieben habe. Nasser hintergeht nicht nur Asija.

Keiner der Männer hat mich entdeckt, ich bleibe in meinem Auto, beobachte ihr Treiben.

Schließlich verabschiedet sich Nasser mit einem kräftigen Händedruck und steigt in seinen Wagen.

Ich muss ihm folgen. Er fährt gemächlich durch die Straßen, sein Fahrstil passt nicht zu seinen hastigen Bewegungen. Nasser stelle ich mir immer nur rasend vor. Er fährt in eine Wohngegend. Irgendwann hält er vor einem Mehrfamilienhaus an und geht hinein. Nach fünf Minuten steige ich aus und laufe auf das Haus zu. Ich drücke auf die Klingel des ausländisch klingenden Namens. Die Tür summt, und ich trete ein, laufe hoch, weil Familie Kloß im Erdgeschoss wohnt. Während ich so die Treppen hochlaufe, überlege ich, was ich tun soll, wenn Nasser die Tür öffnet, wenn er mit dieser türkischen Frau vor mir steht und fragt, wer ich bin.

Vor der Tür bleibe ich stehen und horche. Leise Musik läuft, könnte auch aus einem Film sein. Sie küsst seinen Hals, hinterlässt warmen Speichel da, wo einst Asijas Lippen waren.

Sie kocht etwas für ihn, er schneidet Tomaten, bereitet einen Salat vor. Beim Umrühren der Soße schwingt sie die Hüften hin und her, so anders als Asija, als der Irak, er lacht kopfschüttelnd. Ich klingle, obwohl mir das Herz gleich die Arterien zerreißt. Er muss hier raus, muss die Frau verlassen, muss zurückkehren. Ich klingle noch einmal. Eine Frauenstimme sagt, sie gehe an die Tür.

Sie hat aufgemacht, sie hat sich gewundert, ein paarmal »Hallo?« gerufen, sich dann gefragt, ob ein Kind Klingelmännchen gespielt hat und nun abgehauen ist. Sie hat die Tür wieder geschlossen und wird den Vorfall in einer Dreiviertelstunde vergessen haben. Ich habe nie für sie existiert, weil ich feige bin.

Zu Hause fragt mich Tante, ob ich die Videokassette gefunden habe.

Baqqe horcht auf. »Was für eine Videokassette?« Aus Mund und Nase strömen Wolken, so groß wie Tante Khalida.

Ich setze mich zu ihnen und inhaliere dankbar den ganzen Rauch. Tante Khalida klärt Baqqe auf. Baqqe beobachtet mich grinsend, als wüsste sie genau, wo die Videokassette ist, wo Nasser ist und warum sich die Erde um die Sonne dreht.

»Wenn du etwas über die Hochzeit deiner Eltern wissen willst, warum fragst du dann nicht mich?«, sagt Tante Khalida und nimmt einen Schluck von ihrem Chai.

Sie klaubt eine Zigarette aus der Dose und fängt mit ihrer Erzählung an, ohne je darum gebeten worden zu sein: Asija sei unsterblich in meinen Vater verliebt, er sei bei allen Mädchen der Nachbarschaft sehr beliebt gewesen. Ich denke an Roush.

»Dein Vater war ein hübscher junger Mann. Er pflegte sich stundenlang im Bad, und wenn er rauskam, strahlte er vom Scheitel bis zur Sohle. Deine Mutter verbrachte die meiste Zeit auf dem Dach, um jede Gelegenheit zu nutzen, einen Blick auf deinen Vater zu erhaschen. Sie war verrückt nach ihm, die ganze Nachbarschaft wusste das.«

Mühevoll beugt sie sich über den Tisch, um nach dem Aschenbecher zu greifen, schaukelt mit dem Oberkörper nach vorne. Ich komme ihr nicht zu Hilfe. Schließlich schnappen die Finger den Aschenbecher, und sie setzt ihn auf ihrem aufgeblähten Bauch ab, dreht die Asche der Zigarette vorsichtig am Rand des Bechers ab und zieht vergnügt daran, weil sie sich meiner Aufmerksamkeit sicher ist.

»Ich wusste nicht, dass Babu und Asija Nachbarn waren.«

»Doch, doch. Sie waren –«

Baqqe unterbricht Tante mit einem Hustenanfall. Tante Khalida wartet, bis Baqqe aufgehört hat, schließlich schaut sie Baqqe vorwurfsvoll an, als könnte diese ihren Husten kontrollieren.

»Hast du dich erholt, Dayka Yahya?«, fragt sie spitz und fährt fort. »Ja, sie waren Nachbarn, aber irgendwann zog Asijas Familie weg. Das war, nachdem sie sich angeschossen hatte.«

»Sie hat sich angeschossen?«

»Sie war von Sinnen, die Liebe ist eine üble Krankheit.«

»Und Babu? Hat er sie geliebt?«

»Natürlich nicht. Er hat niemanden geliebt, er war ein anständiger junger Mann. Asija war wie eine Schlange, die sich um meinen Bruder gewunden hat. Sie schrieb ihm kleine Briefchen, um sich mit ihm zu treffen, bettelte ihn an, sie endlich zur Frau zu nehmen; wenn er dies nicht täte, würde sie ihn und sich töten wie Mem und Zîn. Deine Mutter war schon damals verrückt.«

»Wann kam die Geschichte raus?«

»Nasser hat Uda die Briefe gezeigt und sie gebeten, zu Asijas Mutter zu gehen, damit die ihrer Tochter Vernunft einredet. Aber ach.« Tante schlägt sich mit der flachen Hand auf den Oberschenkel. »Asijas Mutter war genau wie Asija hinterlistig und überzeugte Uda, die beiden zu verheiraten, da die Nachbarschaft eh schon alles wusste und beide Familien sonst das Gesicht verlieren würden.«

Ich schaue zum Balkon rüber, wo Asija sich aufs Geländer stützt und wie eine stumme Sirene zum Himmel blickt. Manchmal richtet sich ihr Blick nach unten, dahin, wo vielleicht der Schatten eines jungen, hübschen Nassers unruhig umherirren könnte, und dann sieht sie nur diesen dicken, haarigen Volvomann.

»Dein Vater hat sich gegen die Heirat gewehrt, aber was konnte er schon gegen Udas Wort ausrichten?« Sie zündet sich noch eine Zigarette an. »Und sie mussten heiraten.« Ihre Geschichte beendet sie mit einem Seufzer. »Genau so war es, bei Gott und den Propheten.«

»Und wann hat sich Asija angeschossen?«

Sie schaut verwirrt. »Ach so. Das war natürlich vorher, als ihre Familie der Heirat nicht zustimmte und sie wegziehen wollten, um ihr Gesicht zu wahren. Denn deine Mutter hatte es geschafft, ihre Familie zu entehren. Sie weigerte sich, wegzuziehen, und schloss sich mit der Waffe ihres verrückten Bruders Abdul im Bad ein. Ihre Brüder waren alle verrückt, wusstest du das?«

»Was hat sie dann im Bad gemacht?«

»Angeblich wollte sie sich umbringen, aber wenn man sich umbringen will, dann schießt man sich ins Herz, nicht in die Schulter.« Tante zeigt auf die Stelle, wo ihr Herz sein könnte. Baqqe nickt zustimmend. »Sie wollte meinem Bruder nur ein schlechtes Gewissen machen. Ein glatter Durchschuss, nichts passiert, nur ein bisschen Blut verloren. Sie hatte schon davor wenig Blut.«

»Die Kugel steckte in ihrer Schulter, bis wir in Deutschland ankamen. Hier wurde sie operiert.«

Tante Khalida klopft die Asche ihrer Zigarette ab. »Ja, es war kein Durchschuss, jetzt erinnere ich mich, die Kugel blieb in ihrer Schulter als Zeichen ihrer Schande, weil wir einen gerechten Gott haben; aber auch, damit sie leichteres Spiel hatte, um meinen Bruder nach Europa zu locken und ihn von Uda zu trennen.«

»Das hat nichts mit Uda zu tun. Mein Vater wollte nach Europa kommen.«

»Da hat man dich aber angelogen.«

»Nein, so weit reicht die Erinnerung noch.«

Ich stehe auf und beschließe, die Videokassette um jeden Preis zu finden. Denn Tantes Erzählung ist durchzogen von Logikfehlern, die sie mit Ungereimtheiten zu erklären versucht, wodurch sie sich in Unmöglichkeiten verstrickt.

Ich gehe hoch in Tante Khalidas Wohnung. Mein Onkel erinnert mich daran, ihn morgen in die Moschee zu fahren.

»Ich habe mein Versprechen nicht vergessen, Onkel.«

Kemal liegt halb nackt im Bett und zockt sein Fifa-Spiel. Ich fordere ihn auf, sich anzuziehen, um mir bei der Suche zu helfen.

»Es ist nicht mehr viel, das schaffst du allein.«

»Wo sind die Kisten?«

»Unter meinem Bett, und da ist auch noch eine unter Taufiks Bett. Auf dem Tisch da liegt der Zettel.«

»Asija« und »Nasser« steht da auf Arabisch, auf dem Zettel sind sie noch zusammen. Unter Taufiks Bett befinden sich zwei Kisten. Beim Kramen wird mir bewusst, wie viel von Onkel Agids Lebenszeit in diesen Kisten steckt, und ich frage mich, woran man meine Lebenszeit messen könnte.

Kemal steht endlich auf, um sich ein Shirt und eine Jeans anzuziehen. Währenddessen hole ich auch die Kiste unter seinem Bett hervor. Dahinter befindet sich eine vollbepackte Lidl-Tüte. Sie sieht nicht so aus, als enthielte sie Videokassetten, aber beim Herausziehen fühlt sie sich genauso schwer an wie eine der Kisten. Die Tüte ist verstaubt und umsäumt von Staubflocken. Ich entknote die Schlaufen. Kemal setzt sich aufs Bett und kramt in der Kiste.

In der Tüte befinden sich Teller. Erst als ich sie aus der Tüte berge und jeden einzeln auf den Boden lege, wird mir bewusst, um welche Teller es sich hier handelt.

»Was machst du da?«, fragt Kemal verwirrt.

Damals hatte Tante Khalida mir diesen Keramikturm aus den Händen gerissen, um die Teller höchstpersönlich den Nachbarn zurückzubringen.

»Ich glaube es nicht.«

Stattdessen hat sie die Teller der Nachbarn unter Kemals Bett versteckt. Kemal, das Kamel, wusste nicht, welches Geheimnis sein Bett barg, sonst hätte er es mir verraten – so viel Loyalität gestehe ich ihm zu.

Vorsichtig stapele ich die Teller aufeinander, lasse die Wut in mir nicht ausbrechen, stattdessen versuche ich mich bei jedem Teller an seine Besitzerin und an das Gericht zu erinnern. Manche von den Nachbarn sind weggezogen, wenn auch nur eine Straße weiter, denn das Viertel lässt niemanden so einfach davonziehen. Ich hebe den Keramikturm hoch, um ihn nach Hause zu bringen. Tante Khalidas Plan ist aufgegangen, wir haben keine Nachbarn, nur Menschen, die uns begaffen, weil wir als Familie so sonderbar erscheinen. Und die Leute denken: *alhamdulillah*, Tante Khalida kümmert sich um die Familie, erzieht und ernährt die Töchter, damit sie nicht auf den falschen Pfad geraten, schützt die Töchter vor der verwahrlosten Mutter. Kemal ruft mir noch nach, ich solle stehen bleiben und ihm bei der Suche helfen.

Im Aufzug grüßt Herr Zakholy und fragt, was ich mit den Tellern vorhabe.

»Sie zurückbringen.«

Er versteht nicht, aber das ist diesmal auch nicht wichtig, und Herr Zakholy besitzt so viel Anstand, mir keine Informationen zu entlocken, die ich ihm nicht preisgeben möchte. Der Turm scheint in meinen Händen zu wachsen, jedenfalls bin ich froh, als ich ihn vor Baqqe und Tante Khalida auf dem Couchtisch absetzen kann.

Tante Khalida fährt unbeirrt mit ihrer Erzählung fort. Baqqe schaut mich unter schweren Lidern an, dann richtet sich ihr Blick bar jeder Schärfe auf den Tellerturm. Sie hat ihre Grenze erreicht, noch eine Zigarette und Baqqe wird sich zum Schlafen auf der Couch ausbreiten.

»Ich habe die Teller unter Kemals Bett gefunden. Warum hast du sie damals nicht zurückgebracht?«

»Was sind das denn für Teller?«

Sie kneift die Augen zusammen, als könnte sie schlecht sehen, dabei weiß ich, wie scharf ihr Sehvermögen noch ist, schließlich kann sie von der neunten Etage auf die Bushaltestelle schauen und erkennen, ob eine Kippe zwischen meinen Lippen steckt.

»Das sind die Teller der Nachbarn«, sage ich, und noch bevor ich ihr einen Vorwurf an den Kopf knalle, fängt sie an, sich zu rechtfertigen: »Ich weiß nicht, wo meine Gedanken sind, ich muss an so vieles denken. Meinst du, da habe ich einen Kopf für die dreckigen Teller?«

»Du hast doch gesagt, wie wichtig Nachbarn sind. Das sind die Teller der Nachbarn! Sie haben bei dir gelagert, die ganze Zeit. Das ist der Grund, warum die Nachbarn meine Mutter für irre halten!«

»Wegen ein paar Tellern?«

»Ja, verdammt! Wegen ein paar Tellern.«

Tante Khalida lacht und steckt Baqqe damit an. In solchen Momenten denke ich, Baqqe ist aus der Hüfte meiner Tante gewachsen. Der Frosch scheint überhaupt nicht zu wissen, warum er lacht, aber es macht ihm Spaß.

»Gib mir mal meine Tabakdose, langsam bekomme ich Kopfschmerzen von deinem Gezeter.«

»Es wird hier nicht mehr geraucht.«

Ich bringe die halb vollen Chai-Gläschen und die Aschenbecher weg, mache die Fenster auf, den Fernseher aus und hole den Staubsauger. Während Baqqe und Tante mich mit blöden Kuhaugen anschauen, sauge ich wie von Sinnen den Teppich.

Baqqe dreht den Kopf zu meiner Tante, auf ihre Führung hoffend. Aber die Tante starrt nur auf den Staubsauger und lehnt sich zurück, denkt nicht daran aufzustehen, als wären schon längst Wurzeln aus ihrem Hintern gesprossen und fest mit dem Sofa verwachsen. Ich knalle den Staubsaugerkopf gegen ihre ausgetrockneten Füße.

Sie kreischen. »Du Hündin!«

Tante Khalida steht tatsächlich auf und ist zwei Köpfe kleiner als ich. Baqqe und ich schauen sie gebannt an. Sie schnauft wie ein Rhinozeros vor dem Angriff, schreit dann gegen den Lärm des Staubsaugers an: »Deine Mutter ist auch ohne mich verrückt, ist dir das überhaupt klar, du vorlaute Göre? Auch ohne die Nachbarn, ohne meinen Bruder, sogar ohne dich und Helin, sie ist im Kopf nicht richtig, und daran wird niemand etwas ändern können, verstehst du das?« Sie stapft davon, ohne zurückzuschauen, und sagt nur: »Wir gehen, Dayka Yahya.«

Baqqe rafft sich auf, schaut mich vorwurfsvoll an, versucht es jedenfalls, aber die Lider sind vom Marihuana viel zu schwer, ihre Augen jeglicher Ausdruckskraft beraubt. Beide Frauen watscheln davon.

Ich schalte den Staubsauger aus und weine, weine, wie Kemal in seine Hände geweint hat. Leise und nur für mich.

Asija erscheint wie ein Traum vor dem Tisch.

»Was war das für ein Geschrei?« Sie setzt sich hin, zieht mich zu sich, legt meinen Kopf in ihren kleinen Schoß. »Warum weinst du?«, fragt sie, als wäre das so leicht zu beantworten. Die tränennassen Handflächen trockne ich an meiner Hose ab, während ich ihr erzähle, wie Tante Khalida uns hintergangen hat.

Asija schaut sich im Wohnzimmer um, als würde mein Gerede sie langweilen. »Deine Tante ist halt verrückt.«

»Aber verstehst du nicht, was sie damit bezweckt hat?«

»Was denn?«

»Na, dass alle Leute denken, du bist verrückt, du bist keine gute Nachbarin, du wüsstest nicht, wie man mit Menschen umgeht, ein Mensch ohne Nachbarn ist wie ein Tier.« Ich schäme mich, mir Tante Khalidas Worte zu borgen, und bin froh, dass niemand anwesend ist, der sich kopfschüttelnd von mir abwendet.

Sie lächelt kaum merklich.

»Was glaubst du, warum die Nachbarn so komisch zu uns sind?«

»Wieso komisch?«

Ich komme mir vor, als würde ich einem Menschen, der noch nie in seinem Leben die Sonne gesehen hat, erklären, was ein Sonnenbrand ist. Ich richte mich auf und will sie an den Schultern packen, um sie in die Gegenwart zu holen.

»Asija, wir müssen die Teller zurückgeben.«

»Die Nachbarn haben sie wahrscheinlich vergessen, und wenn wir nach Jahren mit einem Teller vor ihrer Haustür auftauchen, halten sie uns tatsächlich für verrückt.«

Mir fällt der Teller unserer dicken Freundin ein, den wir auch noch gefüllt zurückbringen müssen.

»Wir können doch da was drauftun«, sage ich. »Du hast doch erzählt, was für tolle Dolma du kochen kannst, mit Dill und Minze, vielleicht noch mit etwas Ingwer schärfen?«

»Mit Ingwer schärfen, was für ein Blödsinn«, sagt sie. »Lass gut sein, Sanaa.«

»Aber wir müssen doch etwas unternehmen.« Schließlich können wir uns nicht den Rollen fügen, die Tante Khalida für uns schneidert, obwohl sie uns nicht passen, die um die Brust zu eng geschnitten sind, uns die Luft nehmen, uns das Laufen erschweren und uns zu Hochhausfrauen formen, zum Warten und Wachen verdammen. Asija will sich auf die Couch legen, aber ich nehme ihre Hände in meine und schlage vor, ein großes Festessen zu veranstalten, die Teller mit Leckereien zu füllen und die Nachbarn einzuladen. Nasser würde vielleicht auch bleiben, und zusammen könnten wir Asijas Essen genießen.

Sie befreit ihre Hände und lächelt nur müde. »Das klingt anstrengend«, meint sie. »Ich möchte doch nur Ruhe haben.«

»Aber du hast doch deine Ruhe, den ganzen Tag, niemand verlangt etwas von dir. Du bist nicht da, weder für mich noch für Helin. Und Nasser. Der haut ständig ab, und ich frage mich, warum er überhaupt noch nach Hause kommt, und ich frage mich, warum ich überhaupt noch nach Hause komme.« Vielleicht weint sie gleich, aber gerade ist mir das egal. Ich bereue es, nicht neben Adnan zu liegen, meine Hand nicht auf seine warme Haut am Nacken zu legen.

Ein unkontrollierter Schluchzer bahnt sich den Weg aus meiner Brust, durch meinen Hals, explodiert im Mund und trifft Asijas Ohr. Meine Schultern fangen an zu beben, und ich will mich zusammengekrümmt in jemandes Schoß verziehen, der mich vor Tante Khalidas Angriffen schützen kann, der mir zumindest Macht über mein Leben und dessen Lauf gibt. Die Möglichkeit gibt, selbst zu entscheiden, wie wir von anderen Menschen gesehen werden. Asija streichelt mir den Kopf, dann den Nacken. Ihre dürren Finger bringen keine Linderung. Sie kratzen die Haut wie stumpfes Glas.

»Sanaa, wenn dir das wichtig ist, dann machen wir das, aber bitte, hör auf zu weinen.«

»Dir sollte das wichtig sein, Asija.«

»Bitte wein nicht mehr.«

»Doch, ich will jetzt weinen«, schreie ich und heule Asija ins Gesicht, schluchze, weine mir die Wangen nass. Ich muss wie ein Blag wirken, wie ihr Blag. Sie zieht mich an sich, lächelt und fährt mir immer wieder über den Rücken.

»Ist ja gut, es wird alles gut, psssch.«

Nach einer Weile höre ich auf, weil das Weinen in ein leises, erschöpftes Winseln übergegangen ist. Sie trocknet mein Gesicht mit ihren Fingern.

Sie schweigt eine ganze Weile, die unangenehm sein könnte, es aber nicht ist, weil ich sehe, wie sie nachdenkt, sich an eine Zeit erinnert, als ihre Hände weich von der Butter im Teig waren. Dann redet Asija und hört nicht mehr auf. Sie beauftragt mich, einkaufen zu gehen: Mehl, braunen Zucker, Puderzucker, ungesalzene Pistazien, harte Datteln und Dattelpaste, Walnüsse und Sesamöl, Mandeln und Kokosnussraspeln, Honig und getrocknete Feigen, vor allem getrocknete Feigen, getrocknete Aprikosen und Rosenwasser, Traubensirup und Orangen.

»Orangen gibt es nicht.«

»Dann hol Orangenaroma.«

Für die ungesalzenen Pistazien muss ich in drei verschiedene Läden fahren, finde sie letztlich bei einem Pakistaner in der Stadtmitte. Die getrockneten Früchte kaufe ich beim Perser, das Rosenwasser beim Türken und den braunen Zucker bei dm. Der Perser preist die Früchte als ägyptische an. Ich nicke nur, glaube ihm kein Wort, aber man würde mir auch kein Wort glauben, wenn ich von Asijas Genesung erzählte.

Asija zerhackt Walnüsse, Mandeln, Haselnüsse, Pistazien. Ich stampfe die Mandeln zu einem grobkörnigen Teig, den Asija mit Sesamöl beträufelt, dann gibt sie etwas Orangenaroma in die Masse und fängt an zu kneten.

»Karamellisier den Zucker.«

»Wie geht das?«

Asija schaut mich ungläubig an.

Mittlerweile ist auch Helin aus dem Zimmer gekrochen und beäugt uns vom Wohnzimmer aus.

Asija formt Kugeln aus der Mandel- und Piztazienpaste, drückt Walnusshälften auf die Kugeln; ich darf mitformen. Asija übergießt die Nussbälle mit karamellisiertem Zucker und stäubt Puderzucker darüber.

»Damit können wir fünf Familien beliefern«, sage ich.

»Da kommt noch Kunafa dazu«, meint Asija.

»Kunafa?«

»Ja; Helin, komm mal her, wir brauchen alle Hände.«

Helin schlendert in die Küche, die Fäuste in den Taschen der Jogginghose, einen gesunden Argwohn in den Augen.

»Du zupfst die Teigfäden auseinander. Sanaa, du schneidest den Mozzarella in kleine Stücke, ich koche einen Sirup.« Helin hebt wieder ihre Augenbraue, aber ich ignoriere es und reiche ihr den Teig in der Plastikverpackung.

Immer wieder schauen wir zu Asija, ob sie nicht gleich zitternd zusammenbricht. Aber sie schüttet wie selbstverständlich Orangenblütenwasser in ihre Sirupmischung, zuletzt einen Zitronenspritzer, und rührt.

Auf einem Backblech breitet Helin mit vorsichtigen Fingern die Fadennudeln aus, ich verteile Mozzarellawürfel darauf. Wir wiederholen den Vorgang, sind ein eingespieltes Team, ohne je geübt zu haben.

Als Asija das Dessert aus dem Ofen holt, übergießt sie es mit dem nach Orangen duftenden Sirup. Wie Kleinkinder stehen wir am Küchentisch und saugen den wohligen Dunst ein. Er vermischt sich mit dem sauren Grasgeruch in der Wohnung, fast so, als würden wir manchmal, wenn wir entspannen wollen,

Haschischkekse backen. Helin darf zur Verzierung noch gehobelte Mandeln auf die Kunafa streuen.

»Man kann da auch Nutella statt Mozzarella dazugeben«, sagt Helin und schaut zu Asija, ob diese dem zustimmt.

»Das ist eine sehr gute Idee, Helin.«

Helin unterdrückt ein stolzes Lächeln, indem sie die Lippen zusammenkneift.

Asija setzt frischen Chai auf, Helin und ich naschen von den Nussbällen, sie nimmt die mit Mandeln, ich mag Pistazien lieber.

Wir trinken Chai, kriegen nicht genug von der Kunafa und schweigen. Helin stopft sich noch eine Mandelkugel in den Mund, stöhnt vor lauter Genuss, spült das Ganze mit einem großen Schluck Chai runter, stochert mit der Gabel in der Kunafa, die lustige Mozzarella-Fäden zieht. Auch ich kann mein Stöhnen nicht abschalten und lobe das Essen unentwegt. Asija isst still und beobachtet uns vergnügt.

Mit Süße auf den Zungen und Orangenduft in den Nasen strecken wir uns auf der Couch aus. Die Teller haben wir fast vergessen, bis Helin fragt, wieso wir eigentlich zu backen angefangen haben.

»Für die Nachbarn«, meint Asija und gähnt ausgiebig.

Draußen dämmert es, aber sie bleibt in der Wohnung, ist zu müde für den Balkon.

Am nächsten Tag werde ich von Geschirrgeräuschen aus der Küche geweckt. Asija knetet Teig, spritzt ihn immer wieder mit Wasser ab und knetet so lange, bis der Teig Blasen schlägt. Zum ersten Mal seit langer Zeit sehe ich Asija ohne dünne Decke um die Schultern. Sie schwitzt sogar, meine Erinnerung an Asija aus dem Irak ist keine Selbsttäuschung gewesen, die Perlen auf ihrer Stirn können real sein. Früher war die Haut an der Stirn noch braun wie geröstete Maronen, heute ist nur ein leicht gelber Ton geblieben, hauchfeine Falten durchziehen die Stirn, kaum zu sehen, als wäre sie tatsächlich zu Stein erstarrt. Aber wie falsch ich liege. Mit aller Kraft knetet Asija den Teig weich, als wäre sie nie eingerostet. Vielleicht hat sie ihre Schultern mit Sesamöl beträufelt. Sie fängt an, Mandeln zu zerhacken, Haselnüsse, Walnüsse und Cashewnüsse. »Guten Morgen, Sanaa. Ich mache heute Klecha.«

»Vielleicht bleibt noch etwas für die Nachbarn übrig«, sage ich, und sie lacht zart.

Auf ihren Wangen hat sich weißer Staub abgesetzt. Ich streichle sie mit behutsamen Fingern glatt. Der Puderzucker schneit auf die Nussmischung. Ungläubig stecke ich mir den Finger in den Mund, schmecke kein Meersalz, nur Süße.

Jetzt, da sie keine Salzstatue mehr ist, könnte Nasser neben ihr liegen, sie berühren, die Wunden an seinen Armen würden nicht mehr brennen.

»Ich möchte dir helfen, was kann ich tun?«

»Die Nussmischung muss gesüßt werden.«

Unsere Unterhaltung wird durch ein unruhiges Klingeln unterbrochen. Mein Onkel steht vor der Tür, weil es Freitag ist. Ich verspreche Asija wiederzukommen. Onkel Agid braucht nichts zu sagen, ich weiß Bescheid.

Im Aufzug treffen wir Herrn Zakholy. Er kann mir in Anwesenheit Onkel Agids nichts über seine Frau erzählen, aber er zwinkert mit beiden Augen und lächelt wissend. Mein Onkel lädt ihn ein, mit uns zu fahren. Er nimmt dankbar an.

»Kemal hat die Kassette noch nicht gefunden, aber er sucht weiter«, informiert mich Onkel Agid. Während der Fahrt unterhalten sich die Männer über Bagdads Zustand wie über einen guten Freund. Herr Zakholy fragt Onkel, ob er ihm etwas aus dem Irak mitbringen solle. Als ich Onkel Agid und Herrn Zakholy vor der Moschee absetze, fällt mir der weiße Volvo auf den wenigen Parkplätzen auf. Die zwei alten Männer bedanken sich und verabschieden sich von mir. In Gedanken bin ich bei dem Volvomann in der Moschee, der die teigigen Hände auf den Knien ruhen lässt, mit den Handflächen nach oben, er bittet Gott um Dinge, die ihm Gott nicht erfüllen darf. Nach dem Gebet gesellt er sich zu Onkel Agid und Herr Zakholy, preist die Freitagspredigt. *Mashallah*, ein junger Mann auf dem Weg der Rechtgeleiteten, preisen sie ihn zurück.

Wieder zu Hause höre ich Asija sich in der Küche mit einer anderen Frau unterhalten, deren Stimme mir bekannt vorkommt. Es ist Tante Khalidas dicke Freundin. Die beiden Frauen sitzen da, essen Klecha, trinken Chai und reden.

»Dayka Idris, ich bringe dir einen neuen Chai.«

Asijas Bewegungen sind fließend; sollte ihr doch das Teetässchen aus den Händen fallen, würde sie über ihr Ungeschick nur lachen.

Dayka Idris bedankt sich, indem sie ihr Gesundheit und ein frohes Herz wünscht.

»Du hast mir nicht erzählt, in welcher Ecke in Zakho ihr gewohnt habt.«

Sie haben im alten Judenviertel gewohnt, sind dann irgendwann ins Zentrum gezogen, über das Juweliergeschäft ihres Mannes. Asija scheint den Laden zu kennen, ihre Augen strahlen, als Dayka Idris ihr erklärt, zwischen welchen Läden sich das Geschäft befand.

»Gegenüber haben meine Cousinen und ich Stoffe für unsere Hochzeitskleider gekauft.« Sie tauschen Erinnerungen aus, legen sie wie Puzzleteile auf den Tisch, um eine Erinnerungskarte zu erstellen.

Dayka Idris beißt in ein Klecha und nickt freudig mit dem Kopf. Irgendwann bemerken sie mich.

»Was für eine kluge Tochter du hast, Asija.«

Dayka Idris hilft uns, weitere Klecha zu backen, ist sogar in der Lage, Asija Ratschläge bezüglich des Teigs zu geben, ohne belehrend zu wirken. Sie ist aber auch bereit, etwas von Asija zu lernen. Zumindest stellt sie Fragen, die ihr Interesse bekunden sollen.

Dann hören wir Baqqes und Tante Khalidas unentwegtes Plappern vor unserer Tür. Noch bevor Tante ihren Schlüssel ins Schloss steckt, schiebe ich meinen rein. Durch den Spion beobachte ich sie, wie sie sich über den Schlüssel wundert, ihn verwirrt anschaut, ob sie den richtigen erwischt hat, und noch einmal probiert, ihn ins Schloss zu stecken. Dann klingelt sie verärgert, aber ich gehe in die Küche zurück. Asija und ich schauen einander an, Dayka Idris – taktvoll, wie sie ist – fragt nicht, warum wir meiner Tante Khalida den Einlass verwehren.

Tante Khalida hämmert gegen die Wohnungstür, beschimpft uns als Hündinnen und trottet schließlich mit Baqqe davon.

Asija fordert mich auf, die Datteln mit den Walnüssen zu füllen, als hätten wir nie eine Tante Khalida gehabt; sie lächelt zufrieden. Während Dayka Idris nach den Klecha im Ofen schaut, schneidet Asija die Datteln auf, entkernt sie und reicht sie mir. Ich spicke sie mit karamellisierten Mandeln und mit in Honig eingelegten Walnüssen.

Als Helin von der Schule kommt, empfängt Asija sie an der

Tür, nimmt ihr die Tasche aus der Hand, fragt, ob sie Hunger habe.

»Ja, ich gehe gleich hoch.«

»Ich habe etwas gekocht, ruh dich aus, und dann kannst du uns helfen.« Überrumpelt von so viel Lebendigkeit willigt Helin ein.

Sie lässt sich von Asija erklären, wie sie den Teig zu einer Kugel formen, ihn in ein Hütchen kneten muss, um es anschließend mit der Nussmischung, den Kokosnussraspeln oder der Dattelpaste füllen zu können; Helin hört ihr genau zu und führt aus, was Asija ihr aufträgt. So zahm und weich habe ich Helin noch nie erlebt. Asija streicht ihr über die Wange, berührt die Narbe und lächelt, kein dünnlippiges, nein, ein Lächeln, das Knospen aufplatzen lässt. Helin erwidert das Lächeln. Ich atme auf und ernte Blicke von allen Seiten, als wäre meine Erleichterung unangebracht. »Die Nussmischung ist sehr lecker!«, kommt es schrill aus mir. Dayka Idris schaut mich belustigt und wissend an.

In Helins Blick ist ihre gesamte Konzentration gebündelt. Das Backen nimmt sie mindestens so ernst wie eine Matheaufgabe.

»Helin, was wirst du studieren?«, fragt Dayka Idris. Helin senkt verschämt den Kopf und murmelt: »Ich weiß es noch nicht.«

Dayka Idris lächelt gütig. »Du hast ja auch noch Zeit.«

Die Unterhaltung wird durch wildes Klingeln und Hämmern unterbrochen. Ich eile zur Tür und schaue durch den Spion. Kemal steht da und hält etwas in der Hand. Wahrscheinlich hat seine Mutter ihn zu einem Streit angestachelt. Ich schließe die Tür auf.

»Sanaa, ich hab die Kassette gefunden! Komm mit.«

Er rennt die Treppe hoch, ich jage ihm hinterher. Die Aufregung in meinem Bauch macht mich so leicht, dass ich zwei Stufen auf einmal nehmen kann. Erst vor der Wohnungstür fällt mir Tante Khalida ein, die verärgert in ihrem Wohnzimmer sitzt und mich zusammenfalten wird, wenn ich dort auftauche.

»Können wir das nicht woanders schauen?«, frage ich.

»Ich kenne niemanden, der einen Videorekorder hat, außer meinem Vater.«

»Ist deine Mutter zu Hause?«

»Nein, sie ist mit Frau Zakholy einkaufen. Aber sie müsste bald wieder zurück sein, was möchtest du von ihr?«

»Nichts. Ich möchte die Kassette in Ruhe anschauen.«

Bei Tante Khalida ist es ausnahmsweise ruhig. Onkel Agid ist noch in der Moschee, Dunja in ihrem Zimmer, und meine anderen Cousins arbeiten. Wir schieben die Kassette in den Schlitz. Ich kenne die Hochzeitsvideos, habe sie früher unentwegt mit Onkel geschaut, während er mir Tanzschritte beibrachte. Sie haben immer einen Vorspann.

Bei Nasser und Asija erscheinen ihre Bilder in Herzform, zwei Friedenstauben flattern mit einem Banner ins Bild, darauf ihre Namen; die Namen sind in lateinischer Schrift und falsch geschrieben: Nazr & Azya. Nazr und Azya sind die unwissenden Nasser und Asija. Sie sehen beide ernst in die Kamera, kein Lächeln, kein Funkeln, ein scharfer Blick, runde Gesichter. Sie sehen so jung aus, dass ich am liebsten weinen möchte. Ich kenne eure Zukunft, will ich ihnen sagen, heiratet nicht, ihr werdet nur Schmerz erzeugen. Dann wechselt die Musik, die Hochzeitsvorbereitungen werden gefilmt, der Bräutigam befindet sich unter Freunden und wird angekleidet. Es ist ein junger, tatsächlich hübscher Nasser, eher Nazr, der mitten unter seinen Freunden steht, dem eine Krawatte gebunden wird, ein anderer sprüht unentwegt Parfümwolken in Nassers Richtung. Er ist ausnahmsweise der Ruhepol in diesem Chaos; für zwei Sekunden lächelt er in die Kamera und schaut wieder weg. Der Film fängt an zu flimmern und zu flackern, Bilder und Musik wechseln, eine sonore Männerstimme führt uns in die Tiefen des Meeres hinab.

Die Aufregung wandert meinen Magen hoch; ich möchte mich übergeben.

»Was ist passiert?«, fragt Kemal dümmlich.

Ich schaue bestürzt auf den riesigen Bildschirm. »Onkel Agid hat das Video mit einer Dokumentation überspielt.«

»Kann man da noch was retten?«

Ich hole tief Luft, sonst könnten all die Klecha wieder hochkommen. Einmal, zweimal. Onkel Agid hat die Vergangenheit meiner Eltern gelöscht. Von weit her höre ich Kemal immer wieder fragen: »Kann man da noch was retten? Ist da noch was zu retten? Kann man da noch etwas retten? Bestimmt kann man da noch etwas retten, oder?«

Am liebsten würde ich Kemal eine heiße Ohrfeige geben, Onkel Agid ist ja nicht da. Stattdessen fühle ich Tränen aufsteigen und sich ihren Weg über meine Wangen bahnen, denn ich werde niemals erfahren, wie die Kugel in Asijas Schulter gelangt ist. Mir bleibt nur die Erinnerung, die mit jedem Tag von meinem Gedächtnis abblättert, bis ich nur noch eine Geschichte habe, die ich mir zurechtspinne, um zu verstehen, wie aus Nazr und Azya Nasser und Asija geworden sind. Und wenn sich jemand mir nähert, kneife ich ihm so fest in die Wade, dass er sich wünscht, mir nie begegnet zu sein.

»Die Bilder sind für immer verloren«, sage ich. Meine Hände sind taub. Immer wieder forme ich sie zu Fäusten, die kraftlos sind wie Teig. Ich werde mich auflösen, es wird mich nie gegeben haben. Es ist so einfach, die Vergangenheit auszulöschen, ohne dabei die Gegenwart zu entlasten. Kemal rüttelt an meinen Schultern.

»Ey, Sanaa, was ist los?«

Ich nehme die Kassette und den Videorekorder mit, Kemal hilft mir sogar beim Tragen, auch wenn er immer noch dämliche Fragen stellt, was ich denn damit vorhätte, ob ich es zerstören wolle, seine Mutter hätte schon öfter versucht, das Teil vor seinem Vater zu verstecken, wie viele Streitereien der Videorekorder verursacht habe, vielleicht könne ich ja jetzt den Streit zwischen seinen Eltern einfach lösen, indem ich ihn mitnähme und irgendwohin brächte, ihn nie mehr herausrückte. Ich will ihm sagen, dass es mir fernliege, Tante Khalida glücklich zu machen, auch unbeabsichtigt. Daher werde ich den Videorekorder zurückbringen, aber erst einmal bestrafe ich Onkel für diese schändliche Tat.

In unserem Wohnzimmer stelle ich das Gerät ab, auf dem Sofa sitzt Dayka Idris und raucht.

»Wo sind Asija und Helin?«

»Sie verteilen die Klecha an die Nachbarn.«

Ich schaue auf ihre dicken Finger, die durch die Arbeit mit dem Teig butterweich sein müssen. Ihr schlapper Bauch und die hängenden Brüste könnten wohlige Ruhe bieten. Wenn ich sieben wäre, würde ich auf ihren Schoß hüpfen und einschlafen. Sie zieht an ihrer Zigarette und meint, wie hübsch ich doch ausschaue, etwas zu dünn für ihren Geschmack, aber sehr ansehnlich. Ich lächle widerwillig und setze mich neben sie, weil sie mir eine Zigarette hinhält. Ich erschrecke mich über meine zu schnell verpuffte Wut, die einer schwerfälligen Traurigkeit gewichen ist.

Ihre jüngere Schwester sei genauso dünn wie ich gewesen,

wie ein Insekt, habe am meisten gegessen und am leichtesten gewogen. Sehr zerbrechlich, bis sie Kinder geboren habe, dann erst habe sie zugenommen. Kinder täten ihren Eltern gut, auch wenn die Kinder dies nicht mitbekämen.

»Du kümmerst dich sehr gut um deine Uda.« Sie wirft die Aussage so in den Raum hinein, weiß nicht, dass Uda im Irak ist und Asija nicht Uda ist, sondern meine Mutter, ich kann entweder darauf eingehen oder wir können es auch so stehen lassen. Ich rauche und erlaube Dayka Idris, Asija zu meiner Uda zu machen. Sie fragt, was es mit dieser Kassette auf sich habe. Ich bin zu erschöpft für eine Erklärung.

Sie nimmt sie in die Hand und liest. »Die Hochzeit von Nasser und Asija.«

»Das sind meine Eltern.«

»Ich weiß.«

»Weißt du, wie sie zueinandergefunden haben?«, frage ich.

»Nein.«

»Ich auch nicht.«

»Du bist ein kluges Mädchen, ich denke, du weißt genau, wie das Heiraten arrangiert wird.«

Mich interessiert nicht die Aufführung des Theaterspiels für die Leute, sondern das Treiben der Mütter in den Hinterzimmern, die Anzahl der Herzschläge des Brautpaares, aber dazu müsste ich wohl mit einer Axt ihre Brustkörbe aufspalten.

Spät abends kehren Asija und Helin heim. Sie hätten die Zeit komplett vergessen, weil sie sich in Unterhaltungen mit Nachbarinnen verloren hätten. Ich nicke, ohne ihnen zuzuhören. Vor uns liegen fremde Teller mit Süßgebäck, das die Nachbarinnen Asija und Helin mitgegeben haben. Sie probieren von jedem Teller etwas, drängen mich, auch zu kosten.

Irgendwann meint Asija, sie gehe jetzt ins Bett, sie sei müde, Nassers Essen befinde sich in der Mikrowelle.

Normalerweise würden solche Sätze von Asija mich an Wunder glauben lassen, aber der Gedanke an die gelöschte Hochzeit betäubt mich für den Rest des Abends. Ich überlege, Adnan anzurufen, um seine Stimme zu hören, mich an ihr zu laben, in seinem Trost zu baden.

Am nächsten Tag taucht Tante Khalida wieder vor unserer Tür auf, doch mein Schlüssel steckt im Schloss, und wir vier, Dayka Idris ist uns wieder zu Hilfe gekommen, ignorieren Tante Khalidas Schimpftiraden. Durch den Spion beobachte ich sie. Da Baqqe und Herr Zakholy in den Irak geflogen sind, steht Tante Khalida nun ganz allein vor unserer Tür. Nach einer Weile gibt sie auf und trottet nach Hause. Asija und Dayka Idris reden über eine Familie aus dem Viertel, die ihre Aufenthaltsgenehmigung verloren hat. Obwohl Asija länger im Viertel wohnt, ist Dayka Idris besser informiert. Das Vibrieren meines Handys lenkt sie kurz ab. Ich schaue drauf, es ist Adnan.

»Dunja fragt, warum wir ihre Mutter nicht reinlassen«, sagt Helin, schaut mich unschuldig an, als habe sie vergessen, warum wir überhaupt angefangen haben zu backen.

Keiner von uns antwortet. Asija und Dayka Idris können nicht antworten, weil sie beide kein Deutsch verstehen.

»Und warum erzählst du Dunja nicht, was ihre Mutter gemacht hat?«

Helin verstummt und konzentriert sich auf ihre Aufgabe. Die Frauen führen ihre Unterhaltung fort.

Das Vibrieren meines Handys unterbricht wieder die Unterhaltung zwischen Asija und Dayka Idris. Adnan erinnert mich an den Geburtstag seiner Schwester. Ob ich denn keine Lust hätte vorbeizuschauen, seine Mutter würde sich auch darüber freuen, Smileys. Ich stecke das Handy in meine Hosentasche. Später klingt er in seinen Nachrichten sauer, dann traurig, dann gleichgültig, er scheint jedes Gefühl auszuprobieren, um eine Reaktion zu provozieren. Seine Nachrichten bleiben unbeantwortet. Ein Schlüssel wird ins Schloss gesteckt, und Tante Khalida scheint noch mit jemandem zu reden, sich über uns zu beschweren. Ich eile zur Tür und sehe durch den Spion Nasser, hinter ihm tobend die Tante. Ich schließe die Tür auf und bitte sie herein.

Tante Khalida stürmt auf mich los: »Ich weiß, dass das deine Idee war, mich auszuschließen, du Teufelin, die eigene Tante. Hat die Welt so etwas gesehen?«

Ich latsche in die Küche, Nasser geht ins Wohnzimmer, Tante Khalida geht ihm hinterher und klagt weiter über mich. »Nasser, ich sage dir, sie muss kontrolliert werden, sie ist wie ein Straßenmädchen, geht und kommt, wann es ihr passt.«

In der Küche horchen wir, unsere Hände arbeiten weiter. Asija schnaubt ungeduldig, aber da meldet sich Nasser zu Wort.

»Lass Sanaa in Ruhe, sie kümmert sich um ihre Mutter.«

»Mein lieber Bruder, das ist doch überhaupt nicht der Punkt.«

»Es reicht, Khalida.«

Tante Khalida kommt langsam auf uns zu und grüßt Dayka Idris. »Ich wusste gar nicht, dass unsere liebe Nachbarin hier ist. Wenn dir langweilig wird, dann bist du herzlich eingeladen, mir Gesellschaft zu leisten.«

»Vielen Dank, aber ich unterhalte mich sehr gern mit Dayka Sanaa.«

»Ich wünschte, Dayka Sanaa würde sich auch mal mit mir unterhalten«, sagt Tante Khalida und mopst etwas von der

Nussfüllung, um es in ihrem Mund verschwinden zu lassen. Dayka Idris und Asija wechseln Blicke, nur kurz, aber Tante Khalida bemerkt das kleine Spiel zwischen den Frauen, die es geschafft haben, sich ohne Worte auf etwas zu einigen. Nur was?, fragt sich Tante Khalida, und sie wird es sich den ganzen Abend lang fragen und verwirrt sein und darüber grübeln, aber nicht darauf kommen. Dayka Idris hat es innerhalb von zehn Minuten geschafft, Tante Khalida zu verwirren. Ich musste dafür Mammut an meine Brüste lassen. Erst als Tante Khalida unsere Wohnung still und leicht wankend verlässt, führen Asija und Dayka Idris ihre Unterhaltung fröhlich fort.

Weiße Wolken wandern in unser Viertel hinab. Wenn der Regen Asijas Tränen sind, der Wind Asijas Geheule, dann muss dieser Nebel ihr Puderzucker sein, werden die Hochhausfrauen denken. Dayka Idris, Asija, Helin und ich gehen auf den Balkon und schauen uns das Spektakel an, es scheint, als hätte jemand die Wolken vom Himmel abgehängt, und nun wabern sie in unserem Viertel. Man hört Mütter nach ihren Kindern rufen, Männer sich streiten, weil bereits die ersten Unfälle auf der Hauptstraße passieren, in der Ferne sind Polizeisirenen durchmischt mit jugendlichem Johlen zu vernehmen. Das Hochhaus ist erwacht, die Bewohner sind auf die Balkone geeilt, die Frauen reden und wundern sich, einige weinen, jedenfalls wünsche ich mir das. Ich frage mich, was Tante Khalida treibt. Ich frage mich, ob Baqqe trotz des Nebels die Menschen auf dem Marktplatz, an der Bushaltestelle oder auf der Straße sehen könnte, wäre sie hier. Mit ihrer Abreise hat sich dieser Nebel erst im Viertel gebildet. Baqqe könnte diese Wolken heraufbeschworen haben, damit alle Viertelbewohner bis zu ihrer Rückkehr in Unwissenheit gehüllt sind.

Bis zum Abend ereignen sich Dutzende Unfälle, obwohl die Autofahrer nur noch im Schritttempo kriechen. In den Nachrichten wird über dieses Naturspektakel in unserem Viertel informiert, ohne Baqqe mit einem Wort zu erwähnen. Asija und Helin kümmern sich nicht um den Nebel, sie rücken näher aneinander, wie zwei Gleichgesinnte, die sich schließlich gefunden haben. Nasser und ich schauen im Fernsehen die Nachrichten, und ich würde ihn gern fragen, ob er das Naturspektakel in der Küche bemerkt habe. Doch statt Gedanken teilen wir einen Aschenbecher. Asija führt Helin nun in die Königsdisziplin ein, wie sie meint: Baklava backen.

»Vielleicht eröffne ich eine Konditorei«, scherzt Helin.

»Und wie nennst du deine Konditorei?«, fragt Asija, während sie das Nudelholz so lange über den Teig rollt, bis er hauchfein ist wie Helins Haut an den Handgelenken.

Nasser trinkt seinen Chai auf dem Sofa und unterhält sich in meinen Gedanken mit Asija und Helin, schlägt einen Namen für Helins Konditorei vor: »Wie wäre es mit *Kurdish Delight*?« Aber er kann gar kein Englisch.

Ich hole aus der Küche ein warmes Klecha, setze mich zu ihm, biete ihm das Gebäck an, er schnalzt mit der Zunge und zieht lieber an seiner Zigarette. Seine Unterhaltungen mit der Türkin können nicht mehr als sieben Worte wiegen. Ich halte ihm das Klecha weiterhin vor die Nase, aber ich muss eine Einbildung für ihn sein, denn er ignoriert mich. Nasser kann trotz des Nebels in die Ferne schauen, nichts fällt ihm leichter als das.

»Probier doch mal«, sage ich jetzt. *Probier, es ist besser als türkischer Honig, ehrlicher als Spucke auf der Wade oder am Hals, als eine Umarmung im Schoß, als eine Hand auf dem Kopf.*

Jetzt schaut er mich an, lange. Ich mache auf das Klecha in

meiner Hand aufmerksam. Es wird dich heilen, den Juckreiz auf der Haut besänftigen, das Zittern in den Beinen abstellen, dein Verlangen nach Glück erfüllen.

»Probier es.«

Das Gebäck ist mittlerweile in meiner Hand kalt geworden.

Er kratzt sich eine frische Wunde und verschwindet aus der Wohnung. Er isst Asijas Gebäck nicht; vielleicht muss er dann weinen, weil es ihn an Asija im Irak erinnert, an die Zeit, als Träume glücklich machten, weil sie unerfüllt blieben.

Der Nebel behindert meine Sicht auf Nasser. Seine Wunde muss gepflegt werden, deswegen geht er zu der Türkin. Sie tunkt ein kleines Handtuch in dampfendes Wasser und wischt ihm über die Arme, flüstert tröstende Worte, die sich im Bauch anfühlen wie Mandelöl auf der Haut.

Helin und ich stehen auf dem Balkon, mit klopfenden Herzen und angeschwollenen Lungen. Der Nebel hat all die bunt flackernden Lichter im Viertel aufgeweicht. Wir fürchten uns vor Schönheit, weil sie uns im Viertel fremd ist. Aus den Augenwinkeln erkenne ich, wie Helin sich immer wieder über die Oberarme streicht. Ich hole ihr Asijas dünne Decke aus dem Wohnzimmer und lege sie um ihre Schultern.

Sie bedankt sich und will mehr sagen, bereitet den Wortlaut eines Gedankens vor, der ihr seit Tagen im Kopf heranwächst. Weil sie sich nicht traut, wende ich mich ihr zu und frage, was denn los sei.

»Ich habe deine Unterhaltung mit Kemal mitbekommen.«

Das Kamel hat sich wieder in Kemal verwandelt, denke ich, spreche sie nicht darauf an, sondern nicke nur leicht.

»Ich weiß, wo sich deine Haarsträhne befinden könnte.«

Ich sollte mich freuen, vielleicht sogar triumphieren, aber ich denke an die gelöschte Hochzeit und frage Helin nur: »Wo denn?«

Helin erzählt mir von Tante Khalidas geheimem Kommodenschränkchen, das nur mit einem Schlüssel zu öffnen ist. Tante Khalidas Wohnung ist nicht die ihre, denke ich, und der Gedanke schmerzt mich. Selbst Tante Khalida braucht ein Kommodenschränkchen, in dem sie ihre ganz privaten Gegenstände verschließen kann, wie es einst Roushs Schwester Nergiz tat.

Helin fingert in ihrer engen Hosentasche nach einem Gegenstand und holt grinsend einen kleinen Schlüssel hervor.

»Vor ein paar Jahren hat Dunja mir den Schrank gezeigt, aber wir konnten nix damit anfangen und haben den Schlüssel wieder an seinen Platz gelegt. Als du von deiner Suche nach der Haarsträhne erzählt hast, musste ich daran denken.«

Ob sich in Tante Khalidas Schränkchen ein Gameboy befindet?

»Und darin lag die Haarsträhne?«

»Ich kann mich nicht mehr erinnern. Da waren so viele Sachen drin«, sagt sie, fast entschuldigend.

Mit Nergiz' Schränkchen entlarvte Roush die Banalität eines pubertierenden Mädchenlebens, mich würde interessieren, was Helin bei Tante Khalida entblößen kann.

Ich baue ein Schränkchen und verstaue darin: ein Kopftuch, das Uda ihr bei ihrer letzten Irakreise geschenkt hat, ein *tesbih* von Onkel Agid, den goldenen Ehering, der nicht mehr passt, so viele *neveshti*, wie andere Leute Aspirin horten, ein Fotoalbum, türkischen Honig, den sie heimlich isst, Feuerzeuge, ihren Vorrat an Gewürzen aus dem Irak, meine Haarsträhne, die mittlerweile nach dem irakischen Basar duftet.

Ich denke an die Videokassette und widerstehe dem Wunsch, Hoffnung zu hegen. Helins Lächeln verblasst in ihrem Gesicht.

»Du freust dich ja gar nicht.«

Ich freue mich über den Verrat an Tante Khalida und könnte gleichzeitig heulen, wie ich mich an einem Verrat ergötze und Helin in diesen Wahnsinn verstricke.

Bevor sie anfängt zu weinen, breite ich die Arme aus und empfange sie an meiner Brust.

»Ich möchte dir auch helfen, Sanaa«, sagt sie und kuschelt sich an mich, weil sie immer noch ein Kind ist – die Augen kann sie noch so mit Kajal bemalen, den Mund mit Rot beflecken. Ihr geschminktes Gesicht zeugt von ihrer unschuldigen Annahme, man könnte eine Frau spielen.

»Du hilfst schon, weil du da bist, Helin.« Ihr kleiner Körper ist warm wie ein ruhendes Rotkehlchen mit aufgeplusterten Federn.

Ich könnte das Viertel verlassen, ohne gesehen zu werden, weil Baqqes Wolken nicht weiterwandern. Die Bewohner werden angehalten, im Schritttempo zu fahren. Ein Umweg für den Bus ist eingeleitet worden. Das Viertel ist erblindet. Langsam verstummt es auch, denn die Menschen flüchten vor dem Nebel in Wohnungen, Gebäude, Spielotheken, in Teestuben und Geschäfte. Im Supermarkt wuseln die Hochhausfrauen durch die Gänge, sie glauben an ein göttliches Zeichen, wissen nicht, dass Baqqe lediglich einen eigenartigen Humor hat. Sie jammern über Kopfschmerzen und Appetitlosigkeit, hinter vorgehaltener Hand wird sogar Lustlosigkeit beklagt. Der Nebel hat sie in Asijas verwandelt, nur Asija wurde verschont.

Ich fülle den Einkaufswagen mit Mehl, Zucker, Honig, getrockneten Früchten, weil Asija mit dem Backen nicht aufhören will, obwohl wir alle Teller losgeworden sind. Dayka Idris aber füllt ihren Teller immer wieder nach und bietet uns jedes Mal eine unbekannte Leckerei mit ungewöhnlich süßen Namen an. Gestern bescherte sie uns mit Basbousa. Asija versucht sie zu übertrumpfen.

Draußen auf dem Marktplatz sieht man erst einige Meter vor sich Schatten auftauchen, und wenn man niemanden treffen möchte, dann tritt man zur Seite und ist auf die angenehmste Weise verschwunden. Ich höre bloß eine Gruppe von Hochhausfrauen sich angeregt über den Weg unterhalten, sie scherzen darüber, sich zu verirren und nicht mehr nach Hause zu finden, was für ein aufregender Gedanke; daraufhin bricht ein nervöses Gelächter aus, das in einem sehnsüchtigen Seufzer endet. Der Nebel nährt auch mich mit gewagten Ideen; ich könnte händchenhaltend mit Adnan durch den Nebel schlendern, ihm erklären, dass man in meiner Welt nur dann frei ist, wenn die anderen einen nicht sehen. Und wenn Adnan mich fragt, warum der Nebel süß schmeckt, dann sage ich ihm, weil Asija jetzt backt. Wir würden mit offenen Mündern durch die Straßen laufen und den Unterhaltungen der Bewohner lauschen.

Unterdessen würde der Volvomann seiner einzigen Fähigkeit beraubt werden. Er könnte unruhig in seinem Volvo sitzen, mit den dicken Fingern auf dem Lenkrad tippen und sich fragen, wo ich mich befinde, die Hände zum Gebet erheben und rufen: Ya Rab, *wo ist sie?*

An der Wohnungstür stürmt Helin auf mich zu. Ich stelle die Einkaufstüten ab und lasse mich von ihr ins Schlafzimmer zerren. Asija und Dayka Idris schauen uns irritiert nach.

»Da ist kein Knoten mehr drin, Sanaa«, schreit sie.

»Beruhige dich, Helin.«

»Da ist kein Knoten mehr drin!«

»Wo ist kein Knoten mehr?«

»In deiner Haarsträhne ist kein Knoten mehr.«

Sie fängt an zu weinen, und jetzt muss ich sie trösten und ihr sagen, der ganze Quatsch um die Haarsträhne sei nur ein Hirngespinst von zwei alten Frauen, sie dürfe da nichts überinterpretieren. Stattdessen frage ich, ob sie sie Asija gezeigt habe. Sie schüttelt den Kopf.

Helin hat bei einem ihrer Besuche das Kommodenschränkchen der Tante aufgeschlossen, die Strähne entwendet, Tantes Fluch über mich ausgehebelt, es zumindest versucht. Die Strähne liegt auf dem Schreibtisch, und wir starren darauf, weil wir nicht wagen, sie anzufassen. Ein verblichenes rotes Gummiband hält die Haare zusammen.

»Was machst du jetzt?«, fragt sie und überfordert mich damit. Früher wäre ich zu Asija gerannt, wir hätten Tante Khalida mit einem großen Küchenmesser bedroht und der Fluch wäre abgewendet worden. Heute darf ich Asija nicht mit Tantes Irrsinn belasten, zumal Asija selbst dem Irrsinn leicht verfallen kann. Möglicherweise könnte Dayka Idris uns weiterhelfen; sie weiß mit jeder Situation umzugehen.

Ich habe noch nicht durchdacht, was das Auflösen des Knotens für Tante Khalida bedeutet; für Tante muss es eine Bedeutung haben wie für Nergiz das Passfoto eines verpickelten Jungen mit Jesusgebeten.

Helins Tränen beschmutzen ihre Wangen mit Kajal und Mascara. Ich wünschte, ich könnte mit den schmutzigen Tränen auch ihren Kummer wegwischen. Ich tröste sie mit nichtssagenden Sätzen.

»Aber du willst nicht heiraten.«

»Ich werde auch nicht heiraten.«

Sie schaut mich an, bemerkt meine feuchten Augen und drückt sich in meine Arme. Sie heult in meine Schulter, weint für uns beide.

Wir hören Asija nach uns rufen, ich wispere ihr ins Ohr, sie solle jetzt stark bleiben, trockne ihr nasses Gesicht mit einem Taschentuch, und wir gehen wie betäubt in die Küche. Wir essen Baklava mit Pistazien- und Nussfüllung. Die Süße im Mund fängt an zu schmerzen, das Gebäck bleibt als Brocken in meiner Speiseröhre stecken.

Dayka Idris lobt Asija. »Gott möge deine Hände segnen, Dayka Sanaa.«

Diese Anrede klingt süßer als die Baklavas auf unseren Tellern. Asija schenkt mir ein warmes Lächeln, aber ich huste nur, um nicht zu ersticken. Sie schaut zu Helin und bemerkt nun ihre feuchten Wimpern und die angeschwollenen Lippen. In diesem Moment stirbt ihr Lächeln.

Am Abend verabschiedet sich Dayka Idris, die an der Tür überschwänglichen Dank von Asija erhält. Einen mit Baklava gefüllten Teller nimmt sie für ihren ältesten Sohn mit, Idris, er liebt Baklava, besonders die mit Pistazienfüllung, so wie Sanaa, sagt sie lachend.

Wenn die Düfte von Kardamom, Baharat und Sumach sich vermischen, dann ergibt das Kindheitserinnerungen. Dann läuft Uda gerade mit mir durch die engen Gänge des kurdischen Basars. Ich muss ihre Hand halten, ganz fest halten, sonst ist Uda mit ihrer Abaya unter den vielen anderen Frauen mit Abayas und Gesichtsbedeckung nicht zu erkennen. Sie feilscht mit den Händlern, und ich sauge an meiner Haarsträhne, sauge mir die Erinnerungen her.

Helin fragt mich, was ich mit meiner Haarsträhne anstellen werde.

»Riech mal.« Ich halte ihr die Strähne unter die Nase. Tante Khalida muss Tüten voller Gewürze in ihrem Geheimfach haben.

Sie schnuppert daran und runzelt die Stirn. »Ich rieche nichts.«

Wahrscheinlich hat Uda recht, Helin ist das deutsche Kind.

»Es riecht nach irakischen Gewürzen«, sage ich.

Sie versucht noch einmal den Geruch zu erschnüffeln, schüttelt nur den Kopf. »Es riecht nach nichts.«

Je mehr ich nun an meiner Strähne rieche, desto schwächer wird der Duft. Helin hat sie entzaubert.

Was hast du nur damit gemacht?, will ich sie fragen.

Ohne zu klopfen, kommt Asija in unser Zimmer und versucht zwanglos zu wirken. Sie steht nur da und weiß nicht, wie sie ihr Anliegen formulieren soll.

»Was macht ihr, Mädchen?«, fragt sie schließlich.

Helin zuckt mit den Achseln, aber das kann ich nicht tun.

»Die Baklavas haben gut geschmeckt«, sage ich, verberge die Strähne in meiner Faust.

Helin schaut mich verwirrt an. »Häh? Wie kommst du jetzt auf die Baklavas?« Helins gelegentlich plumpe Art schiebe ich auf ihren Umgang mit Tante Khalida.

Asija setzt sich auf eine Ecke meines Bettes.

»Die Baklavas schienen dir aber nicht zu schmecken, Sanaa.«

Sie hat meine verräterische Faust bemerkt, deswegen lockere ich sie ein wenig. Ihr Blick ist nicht mehr davon wegzulenken.

»Was hast du in der Hand?«

»Nichts.«

Wir atmen alle hörbar ein und aus, und ich wusste nicht, dass im Rhythmus atmen auch unangenehm sein kann. Helin presst die Lippen aufeinander.

»Was ist los, Mädchen, ihr verheimlicht mir doch etwas.«

Ich öffne die Hand, vereinzelt kleben Haare an meinen verschwitzten Fingern, aber die Strähne ist als solche erkennbar. Spätestens jetzt wird sie nach nichts mehr riechen.

Asija öffnet immer wieder den Mund, wahrscheinlich um eine Frage zu stellen, die sie sich selbst zu beantworten scheint. Dann erkennt sie das Wesentliche: »Da ist kein Knoten mehr drin.«

»Das war Tante Khalida«, sagt Helin.

»Es hat keine Bedeutung«, entgegne ich, behalte Asija im Auge, möchte nicht, dass sie wegen der Strähne zusammenbricht. »Tante Khalida kann mir nichts anhaben.«

Asija nickt nur, steht auf, kommt auf mich zu, küsst meine Stirn, legt einen Arm um mich.

»Deine Tante kann dir nichts anhaben, dafür sorge ich.«

Asijas Stimme klingt wieder fest und klar, als hätte sie eine Kugel in der Schulter, die sie daran erinnert, dass selbst eine Kugel sie nicht töten kann. Es darf sie nur nicht daran erinnern, wie zerbrechlich das Leben sein kann. Die Anspannung in unseren Körpern löst sich, wir klammern uns aneinander, sind gleich groß, wiegen gleich viel, bergen Sorgen zwischen unseren Schulterblättern. Wir müssen sie teilen, wenn wir nicht unter der Last zusammenbrechen wollen.

Die vielen Reporter, die unser Viertel besuchen und Interviews mit den Bewohnern machen, ignorieren wir. Der Nebel sei gottgewollt, sagen manche. Auf dem Viertel liege ein Fluch. Schaitan möchte die Menschen in die Irre führen, sagen andere. Das Hochhaus hat zum ersten Mal seit Jahren wieder ausgeatmet, denke ich. Die Reporter wenden sich stirnrunzelnd ab und befragen dann doch lieber Meteorologen. Onkel Agid steht vor der Tür und will in die Moschee kutschiert werden. Im Auto spricht keiner von uns die Videokassette an, er fordert auch seinen Rekorder nicht zurück. Gemächlich fahren wir durch den Nebel und fühlen uns von der Welt abgeschnitten.

»Wie geht es deiner Mutter?«, fragt Onkel.

»Ihr geht es blendend. Sie backt und strahlt, sie redet mit uns allen, sie hat sich mit Dayka Idris angefreundet. Wir trinken zusammen Chai und essen. Asija lächelt die ganze Zeit.«

Wir schweigen einen Augenblick, weil nicht nur Onkel über das Gesagte nachdenken muss. Ich höre mich zum ersten Mal von Asija schwärmen. »Die ganze Zeit«, sage ich dann noch einmal.

»Das ist schön.«

»Sie lächelt so oft, als wollte sie die vergangenen Jahre nachholen, so oft lächelt sie.«

»Das ist gut, das ist gut«, sagt er beruhigend, denn meine Stimme knickt ein, ein Zittern schleicht sich rein.

Ich gebe übermütig Gas, um Onkel zu zeigen, dass ich alles unter Kontrolle habe. Ich kralle mich am Lenkrad fest, als sich das Heulen im Hals ankündigt. An der Moschee angekommen, weine ich, lege die Stirn auf das Lenkrad und löse ein lautes Hupen aus, verschrecke die Vögel in ihren Nestern.

»Nein, nein, warum weinst du denn, Sanaa?«

»Ich weiß es nicht. Es tut mir leid.«

»Sanaa, alles ist gut. Asija geht es gut.«

Onkel streicht über meinen Rücken, seine Hand wiegt schwer, erdrückt mich beinahe im Sitz, das könnte auch an den Steinen in meinem Magen liegen. Ich will schreien, bis mir alle Lungenbläschen platzen. Aber damit würde ich Onkel Agid verjagen, deswegen weine ich nur.

»Ich habe Angst.« Für einen Moment kehrt die Stimme zurück, ich nutze die Situation, bevor das Heulen sich wieder meiner Stimmbänder bemächtigt. »Ich habe Angst, weil ich nicht weiß, wie lange Asija so bleibt. Was ist, wenn ich jetzt nach Hause fahre und alles ist wie vorher. Manchmal möchte ich Freunde einladen, damit sie sehen, dass ich mir das nicht einbilde, aber es gibt niemanden, der kommen und sich das anschauen könnte.«

Er reicht mir ein Taschentuch.

»Jedes Mal, wenn sie in der Küche steht, habe ich Angst, dass sie heulend zusammenbricht. Ich weiß nicht, wie lange das noch anhält; es könnte jederzeit vorbei sein.«

Sie könnte jetzt im Bett liegen, sich zu einem Knäuel zusammenwickeln und weinen, weil ihr wieder eingefallen ist, dass sie eigentlich unglücklich ist.

»Ich habe seit einer Woche die Wohnung nicht verlassen, weil ich Angst habe, sie bei meiner Rückkehr auf dem Balkon anzutreffen. Allein und traurig.«

»Und dein Studium?«

»Ich habe die Seminare geschwänzt. Das ist gerade alles unwichtig.«

Onkel Agid stiert geradeaus, wie er es sonst vor seinem Videorekorder tut. Wenn er mir nur versichern oder garantieren, nein, mir sein Ehrenwort geben könnte, dass Asija nie wieder weinen wird, dass sie ihr Leben lang glücklich sein wird, weil ihr nichts fehlt. Aber Onkel Agid lügt mich nicht an, er hat zu oft gesehen, wie Leoparden Antilopen zerrissen haben.

»Gib mir eine Zigarette.«

»Eine Zigarette?«

»Ich will eine Zigarette. Du rauchst doch.«

Meine Tasche liegt auf der Rückbank, ich müsste mich abschnallen, um nach Zigaretten zu kramen.

»Sie sind in meiner Tasche hinten.«

Er greift danach und holt die Packung raus, nimmt eine und bietet mir auch eine an.

»Ich wusste nicht, dass du rauchst«, sage ich.

»Ich hatte auch damit aufgehört.«

Ich putze mir die Nase, wische die Tränen von den Wangen und schaue zum Moscheeeingang, wo noch niemand ist. Er pustet gegen die Windschutzscheibe.

»Warum hört man überhaupt mit dem Rauchen auf?«, frage ich, während ich beobachte, wie der Rauch sich auf den Scheiben absetzt.

»Nach der zweiten Totgeburt wirst du das auch in Erwägung ziehen«, sagt Onkel.

Ich versuche an Mimik und Gestik zu ergründen, was er damit meint; er zieht lange an der Zigarette.

»Das tut mir leid, Tante hat mir nie davon erzählt.«

»Aber sie hat dir erzählt, was für einen großen Bauch sie hatte?«

»Ja, das hat sie.«

»Hat sie auch erzählt, dass sie bei jeder Geburt gegrunzt hat wie eine Kuh?«

»Das hat sie auch irgendwie angedeutet.«

»Hat sie erzählt, dass sie Erde gegessen hat?«

»Ja«, sage ich und muss lachen. Er lacht mit. Die letzten Tränen haben sich in meinen Wimpern verfangen. Ich wische sie mit dem Daumen weg.

»Dann hat sie dir schon das meiste erzählt.«

Wir rauchen schweigend, sind eingehüllt im Tabaknebel, während draußen Baqqes Nebel die Menschen verwirrt.

»Onkel, was ist mit Asija und Nasser? Wie hat es angefangen?«

»Weißt du das nicht?«

»Ich glaube nicht.«

»Frag deine Tante.«

»Sie hat mir eine seltsame Version erzählt.«

»Wie viele Versionen gibt es denn?«

»Drei«, sage ich.

Onkel Agid erzählt mir von seiner Erinnerung.

Ich stelle mir vor, wie eine junge Asija auf dem Dach steht und die frische Luft der Abenddämmerung genießt, die ihren feuchten Nacken streift und sie angenehm schüttelt. Ich stelle mir Nasser mit geröteten Augen unter dem Bett vor, der vor den Brüdern auf die Dächer geflüchtet und zum Schutz vor der irakischen Mittagssonne unter das Bett gekrochen ist. Auch er wird von der Abenddämmerung angenehm überrascht, und plötzlich wandern Tränen tief aus der Brust den Hals hoch, finden ihren Weg in die Augen, und er kann sie nur in letzter Minute zurückhalten. Im nächsten Moment werden sie als Liebespaar beschuldigt. Onkel Abdul, der irre Abdul, zückt die Flinte, richtet sie auf Nasser. Aus Mitgefühl stellt sich Asija vor ihn und fängt mit ihrer Schulter die Kugel ab. Asijas Familie versteht dies als Liebesgeständnis. Nasser heiratet Asija aus Respekt, aber hauptsächlich tut er es, um sie vor Onkel Abdul, dem irren Abdul mit der flinken Flinte, zu retten. Ihre Ehe beruht auf Mitgefühl und Mitleid.

»Kann sie wieder krank werden?«, frage ich Onkel, bevor er aus dem Auto in den Nebel entschwindet.

»Ja.«

Er öffnet die Tür, ist unschlüssig, ob er jetzt gehen sollte.

»Sanaa, deine Eltern waren schon immer unglückliche Menschen. Weder du noch Helin könnt etwas dagegen tun.«

»Das stimmt nicht, Onkel.«

Er bleibt noch etwas sitzen, ohne mich anzuschauen, ohne mir zu widersprechen, nickt bedächtig und geht.

Zu Hause nehme ich die Strähne von Helins Schreibtisch, schließlich ist das kein geeigneter Anblick, während man Hausaufgaben erledigt. In ein Taschentuch eingewickelt stopfe ich sie in meine Hosentasche, trage sie ab heute mit mir, wie Kemal es mit seinem *neveshti* tut, wie Helin es mit ihrer Narbe tut, wie Nasser es mit seinem Unglück tut, wie Baqqe es mit ihrem Blick tut, wie Tante Khalida es mit sich tut.

Auf dem Flur lausche ich Asija, die Dayka Idris von ihrem Zustand erzählt. Noch nie hat sie einer Frau aus dem Hochhaus etwas über sich erzählt.

»Manchmal schaffe ich es aufzustehen, nach Stunden eines Streitgesprächs in meinem Kopf, darüber, ob es eine Bedeutung hat, aufzustehen. Ob es sinnvoll ist, zu duschen, die Zähne zu putzen, mich an den Küchentisch zu setzen, zu kauen und kauen, nichts zu schmecken, als kaute ich auf Holz. Ich weine, weil ich Angst habe, morgen das Gleiche zu erleben wie heute und übermorgen und in einer Woche. In einem Jahr. Für immer.« Sie weint ruhig. »Jeden Tag stehe ich auf dem Balkon und denke: Wenn ich nicht mehr da bin, gebe ich Sanaa und Helin die Möglichkeit, glücklich zu werden. Manchmal setze ich einen Fuß auf das Geländer: Wenn ich etwas in der Brust spüre, dann verjage ich die Gedanken.«

Dayka Idris weint mit ihr, nimmt ihren Kopf, küsst die Stirn und bezeichnet sie als ihre »Tochter«.

»Sanaa und Helin sind nur mit dir glücklich«, sagt Dayka Idris. »Sie brauchen dich, auch wenn du das vielleicht nicht siehst, aber beide Mädchen brauchen ihre Mutter.«

Ich fliehe in mein Zimmer, erlaube den Frauen einen Moment der Intimität, wische meine Tränen weg. Vielleicht hat Onkel Agid recht, vielleicht wurden meine Eltern mit Traurigkeit im Herzen geboren wie andere Menschen mit einem Muttermal. Die Traurigkeit hat Helin und mich verschont, aber sie könnte unsere Kinder befallen.

Erst als ich ein Lachen höre, verlasse ich mein Zimmer. In der Küche frage ich Asija, ob sie etwas brauche, bevor ich in die Uni fahre. Sie verneint und sagt, sie würde mich zur Tür begleiten, während Dayka Idris in der Küche Kokosnussraspeln mit Sahne und Sirup zu einem Teig verarbeitet, um Kokosschnitten zu formen.

Asija verabschiedet mich mit einem unvergänglichen Kuss auf die Stirn; unerfahren in der Erwiderung mütterlicher Liebe flüchte ich in den Aufzug. Diebische Freude überfällt mich im Auto, weil ich noch die weichen Lippen mit hauchwarmem Speichel auf der Stirn spüre. Diesen Moment werde ich mir als Erinnerung bewahren.

Ich flüchte aus dem Viertel durch den Nebel, man sieht mich nicht, man folgt mir nicht. Wenn der Nebel Nasser vor seinen Brüdern beschützt hätte, wäre ich nie geboren worden.

In der Uni vermeide ich die Bibliothek und das Café, besuche nur meine Seminare, eine Vorlesung und mache mich danach wieder auf den Weg zu meinem Auto. Ich höre jemanden von hinten auf mich zulaufen. Mein erster Impuls ist zu rennen, aber am helllichten Tag kann mir nichts passieren, deswegen drehe ich mich um.

»Oh Mann, ich wollte dich erschrecken«, ruft ein enttäuschter Omer.

»Witzbold.«

Er umarmt mich, lässt mich nicht mehr los, badet mich in der Wärme seiner Muskeln, küsst meinen Hals, flüstert mir ins Ohr, wohin ich denn will und ob ich weiß, wie unwiderstehlich ich gehen kann, dann knabbert er an meinem Ohrläppchen, hat mich in einem schwachen Moment erwischt. Heute hat eigentlich Adnans Schwester Geburtstag, ich sollte mich zumindest bei ihm melden, absagen und ihr gratulieren. Aber ich fahre mit Omer. Im Auto greift er mir in den Schritt, und ich sehne mich nach Adnans Maronenhaut, denke aber, dass für den Moment Omers Körper ein ausreichender Ersatz ist.

In Omers Wohnung packe ich mich als selbstgebrachtes Geschenk aus – werfe die Jeans auf seinen Chefsessel, die Socken landen unter dem Bett und die Scham in einer Ecke.

Am Abend beschließe ich, mit Omer feiern zu gehen. Um meine Kleidung solle ich mir keine Sorgen machen, er würde den Türsteher kennen.

»Gehen wir in einen Schickimickiladen?«

»Nein, aber da laufen keine Asis wie du rum.«

Ich schubse ihn, er greift nach meinem Hintern. Wir fahren mit dem Bus, treffen an der Haltestelle ein paar Leute von Omer, denen ich vorgestellt werde. Die jungen Frauen mustern mich, erstaunt über meinen Mut, mich nicht aufzutakeln. Sie sagen, sie finden es gut, feministisch und stark, und erst jetzt fühle ich mich fehl am Platz. Sie riechen nach Marc Jacobs und Giorgio Armani, ich rieche nach Omer.

Im Bus sitze ich neben einem Kumpel von Omer, Hamid, einem schlaksigen Marok.

»Kann ich dich mal auf einen Kaffee einladen?«

»Sorry, aber ich mag keinen Kaffee.«

»Marokkanischen Kaffee?«

Ich schüttle den Kopf.

Er denkt nach. »Tee?«

»Auch nicht.«

»Kakao? Saft?«

Ich lächle nur.

»Bier?«

»Ich glaube nicht.«

»Wasser? Jeder trinkt Wasser.«

»Du willst mich auf ein Glas Wasser einladen?«

»Ja!«

Wir lachen beide. Vor dem Club schaut mich der Türsteher schräg an, obwohl eine von Omers Freundinnen mit ihrem Lippenstift meine Lippen angemalt und die Wangen rosa gerieben hat. Eine andere hat mir ihren Sommermantel überlassen.

»Jetzt könntest du wenigstens als Hipsterbraut durchgehen«, meinte sie, die anderen nickten bestätigend. In ihr eigenes Makeup müssen sie so viel Zeit investiert haben, wie sie Hugos tranken, sie haben alle eine leichte Fahne, die von viel Lachen und Quatschen zeugt.

Omer legt demonstrativ einen Arm um meine Hüften. Er verjagt damit Hamid und bedeutet dem Türsteher, ich gehörte zu ihm, ohne mich ginge heute gar keine Party. Der Türsteher reicht ihm die Hand, fragt, ob er morgen wieder im Fitnesscenter sei. Omer schaut kurz zu mir rüber, dann wieder zum

Türsteher und grinst ein Vielleicht. Der Türsteher wünscht viel Spaß und lässt unsere Gruppe rein; drei Jungs und vier Mädels, da ist man immer auf der sicheren Seite, auch als Ausländer.

Omer besorgt mir einen Drink, Tequila Sunrise; für sich holt er einen Wodka Cola. Ich denke an Helin und Dunja, die an Helins Geburtstag so eine Szene nachgespielt haben. Aber ich sollte jetzt an niemanden denken, ich nehme einen großen Schluck. Omer reißt die Augen auf, brüllt mir ins Ohr, ich solle mich nicht beeilen, wir hätten die ganze Nacht Zeit. Aber Omer hat keine Ahnung, wie schnell sich meine Gedanken türmen, wenn ich mich langweile. Als ich noch einen Schluck nehme, lacht er nur und führt mich auf die Tanzfläche. Seine Freundinnen tanzen lustlos, dabei haben sie die Ärsche und Brüste zum Wackeln; sie gehen sehr sparsam mit ihren Bewegungen um. Ich frage Omer, was mit ihnen los sei, er zuckt nur mit der linken Schulter und führt mich in eine andere Halle, in der alte R-'n'-B-Songs laufen. Die Paare dort kleben aneinander. Omer schiebt sein Bein zwischen meine Schenkel, legt einen Arm um meine Taille, eine Hand berührt mein Kreuz, er führt mich, küsst mich, lenkt mich in eine Ecke, streichelt mir den Nacken, grinst mich an, und er ist herrlich bei dem, was er tut. Wenn ich Omer beschreiben müsste: Daumen, Zeigefinger, Mittelfinger, Rücken, Becken.

Wir trinken Shots, obwohl Omer kein Fan ist. Mir zuliebe ertrage er das, meint er und zieht mich an sich heran, ich müsse mich dann später dafür revanchieren. Ich kneife ihm in die Seite. Und in diesem gedankenleeren Moment steht auf einmal Adnan neben Omer und tippt mir auf die Schulter, obwohl ich ihn schon längst registriert habe.

Im ersten Moment freue ich mich, umarme ihn sogar, aber er rührt sich nicht.

»Wie geht es dir?«, frage ich, als wären wir gute Freunde, die sich berufsbedingt seit Monaten nicht getroffen hätten.

Er bittet um ein Gespräch. Ich willige ein, ohne zu ahnen, worauf ich mich einlasse. Aber Omer hält mein Handgelenk fest und meint: »Kann sein, dass ich nicht mehr hier bin, wenn du kommst.« Ich schaue zu Adnan und folge ihm, ohne zurückzublicken. Während wir uns an fremden Leibern vorbeizwängen, uns einen Weg nach draußen an die frische Luft bahnen, merke ich die Wirkung des Alkohols: Ich fühle mich leicht, ich könnte fliegen, ich bin aufgeregt und erregt, ich möchte Adnan küssen, weiß gleichzeitig, dass ich es nicht darf, habe aber den Grund vergessen. Adnans Schwester steht mit ihren Leuten an der Bar, und sie trinken Shots. Ich könnte ihr noch gratulieren, aber wir stehen schon draußen.

Adnan brüllt mich an, seine Wangen sind vor Zorn gerötet, er wirft mir vor, er habe sich Sorgen gemacht, und überhaupt, was der Scheiß soll, mich ewig nicht zu melden und dann mit Donkey Kongs Bruder in einem Club aufzutauchen. Während seiner Schimpftirade kommt er mir immer näher und entfernt sich, als er meinen bittenden Blick sieht. Er hat zwar getrunken, aber er weiß genau, was er sagt. Es ist der denkbar schlechteste Augenblick für eine Aussprache, aber Adnan will Antworten.

Adnan, möchte ich sagen, *Adnan, hör mir zu, ich will dich so sehr, dass ich mir die Leber ausreißen will, dich in meiner Haut verhüllen will, jede Nacht an deinem Nacken riechend einschlafen will. Aber dann gibt es Asija, Nasser, Helin, Tante Khalida und Baqqe.*

»Ich könnte dich niemals glücklich machen, Adnan. Ich bin nämlich aus Unglück gezeugt.«

»Ach Sanaa.«

»Nein, nicht ›Ach Sanaa‹. Du brauchst mich nicht zu bemitleiden. Mir geht es gut. Aber dir wird es nicht gut gehen, weil ich dich verletzen werde, dir richtig wehtun, dich unglücklich machen werde. Also hau ab, so schnell du kannst.«

Er lacht, glaubt mir kein Wort, und das ist das Problem.

»Die Märtyrerpose steht dir.«

Adnan wird mich nicht ernst nehmen, er wird immer nicken, alles abnicken, weil er mich liebt, weil er mich unbedingt verstehen möchte, aber eigentlich sind wir so weit voneinander entfernt wie Nasser und Glück. Und wenn er irgendwann Gefahr läuft, mich zu verstehen, muss er verschwinden, auf Dächer flüchten, sich unter Betten verstecken, vor Flinten davonrennen. Ich will keine schlechte Erinnerung für ihn sein.

»Ich habe heute erfahren, dass meine Eltern aus Mitleid geheiratet haben.«

Er schweigt.

»Das tut mir leid«, sagt er irgendwann, als wäre jemand gestorben.

Ich setze mich auf den Bordstein, und er tut es mir gleich, direkt neben mir. Und er ist mir auf einmal so fremd, dass ich heulen möchte.

»Ich kenne dich überhaupt nicht«, sage ich ihm ins Gesicht und meine es aus tiefster Überzeugung.

»Das verletzt mich jetzt.«

»Das braucht es nicht.«

Mir wird bewusst, dass ich außerhalb des Viertels keinen Menschen kenne, dass Herr Zakholy mir näher ist als Adnan. Ich bin wie Herr Zakholy, kenne nur das Viertel, ich bin wie die Hochhausfrauen, beobachte nur das Viertel, ich bin wie Tante Khalida, spioniere meinen Vater aus, ich bin wie Kemal, habe keine Kontrolle darüber, was ich morgen tun werde. Ich fühle mich erschöpft wie Asija und gehetzt wie Nasser, mein Körper ist beladen mit Erinnerungen, Geschichten und Flüchen, er muss entrümpelt werden, damit ich weiterkomme, damit ich in der Lage bin, Adnan aufzunehmen.

»Du hattest recht, ich habe dir nie zugehört, Adnan. Ich werde dir auch nicht zuhören, ich bin mit anderen Sachen beschäftigt.« Jeder Gedanke in meinem Kopf fängt mit »ich« an und das tut mir langsam weh.

»Du kannst mir davon erzählen, Sanaa.«

»Nein, ich habe dir schon zu viel erzählt. Ich möchte dich nicht zu einem Teil davon machen, du bist aus einem Paralleluniversum. Du darfst nicht mit den Viertelbewohnern in Berührung kommen, sie werden dich krank machen.« Baqqe wird all seine Geheimnisse Tante Khalida erzählen, die ihn verfluchen wird. Ich denke an Asijas Wüstenreiter, die auf Riesenkrabben sitzen. Adnan würde verdursten.

»Du solltest gehen«, sage ich und merke erst jetzt die Tränen in der Stimme. »Fuck.«

»Ich kann doch jetzt nicht gehen«, meint er, legt einen Arm um mich.

Es fängt schon an, ich habe ihn in meinen Fängen, habe ihm Mitleid in die Brust gepflanzt, mich um ihn gewunden, bin seine Asija geworden. Er weiß noch nicht, welch ein Glück er hat, wenn er jetzt einfach verschwindet, weil er sich in fünf Jahren an mich erinnern wird wie an einen unangenehmen Traum.

»Du musst wirklich gehen, Adnan.« Wenn er jetzt nicht geht, fange ich an, ihn zu lieben, ihm zuzuhören und mich mit ihm zu streiten. Wir werden uns wehtun, und in fünf Jahren wird er an mich denken und ein unabwendbarer Kummer wird seinen Brustkorb füllen.

Er schüttelt den Kopf, wischt mir die Tränen aus dem Gesicht.

Ich fixiere seinen Blick und sage ihm, ich würde heute Abend mit Omer nach Hause fahren. Aber auch das verjagt ihn nicht.

»Du kommst zurück. Du liebst ihn nicht«, sagt er. In seinen Augen haben sich Tränen gesammelt, sein Kinn zittert. Jetzt weiß ich, wie sein Gesicht aussieht, wenn er kurz davor ist zu weinen. »Er ist nur ein Ersatz.«

»Und trotzdem bin ich mit ihm hier.« Er ist zwar nur warmes Fleisch, an das ich mich lehne, aber es fühlt sich gut an.

Er schüttelt den Kopf, als wüsste er, was ich denke. Er küsst mich zum Abschied, umarmt mich lange, erdrückt mich, wie ich das sonst bei ihm tue.

»Komm aber schnell wieder zurück. Allein essen ist echt scheiße«, sagt er und geht.

Ich bestelle einen White Russian, der Barkeeper sagt, so was mixen sie nicht, stattdessen gibt er mir einen Wodka Energy. Omer knallt sein Glas gegen meins und grinst in mein aufgequollenes Gesicht, statt zu fragen, ob alles in Ordnung ist, aber ich frage ihn auch nicht, warum er nicht gegangen ist. Omer war auch nie wichtig, deswegen grinse ich zurück.

Mit Omers Hand auf meinem Schenkel und Adnan im Kopf fahren wir später nach Hause. Die kalte Luft ist machtlos gegen unsere verschwitzten Körper und alkoholisierten Gedanken. Die Nasenspitzen frieren unbemerkt. Omer sagt mir, es würde ihn schon stören, mich mit anderen Typen zu sehen, aber solange ich das vor ihm geheimhielte, sei alles in Ordnung.

»Du hast kein Recht, Geheimhaltung von mir einzufordern. Ich habe keinen Bock mehr auf diese Versteckspiele.«

»Keine Ahnung, was für Versteckspiele du meinst, aber ich muss dich nicht mit diesem Adnan sehen.«

»Wir sehen uns auch nicht mehr«, sage ich und steige aus dem Bus. Omer nickt nur, weil er mir nicht glaubt. Seine Wohnung liegt gegenüber einem Spielcasino, davor parkt der weiße Volvo; instinktiv verstecke ich mich hinter Omer. Er dreht sich irritiert nach mir um.

»Das ist das Auto vom Volvomann.«

»Wer ist der Volvomann?«

»Das ist der Typ, der mich in seinem Volvo stalkt.«

»Da ist niemand im Auto.«

»Sicher?«

»Ja, keine Angst.«

Wir nähern uns dem Auto, der Dicke ist wahrscheinlich in der Spielothek und wartet auf mich, hat mein Auto vor Omers Wohnung entdeckt. Wie er das angestellt hat, wird mir für immer ein Rätsel bleiben.

»Aber das ist ein Renault«, meint Omer.

»Nein, das ist ein Volvo, guck dir die Raute mal an, ein doppeltes V. Steht für Vol-vo.«

»Nein, mein Sanaahäubchen. Das hast du dir zwar süß hergeleitet, aber diese Raute steht für was anderes.«

Ich schaue ihn an, ob er mich auch nicht verarscht.

»Na gut, dann halt Renault-Mann.«

»Und wo ist dein Stalker?«

»Vermutlich in der Spielothek.« Ich überlege, ob Omer dem Volvomann körperlich überlegen ist.

»Vielleicht versteckt er sich hinter irgendwas und beobachtet uns gerade«, sage ich. Das beeindruckt Omer nicht, im Gegenteil, er scheint meine Sorge für alkoholgeschwängerte Paranoia zu halten.

»Lass uns jetzt gehen.«

»Warte. Wir müssen ihm einen Denkzettel verpassen.«

»Wie denn?«

»Wir könnten seine Reifen zerstechen.«

»Jetzt übertreib doch nicht.«

»Doch, doch. Wir müssen das machen, Omer, bitte, damit er aufhört.« Es ist das erste Mal, dass ich ihn um etwas anflehe.

»Das ist Sachbeschädigung. Wenn dich der Typ wirklich stalkt, dann solltest du zur Polizei gehen und ihn anzeigen.« Zum ersten Mal denkt er mit seinem Kopf, gerade wenn es am wenigsten angebracht ist.

»Nur ein kleines Loch.«

»Nein.«

»Wirklich ein Löchlein.«

»Sanaa. Deutschland. Rechtsstaat.«

»So klein.«

»Du bist völlig betrunken und gehörst jetzt ordentlich gevögelt. Komm jetzt.« Er legt einen Arm um mich und zieht mich zu sich, aber ich kann mich aus seiner Umklammerung befreien.

»Was machst du, wenn ich dir beweise, dass er wirklich gefährlich ist. Eine Gefahr für den deutschen Rechtsstaat.«

Er rollt mit den Augen.

»Er hat auf seinem Beifahrersitz immer eine Flinte dabei.« Omer kann mir allein mit seinen Augenbrauen zu verstehen geben, wie bescheuert ich bin. Trotzdem beugt er sich mit mir zum Seitenfenster hinunter; wir drücken uns die Nasen an der Scheibe platt, schirmen mit den Händen die Lichtreflexion ab.

»Ich sehe keine Flinte.«

»Die liegt da. Siehst du den vorderen Teil des Laufs mit dem Visier, direkt unter dem Sitz?«

»Das ist bestimmt keine Flinte.«

»Was denn sonst?«

»Ich weiß es nicht, aber es sieht nicht wie eine Flinte aus.«

»Ich habe ihn damit rumhantieren sehen. Wieso glaubst du mir nicht?«

Jetzt stehen wir voreinander und taxieren uns gegenseitig ohne körperliches Begehren. Das Einzige, was ich gerade von Omer verlange, ist Vertrauen. Mich befällt der dringende Wunsch, von Omer ernst genommen zu werden.

»Adnan hätte mir geglaubt«, sage ich, nicht um die Eifersuchtskarte auszuspielen, sondern aus Gewissheit.

»Dein Pantoffelheld? Hör mir zu, Sanaa, du steigerst dich da in irgendwas rein, okay?«

»Du glaubst mir nicht?«

Er schüttelt den Kopf. »Nein, ich glaube nicht, dass ein Typ dich mit seiner Flinte verfolgt.«

Aber ich lüge nicht, will ich ihm sagen und senke den Kopf, schaue ein letztes Mal in das Auto und sehe nur mein Gesicht in der Scheibe reflektiert.

»Ich meine es nicht böse, Sanaa.« Er legt einen Arm um meine Schultern und zieht mich mit sich. »Lass uns nach Hause gehen, es war eine lange Nacht.«

Omer steigt unter die Dusche, befiehlt mir, ans Fenster zu gehen, sollte ich rauchen wollen. Vom Fenster aus sehe ich den Volvo wie einen stillen Vorwurf dort parken.

Ich ziehe mir den Sommermantel von Omers Freundin über und laufe nach unten, stelle mich vor den Volvo, der eigentlich ein Renault ist, aber sich im Laufe der Zeit in einen Volvo verwandelt hat. Ich schaue noch einmal durch das Seitenfenster, sehe die Flinte, die er nicht mit in die Spielothek nehmen kann. Auf der Straße herrschen Stille und Einsamkeit.

Ich drücke meine Zigarette an der Scheibe aus. Überlege, sie einzuschlagen, um dem Volvomann seine Flinte zu klauen.

In meiner Hosentasche befindet sich nur mein Feuerzeug, in der anderen meine Haarsträhne. Meine Finger fühlen sich verknotet an, deswegen strecke ich sie, krümme sie wieder, reibe die Hände aneinander, bis sie gut durchblutet sind. Dann mache ich mich ans Werk: Ich klappe den Tankdeckel auf, stecke meine Haarsträhne in die Öffnung, zünde sie an und trete ein paar Schritte zurück. Ein Feuerball blitzt auf, verpufft augenblicklich. Die Öffnung spuckt Flammen, die an der Karosserie lecken und sich allmählich ausbreiten. Das Auto brennt leise vor sich hin, erlöst von der Verfolgung des Volvomannes. Es gibt keine Explosion, es knistert lediglich, und Funken schlagen aufgeregt in die Höhe. Als ich oben bei Omer ankomme und mich an das Fenster stelle, steigt schwarzer Rauch auf, der die gesamte Straße einnehmen möchte.

Aus der Spielothek strömen Männer heraus. Feuerwehr- und Polizeisirenen sind aus der Ferne zu hören. Nirgendwo ist der Dicke zu entdecken. Der Rauch erschwert meine Sicht auf die Menschen.

Omer frottiert sich den Kopf, stellt sich neben mich und fragt, was los sei. Als er das brennende Auto erkennt, greift er nach meinem Arm und brüllt mich an, ob ich verrückt geworden sei, was ich mir dabei gedacht hätte.

»Er hat eine Flinte in seinem Auto.«

Er schüttelt nur den Kopf, die Augen sind aufgerissen. »Du bist irre.«

Nachdem die Feuerwehr den Brand gelöscht hat, wird das Wrack abgeschleppt. Die Polizei vernimmt Zeugen, die keine sind. Denn niemand hat mich gesehen, Omer und der Volvomann kennen als Einzige die Wahrheit.

»Muss ich dich jetzt die ganze Zeit über im Auge behalten?« Dann legt er sich ins Bett und murmelt ein »Gute Nacht«.

Aber er schläft nicht, beobachtet mich im Dunkeln, und vielleicht erwägt er, morgen früh zur Polizei zu gehen. Ich lege mich zu ihm, streichle mit den Fingerspitzen seine stoppeligen Wangen. Sein Atem strömt heiß in meine Hand. Die mächtige Brust hebt und senkt sich regelmäßig. Dann berühren seine Finger meine Hand wie zerbrochenes Glas. Er nimmt meine Hand, legt sie auf meine Brust und wendet mir den Rücken zu. Kurz vor der Dämmerung wache ich auf, weil ich pinkeln muss. Der Kater sitzt in meinen Gliedern, meine Stirn fühlt sich fiebrig an, der Rücken ist verschwitzt.

Aufgeregtes Gezwitscher dringt in die Wohnung. Omer schläft friedlich in die Laken gehüllt, und ich wünschte, ich könnte an seiner Weltentrückung teilhaben. Mit zittrigen Schultern kuschle ich mich in seine Arme, er erwidert ahnungslos meinen Wunsch nach Wärme. Ich berühre mit der Nase seinen pulsierenden Hals, rieche daran, beneide ihn um seinen Eigengeruch. Ich küsse ihn halb wach, fahre mit der Hand wie zufällig über sein Glied. Er streckt sich instinktiv, stöhnt zufrieden, öffnet leicht die Augen. Ich knabbere an seiner Haut, was er besonders mag. Dann begräbt er mich unter sich, erstickt das Zittern in mir. Wie ein Bulle liegt er auf mir, spreizt meine Beine und ruht dazwischen. Sein Gewicht erlaubt mir, das Becken nur leicht gegen seins drücken zu müssen, um seinen Schwanz hart zu massieren. Das reicht ihm, um die Shorts abzustreifen, meinen Slip runterzuziehen, in mich einzudringen, mich in die Matratze zu stoßen, auf mir zu lasten, dass ich zwischen Ficken und Ersticken nicht unterscheiden kann. Während er sein Becken gegen meins knallt, seinen Schwanz tief in mich zwängt, japse ich nach Luft, kralle die Fingernägel in seine Schulter, um mich zu befreien. Aber er ist nicht zugänglich dafür, auch nicht für die leichten Ohrfeigen. Seine Augen sind immer noch halb offen, seine Atmung rhythmisch, die Lippen friedlich, als würde er den Sex nur träumen.

Nach zwanzig Minuten in derselben Stellung befürchte ich, unsere Haut könnte sich abnutzen. Vor zehn Minuten ist er gekommen, aber er hört immer noch nicht auf, sein Sperma läuft meine Schenkel hinab. Wir sind beide nass. Entweder ist mein Körper taub geworden oder Omer leichter, aber für einen Moment wünsche ich mir, Omer könnte für immer und ewig in mir bleiben. Mit jedem Stoß scheint er leichter zu werden, und nach einer Weile höre ich ein lautes Knacken, bin aber zu benommen, um nach dem Grund zu suchen. Dann bricht etwas, es klingt wie ein Knochen, obwohl ich noch nie einen Knochenbruch gehört habe. Könnte das zarte Gerippe eines Rotkehlchens sein. Ich will ihn fragen, ob es nicht schön wäre, wenn er zusammenbräche, um mich auszufüllen, für immer in mir zu wohnen. Omers Haut reißt. Ich sauge an seiner Zunge, bis sie vollständig in meinem Mund ist. Wenn sich meine Mundwinkel weiter dehnen, kann ich seine Nase und das Kinn auch schlucken, also reiße ich den Mund auf. Die Bandscheiben brechen aus der Wirbelsäule, knack knack knack, als knacke man Finger. Jeder Wirbel kitzelt an meinem Gaumen. Ich grätsche die Beine, stopfe einen wehrlosen Omer in mich. Seine Muskeln sind schlaff wie Knetgummi. Er ist wie der Straßenasphalt in der Mittagshitze des Irak. Heiß und modellierbar.

Wenn ich an mir herunterschaue, sehe ich nur noch zwei behaarte Männerbeine aus mir herausragen. Mit einem letzten Zucken löst sich Omer von der Welt, findet eine neue in mir, wo er so lange bebt, bis ich komme.

Im Viertel hat ein wütender Regen den Nebel abgelöst, ein trauerndes Grau versteckt die Sonne.

In mir kocht das Fieber. Durchnässt stehe ich vor unserer Wohnungstür, viel zu benommen, um die Konsequenzen meiner Abwesenheit zu fürchten. Helin und Asija fragen mich, wo ich gewesen sei, wie es mir gehe, sie hätten versucht, anzurufen. Sie schimpfen nicht, obwohl ich ihnen tatsächlich Sorgen bereitet habe. In meinem Zimmer lassen sie mich in Ruhe, verpflegen mich mit heißem Zitronenwasser und Milchreis. Asija hüllt mich in mehrere Decken ein, dass ich glaube, Omer nie verschlungen zu haben, ihn immer noch auf mir zu haben. Mir wird heiß, als hätte ich Adnan in meinem Herzen, es ist lauschig wie in Großmutters Bauch, ich bin geborgen, als schützte Nasser mich in der Umklammerung seiner sehnigen Beine.

Die vier Männer aus Baqqes Prophezeiung scheinen ihren Platz in meinem Körper gefunden zu haben. Obwohl Baqqe meine Haarsträhne zu einem Knoten band, fanden die Männer ihren Weg zu mir, das bedeutet, der aufgelöste Knoten wird nichts bewirken können, ein fauler Zauber.

Ich sitze in Nassers Schoß.

Omer bleibt für immer in mir.

Adnan hockt in meinen Gedanken und will immer wieder mal bedacht werden.

Der vierte fehlt mir. Ist es Kemal oder doch Mammut? Vielleicht Onkel Agid oder Herr Zakholy. Mein Herz rast, als der Volvomann sich in meine Gedanken drängt, der irre Volvomann mit der Flinte. Aber ich habe ihn seines Autos und seiner Waffe beraubt; er ist nur noch groß und dick, kann mich höchstens auffressen.

Am Nachmittag verlasse ich mit durchgeschwitzter Kleidung das Bett und setze mich vor den Fernseher im Wohnzimmer.

Ich schiebe die Hochzeitskassette in den Rekorder. Helin und Asija backen in der Küche, schauen, wie ich ständig zu der kurzen Szene mit Nasser spule, dem kleinen Ausschnitt, der mir geblieben ist, ihn unendlich oft anschaue, irgendwann sein Bild einfriere.

»Wo ist eigentlich Dayka Idris?« Vielleicht könnte sie mir etwas über Nassers Blick verraten.

Helin und Asija kommen mit mehligen Händen herüber, erklären mir, sie sei bei Tante Khalida. Das ganze Viertel besuche die Tante, weil alle um das Ehepaar Zakholy trauerten, das im Irak verstorben sei. Sie wissen nicht, dass Herr Zakholy mein Aufzugskumpan war. Ich werde es erst glauben, wenn ich den Aufzug einige Male allein fahre und seine Abwesenheit bemerke, die wie ein Loch im Viertel klafft, sein beständiges Husten nicht mehr höre und mir die Stille bewusst wird, die er hinterlässt. Die Wohnung meiner Tante ist der Angelpunkt der Trauer, die Frauen trösten Tante Khalida, die Männer betrauern in der Moschee Herrn Zakholy, um später in der Teestube über die mysteriösen Todesumstände zu spekulieren. Beide sind nämlich in der gleichen Nacht gestorben, als hätten sie sich zum Sterben verabredet. Am Abend bringen Asija und Helin der Tante Essen, weil sie nicht zum Kochen kommt. Ich bleibe zu Hause, bekomme Besuch von Kemal.

»Meine Mutter weint um Frau Zakholy, als wäre sie ihre Schwester gewesen. Ich wusste gar nicht, dass sie sich so nahestanden.«

Kemal scheint zu bereuen, seine Mutter nicht zu kennen. Schließlich schweigt er in seine Hände und betrachtet Nasser auf dem Fernseher, der zurückstarrt. Wir drei schweigen, bis ich Play drücke und wir in die Weiten des Ozeans entführt werden. Wenn wir nur die Möglichkeit hätten, das Leben der anderen auf Band anzuschauen. Baqqe und Herrn Zakholy zu folgen, wie sie in den Irak reisen, zusammen ihre Verwandten aufsuchen, Zakhos Straßen sehen, sich freuen und zusammen sterben.

Kemal scheint an dem Tierfilm interessiert, deswegen störe ich ihn nicht mit meiner absurden Idee, sondern schaue auf den Bildschirm, der Kemal das Meer zeigt und mir die Zakholys im Irak.

Sie besuchen Herrn Zakholys Schwester, die im Gegensatz zu Herrn Zakholy neun Kinder hat. Die jüngsten der Kinder versammeln sich jeden Abend um Baqqe und fordern eine Gutenachtgeschichte aus Deutschland, vielleicht ein deutsches Märchen. Baqqe erzählt ihnen dann von einem Mädchen, das mit einer Krabbe tanzt, bis es sich schneidet. Weil am Abend der Strom ausfällt und die Ventilatoren aufhören, sich zu drehen, möchte Herr Zakholy wie in den alten Tagen auf dem Dach schlafen, zumal er nicht mehr an die Hitze gewöhnt ist. Seine Neffen fragen ihn über Deutschland aus und Herr Zakholy, peinlich berührt, nur das Viertel zu kennen, berichtet davon, gibt unser Viertel als Deutschland aus. Er rät den Jungen, bloß nicht nach Europa auszuwandern. Es bedrückt ihn zu wissen, dass seine Neffen den irakischen Himmel seiner Kindheit niemals sehen werden, einen sternenübersäten Himmel, der die Menschen an ihre Geringfügigkeit erinnert.

Zumindest gibt es die Mücken noch, daher das hellblaue Moskitonetz, das jedoch an einigen Stellen löchrig ist.

Herr Zakholy kratzt sich gedankenverloren den Arm und schläft schließlich unter einem sternenverwaisten Himmel ein.

In einer dieser heißen Nächte ist Baqqe umringt von Kinderleibern eingeschlafen, streckt ähnlich einem Säugling alle viere von sich. Ihre Schwägerin bedeckt die Ohren mit ihrem Kissen, weil sie Baqqes Schnarchen, das wie ein unentwegtes Quaken klingt, nicht aushält.

Am Morgen wachen die Kinder auf und lachen über Baqqes aufgequollenen Körper. Die Jüngste und Mutigste berührt immer wieder den Ballonbauch, aus dem lustige Furzgeräusche und giftige Gerüche strömen. Die Kinder pressen die Nasen gegen die Kissen und prusten ihr Lachen in die Matratzen, bis ihre Mutter aufwacht und sie zur Ruhe mahnt. Sie bemerkt den Gestank im Schlafzimmer und schaut hinüber zu einer grünlich angelaufenen Baqqe.

Völlig aufgewühlt fragt sie: *Baqqe, Baqqe, oh Baqqe, was ist nur passiert? Geht es dir nicht gut?*

Baqqe, mit einem weltfernen Lächeln auf den Lippen, ignoriert die entsetzte Schwägerin, weil sie nur noch der Körper ist, aber die Baqqe, die dem Körper einen Sinn gab, hat sich davongestohlen. Die Schwägerin benachrichtigt Haare raufend ihren Mann. Sie wählen den Notruf – oder wie man das dort so regelt –, jedenfalls wird Baqqe ins Krankenhaus gebracht. Die Kinder sitzen still in den Ecken und schauen anklagend auf die Finger, die noch vor zwanzig Minuten in Baqqes aufgedunsenen Bauch piekSten.

Erst als Baqqes Tod durch einen Arzt offiziell bestätigt wird, fragt einer der älteren Söhne, wie man das Ganze dem Onkel, Herrn Zakholy, beibringen solle. Zu Hause angekommen, läuft die Familie sich an den Händen haltend die Treppen rauf, auf das Dach, als würden sie gemeinsam einen Ausflug unternehmen. Die Familie umkreist das Metallbett, und der Familienvater stupst seine Frau an. *Weck ihn doch.*

Sie berührt Herrn Zakholys Schulter und ruft ihn: *Herr Zakholy, Herr Zakholy, steh doch bitte auf.*

Aber Herr Zakholy denkt nicht daran, sich zu rühren, er ist hart wie ein Stein.

Schüttel kräftiger, fordert der Familienvater kleinlaut, und Herrn Zakholys Schwester wischt sich mit dem Ärmel den Rotz von der Nase. *Herr Zakholy,* ruft sie nun. *Steh doch bitte auf, bitte, steh doch auf.*

Die Nachbarschaft ist längst aufgewacht und beobachtet von ihren Dächern aus das Geschehen. Ein Nachbar fragt den Familienvater, ob sie Hilfe brauchen.

Herr Zakholy hat sich mit Baqqe vom Leben verabschiedet. Vielleicht sitzt Herr Zakholy gerade Kaffee trinkend und Zigarre rauchend auf einer Wolke und lächelt milde über die hysterische Art seiner Schwester zu trauern. Apropos Hysterie. Wo ist meine Baqqe?, denkt Herr Zakholy, und Baqqe, ja, die schmort in der Hölle. Sie ist wiedergeboren, als echter Frosch diesmal, der unter den Experimenten eines halbwüchsigen Mädchens leiden muss, das bald wulstige Warzen an den Händen bekommt und von der Mutter dafür ausgeschimpft wird.

Kemal weint in seine Hände, als seien seine Tränen besonders kostbar. Ich zünde ihm eine Zigarette an. Er nimmt sie dankbar und heult weiter, und ich denke, wie absurd das aussieht – er wirkt wie ein sechsjähriger Junge, der eigentlich nach einem Lolli heult, aber stattdessen eine Zigarette bekommt.

Eine ruhige Männerstimme erklärt Kemal und mir, dass Lachse flussaufwärts zu ihrem Geburtsort schwimmen, um dort zu laichen und zu sterben. Die Zakholys sind nur gestorben, hinterlassen haben sie bloß Erinnerungen, die bald verblassen, und dann wird es sie nie gegeben haben. Ich weine mit Kemal. Krabben kehren nicht an ihren Geburtsort zurück, sie wandern weiter, und wenn sie sich verirren, dann tanzen sie um andächtige Steine und trauern in der Nacht.

Die Hitze kocht weiter in mir, auch nach einem langen Bad will das Fieber meinen Körper nicht verlassen, es sitzt gut in mir, erweicht meine Gelenke, dass ich nicht mehr laufen kann, nur noch im Bett liege und mir wünsche, ich hätte Adnan nicht wehgetan. Ich greife nach meinem Handy und schreibe ihm eine lange Nachricht und warte noch länger auf eine Antwort. Irgendwann tauchen Asija und Helin auf, ich nehme sie schemenhaft wahr, erkenne sie nur an ihren aufgeregten Stimmen, die das Wort »Krankenhaus« wiederholen, ein Mann steht an meinem Bett, er redet nicht, es ist wahrscheinlich Nasser. Sie wollen mich irgendwohin tragen, aber ich weigere mich, schreie, dass ich nicht zum Arzt möchte. Wenn der Arzt mich röntgt, wird er Omer sehen können. Sie lassen mich in Ruhe, Asija taucht aber immer wieder auf, füttert mich mit Suppen, die nicht schmecken.

Nach einer Woche ist das Fieber abgeklungen, und ich kann mich wieder bewegen, gehe ins Wohnzimmer, lege mich auf die Couch, schaue auf mein Handy, Adnan hat mir immer noch nicht geantwortet. Ich will ihm noch eine Nachricht schreiben und merke jetzt erst, dass ich die erste gar nicht abgeschickt habe. Als ich sie durchlese, bin ich froh, sie nicht gesendet zu haben. Tante Khalida taucht bei uns auf, befiehlt mir, mich aufzusetzen, damit sie sich auf ihren alten Platz pflanzen kann. Für Widerreden zu schwach, setze ich mich weit weg von ihr. Sie streichelt mit sanfter Hand Baqqes Sitz auf dem Sofa, wie sie den Rücken eines siebenjährigen Kemals hätte tätscheln müssen.

Sie habe nicht aufgehört mit dem Rauchen, aber der Tabak beruhige sie nicht mehr, jammert sie. Wie schön es gewesen sei, mit Baqqe zu rauchen. Ich bringe die Dose mit den getürkten Zigaretten.

Wir rauchen zusammen. Nach der zweiten Zigarette meint sie, das Leben gehöre Allah, er gebe und nehme, und deswegen glaubt sie offenbar, ein Geständnis ablegen zu müssen. Sie beugt sich nach vorn, die zehn Finger ineinander verschlungen, hart und braun sind die Hände wie ein Klumpen Erde. Sie spricht so langsam, als müsste sie die Worte erst zusammennähen.

»Als ich damals in den Irak gereist bin, habe ich einen Mullah aufgesucht, den mir Dayka Yahya empfohlen hatte. Er war spezialisiert auf *neveshti*.« Sie unterbricht ihre Erzählung und fragt mich, ob ich mich an Onkel Agids verrückte Phase erinnere, als er die ganzen Hochzeitsvideos schaute, tanzte und vergnügt wie ein Kleinkind klatschte. Ich nicke. Und ob ich mich an Nasser als unglücklichen Menschen erinnere.

»Er ist immer noch unglücklich.«

»Ich weiß«, sagt sie und schluchzt. Sie zweckentfremdet die Zipfel ihres Kopftuchs als Taschentuch, weil ich ihr keines reiche.

»Bei diesem Mullah ließ ich zwei *neveshti* anfertigen. Eins für deinen Onkel Agid. Eins für Nasser. Ich wollte nur, dass sie endlich glücklich werden.« Mit groben Fingern presst sie den Stoff des Kopftuches auf die Augen, um die Tränen wieder reinzudrücken. Kemals und Helins *neveshti* erwähnt sie mit keinem Wort.

»Onkel Agid war ein peinlicher Ehemann und Vater. Er hat ungebremst gesagt, was ihm auf der Zunge lag.«

»Und warum Nasser?«

»Nasser sollte endlich sein Glück finden, er hat doch so sehr gelitten. Ich bin die ältere Schwester, ich bin nicht nur für Nasser verantwortlich, sondern für alle.« Ihre Schultern beben im Rhythmus ihres Schluchzens. »Hol mir ein Glas Wasser!«, fordert sie. Selbst beim Scheitern klingt sie gebieterisch. »Mein Herz hört auf zu schlagen.« Sie fächelt sich dramatisch Luft zu.

»Ich bekomme keine Luft mehr.« Sie trinkt in großen Schlucken. »Wenn man nur auf mich hören würde, dann hätte ich auch keine *neveshti* anfertigen müssen. Etwas muss schiefgelaufen sein, die *neveshti* haben Nasser nur noch rasender gemacht. Und mein Agid bewegt sich nicht mehr.« Zum ersten Mal gesteht Tante Khalida einen Fehler ein, und sie schaut wie alle Menschen elend dabei aus. Ich wünschte, ich würde sie trösten wollen. Aber sie hat zu viel Schmerz verursacht, deswegen lasse ich sie glauben, dass *neveshti* eine Wirkung haben. Und eigentlich haben sie die, sonst hätte Kemal Helin nicht mit einem Zirkel verletzt und ich hätte keinen Volvo verbrannt. Was Onkel Agid und Nasser angeht, bin ich mir nicht sicher. Ich denke an Nassers Glück, das er möglicherweise in dieser türkischen Frau gefunden hat. Zu Hause treffe ich ihn nur noch selten an, als hätte Asijas Rückkehr ihn vertrieben.

»Allah ist groß, Sanaa, du darfst nicht gegen seinen Willen handeln.«

»Das hatte ich nicht vor«, sage ich.

»Ich glaube, der Tod von Abu und Dayka Yahya ist ein Zeichen: Dayka Yahya hat viel Verwerfliches getan, das Leben einiger Menschen ruiniert.«

Ich lasse sie glauben, dass ein allmächtiger Gott alte Frauen dafür bestraft, sich in das Leben jüngerer einzumischen. Bis zum Abend sitzt die Tante da, raucht und schaut mit leerem Blick in die Vergangenheit.

Ich bin mit Onkel Agid im Auto, auf dem Weg zur Moschee. Wir haben beide das Bedürfnis zu schweigen. Es gibt nichts zu bereden, auch wenn ich ihm die Sache mit den *neveshti* erzählen könnte, aber da würde er nur die Schultern zucken –

so ist halt deine Tante. Onkel Agid steigt aus dem Auto, verabschiedet sich damit, mir Gottes Segen zu wünschen. Ich schaue ihm nach, wie er zum Eingang schreitet, sich zu der grauen Männergruppe gesellt, wie Krähen auf dem Feld. Bevor ich losfahre, überlege ich, wie ich meinen Tag gestalte, und verjage dann doch alle Ideen und fahre nach Hause. Obwohl der Nebel eine Woche her ist, sieht man noch die Folgen: Wände sind mit Graffiti besprüht, Fenster eingeschlagen und nun mit blauen Mülltüten beklebt, eine verbrannte Sitzbank prangt mitten auf dem Marktplatz.

Vor dem Hochhaus steht der Volvomann ohne seinen Volvo, mit verschränkten Armen wartet er auf jemanden. Weit und breit ist kein Mensch zu sehen, keine Zeugen. Mein Herz rast, während er sich gegen die Eingangstür lehnt. Für einen Moment überlege ich, auf Onkel Agid zu warten, aber das kann Stunden dauern. Ich rufe Kemal auf dem Handy an – spreche ihm auf die Mailbox, hauptsächlich beschimpfe ich ihn dafür, nicht auf Anrufe zu reagieren.

Ich beschließe, im Auto zu bleiben und eine Runde zu fahren, in der Hoffnung, den Volvomann so loszuwerden. Ohne Auto ist er zum Warten verdammt. Doch das scheint ihn nicht zu stören, er wirkt, als könnte er sein Leben lang warten, ohne die Geduld zu verlieren.

Hinter ihm taucht Taufik auf, Tante Khalidas fleißiger Sohn. Sie grüßen sich und kommen in meine Richtung. Sie steigen beide in Taufiks Auto, aber der Volvomann scheint sich umentschieden zu haben, steigt aus und nähert sich meinem Auto. Er hat weder eine Flinte noch wird er sich trauen, mir wehzutun, also harre ich aus, habe meine Tür trotzdem verriegelt und werde ihm den Gefallen nicht tun, in Panik zu geraten. Er hört mich nicht laut atmen.

Er klopft gegen die Scheibe und bedeutet mir mit seinen wulstigen Fingern, das Fenster herunterzukurbeln. Er lächelt, was mir die Angst nicht nimmt. Ob aus Dummheit oder doch Mut – meine Hand greift nach der Kurbel, und ich fange an zu drehen, öffne einen Spalt, damit seine dicke Hand nicht reingreifen kann. Er beugt sich vor.

»Sanaa.«

Als er meinen Namen ausspricht, schießt die Angst von meiner Brust in den Kopf, dass mir schwarz vor Augen wird. Dabei ist mein Name nicht besonders schwierig herauszufinden, trotzdem graust mir bei dem Gedanken, etwas von mir in seinem Besitz zu wissen.

»Ich weiß, dass du mein Auto verbrannt hast. Ich kenne auch deine zwei Kumpel, aber du brauchst keine Angst zu haben. Ich werde es niemandem erzählen.« Er zwinkert mir zu und geht.

Erst als sie abfahren, steige ich aus und renne zum Hochhaus. Im Aufzug stelle ich mir die schwarzen Augen des Volvomanns vor, stelle mir seinen großen Mund vor, der mich verschlucken könnte, stelle mir vor, wie er in den Aufzug steigt, stelle mir vor, wie er wächst und wächst, mich in eine Ecke des Aufzugs drängt und ich in seinem Körperfett ersticke.

Zu Hause fliehe ich auf den Balkon und ringe nach Luft. Dayka Idris und Asija fragen mich, was passiert sei. Ich lüge, im Aufzug sei schlechte Luft. Sie glauben mir nicht, akzeptieren aber die Antwort und lassen mich in Ruhe.

Dayka Idris und ich rauchen Tante Khalidas Zigaretten, Asija leistet uns Gesellschaft, ohne selbst zu rauchen. Sie sprechen vom bizarren Tod der Zakholys und davon, wie unergründlich die Wege Allahs sind. Herr Zakholy, mein Aufzugskumpan, wird mir keine Geschichten mehr erzählen können. Ihm hätte ich vom Volvomann berichten sollen, auch von der Strähne, wahrscheinlich hätte er eine bessere Lösung gehabt, als die Haarsträhne samt Volvo zu verbrennen.

Als Helin nach Hause kommt, habe ich mich beruhigt. Sie fragt, ob sie auch eine rauchen dürfe. Dayka Idris und ich schauen zu Asija.

»Helin, du bist noch so jung.«

»Nur eine«, bittet sie.

»Einen Zug«, sagt Asija schließlich. Dann erzählt sie, wie ihre Schwester und sie mit neun Jahren ihre erste Zigarette geraucht hätten. Wir sind geschockt, sie erklärt, es sei Zuckerfest gewesen, als genüge das zur Rechtfertigung. Aber Dayka Idris meint, das sei nichts Außergewöhnliches. »Am Zuckerfest scheint es keine Regeln für Kinder zu geben.«

Mit diesem Wissen bemächtigt sich Helin einer ganzen Zigarette. »Die riechen irgendwie komisch.«

Ich muss lachen.

Helin schläft, hat heute Abend kein Bedürfnis, sich zu streicheln, vielleicht hat das Marihuana ihre Lust gedämmt. Asija liegt im Bett. Nasser irrt durch die Straßen, besucht die Türkin, kann nicht neben ihr schlafen, kann nirgendwo schlafen, höchstens auf unserer Couch, kein *neveshti* kann ihn zügeln, keine Frau ihn zäumen.

Auf dem Balkon stütze ich mich auf das Geländer, stelle mir vor, was jedes Mal durch Asijas Kopf geht, wenn sie hier steht. In meinem Kopf hallen ihre ruhigen Sätze. Der dazugehörige Gesichtsausdruck fehlt mir allerdings, weil sie es Dayka Idris gestanden hat und nicht mir. Wir sollten mehr reden, uns miteinander auseinandersetzen, nicht mehr in den eigenen Gedanken verharren, sondern sie ausformulieren. Ich könnte damit anfangen, ihr vom Volvomann mit der Flinte zu erzählen, wie er mich seit Wochen verfolgt, mir keine Ruhe gönnt. Aber das würde Asija an Onkel Abdul erinnern und sie wieder in Stein verwandeln. Die Menschen, denen ich von ihm erzählen könnte, kann ich an einer Hand abzählen: Helin, Kemal, Onkel Agid, Dayka Idris. Helin würde sich nicht mehr aus dem Haus trauen, Kemal würde ihn prügeln wollen, Onkel Agid würde nicken, Dayka Idris vielleicht mit der Familie vom Volvomann reden und ihn zur Besinnung rufen.

Asija betritt den Balkon, fragt mich, warum ich nicht schlafen kann.

»Ich brauchte nur etwas frische Luft. Aber jetzt können wir wieder reingehen.« Ich möchte nicht, dass sie wieder ihre Tage auf dem Balkon beschließt.

Als ich Richtung Schlafzimmer gehe, greift sie nach meiner Hand. »Sanaa, ich würde gerne mit dir reden.«

Wir setzen uns auf die Couch. Sie sagt mehr zu sich selbst, dass sie gar nicht wisse, wie solch ein Gespräch anzufangen sei.

»Dayka Idris hat großen Gefallen an dir gefunden. Sie hat mich gefragt, ob du ihren Sohn heiratest. Ich wollte es nicht sofort ablehnen, du hast das Recht, es zu wissen, aber ich werde ihr morgen sagen, dass du nicht heiraten möchtest.«

Ich verrate ihr nicht, dass Omer in mir wohnt und Adnan wie eine fette Qualle in meiner Brust schwappt. Stattdessen sage ich ihr, ich würde den Sohn doch gar nicht kennen. Als sei das Kennen bei Kurden wichtig. Asija ist verwirrt von meiner Antwort.

»Dayka Idris ist eine sehr nette Nachbarin, aber ich teile ihr mit, dass du an keiner Heirat interessiert bist.« Damit ist für Asija das Gespräch beendet. »Du möchtest erst dein Studium beenden.«

Obwohl Asija und ich noch nie über das Heiraten geredet haben, scheinen wir uns einig zu sein. Das nährt meine Hoffnung auf mütterliche Gespräche mit Asija; irgendwann wird auch das Glück in uns gedeihen. Sie muss nur reden, uns ihre Gedanken offenbaren, damit sie nicht ihre Gelenke verkalken. Dayka Idris weiß, wie mit Asija umzugehen ist. Aber wenn ich Dayka Idris' Sohn ablehne, wird sie uns wohl nicht mehr besuchen, vielleicht schließt sie sich Tante Khalida an, verwandelt sich in die neue Baqqe. Zumindest sollte es den Anschein haben, als würden wir sie nicht von vorneherein ablehnen, um sie nicht vor den Kopf zu stoßen. Ich erinnere mich an Tante Khalidas und Baqqes Gespräch über Dayka Idris' Familie, die im Irak hoch angesehen war, ihr Image mit sich im Koffer nach Deutschland brachte. Das Viertel wird sich von uns abwenden, wenn wir solch eine Familie aus unserem Leben ausschließen. Ich könnte mit ihrem Sohn einen Kaffee trinken gehen und ihn dazu bringen, mich nicht zu wollen.

»Es ist schon okay, Asija, ich kann den Sohn kennenlernen.«

Asija ist überrascht von meiner Aussage, meint, sie möchte nicht, dass ich heirate. Es sei noch viel zu früh.

Sie sollte ein Wörtchen mit Helin wechseln, denke ich.

»Ich werde nicht heiraten, aber wir sollten Dayka Idris Respekt erweisen.«

In den nächsten Tagen erzählt Asija Dayka Idris von meiner Entscheidung, ihren Sohn sehen zu wollen. Als sie das hört, kommt sie auf mich zu und küsst meine Stirn.

Und weil ein Kurde und eine Kurdin zum Kennenlernen nicht allein einen Kaffee trinken gehen, sitzt die ganze Familie mit am Tisch. Früher musste ein Blick reichen, ein Augenblick, der zwei Menschenleben für immer zusammenschnürte.

Helin schminkt mich, weil sie das besser kann als ich, vertuscht meine Augenringe. Gestern habe ich kaum geschlafen. Meine Gedanken kreisten um Adnan und Asija, zwei Unbekannte, die ich nicht gelöst bekomme. In ferner Zukunft könnten wir zusammen glücklich werden. Adnan müsste Asija als Teil seines Lebens akzeptieren.

»Bist du aufgeregt?«, fragt Helin.

»Ein bisschen schon«, sage ich.

»Heiratest du, wenn er dir gefällt?«

»Er wird mir nicht gefallen.« Nur Adnan gefällt mir, hätte ich beinahe noch gesagt.

Helin öffnet immer wieder den Mund, schnappt nach Luft, seufzt.

»Sanaa, hast du nicht Angst, dass Tante Khalida diesen Typen für dich ausgesucht hat?«

»Nein, das ist Dayka Idris' Sohn, sie hat das Ganze arrangiert.«

Helin nimmt ein knalliges Rot für die Lippen.

»Aber siehst du die Verbindung nicht, zwischen deinem Haarknoten und dieser plötzlichen Anfrage?«

Die Haarsträhne ist verbrannt, Baqqe ist tot, mir kann nichts passieren, denke ich und sage: »Das ist dummer Aberglaube, Helin. Jeder Mensch hat sein Schicksal in der Hand. Du kannst tun, was du willst. Das ist *azadî*.«

»Freiheit?«

»Ja, Freiheit.«

Ich bin froh, dass Helin nicht in mich reinschauen kann, nicht die Angst in mir fühlen kann, die meinen Blick trübt. Ich muss mich hinlegen. Der Glaube an Baqqes Kräfte, an Tante Khalidas Macht ist tief in mir verwurzelt, ich kann ihn nicht mit dem Wissen aus meinen Büchern, den Seminaren und Vorlesungen einfach abschütteln. Helin müsste mich nur länger beobachten, um mich zu entlarven.

Dayka Idris und Tante Khalida sitzen auf der Couch, ich dazwischen; ich bin froh, dass Helin mir eine Maske gemalt hat. Irgendwann kommen auch die Männer: Nasser, Onkel Agid und Dayka Idris' Mann, Abu Idris. Er meint, Idris habe noch ein paar Dinge zu erledigen, irgendwas mit seinem Auto, er komme in einer halben Stunde. Dayka Idris erzählt daraufhin, ein ehrenloser Hund habe letztens Idris' Auto verbrannt.

Tante Khalida schimpft über das Viertel. Dayka Idris meint, es sei gar nicht im Viertel passiert.

Der Volvomann ist euer Sohn?, will ich fragen, dabei kenne ich die Antwort. Er ist auf dem Weg hierher. Wir lassen ihn freiwillig unser Wohnzimmer betreten, möglicherweise mit der Flinte. Aber er braucht keine Flinte, er weiß um Omer und Adnan.

Ich will zum Balkon rennen, ich will runterspringen, die Erde aufbuddeln, mich reinlegen und auf den Tod warten. Stattdessen gehe ich in die Küche, tue so, als hätte ich wahnsinnig viel in der Küche zu tun.

Mir fallen die Worte ein, die der Volvomann an mich gerichtet hat: Ich werde es niemandem erzählen.

Obwohl er von Omer und Adnan weiß, will er mich trotzdem heiraten. In meinem Kopf rasen Gedanken zusammenhanglos. Er ist der vierte Mann, nicht etwa Kemal, Mammut oder Onkel Agid. Nein, Baqqe hat es geschafft. Bis jetzt ist alles eingetreten, so wie sie es für mich vorgesehen haben. Ich hätte diese Strähne viel früher finden und Tante Khalida davon abhalten müssen, den Knoten zu lösen. *Azadî* ist nichts als eine

Lüge, Nasser hat sich eine Lüge auf den Arm tätowieren lassen, er ist rastlos, weil er es endlich versteht.

Ich komme auf die absurde Idee, dass meine Familie ein perfides Stück vorbereitet hat, um mich zu entlarven. Der Volvomann kennt Onkel Agid, Taufik und Nasser. Mit seiner Hilfe wollen sie mich zügeln, mich davon abhalten zu schweben. Ausgerechnet Nasser, der vor den eigenen Brüdern floh, von einem Dach auf das andere sprang, um seinem Schicksal zu entgehen, er hat den Volvomann ausgesucht. Nasser frühstückt jeden Tag bei Tante Khalida, sie muss ihm den Volvomann vorgeschlagen haben, diesen Riesen, der mich jeden Abend verschlucken wird, damit ich nicht wie Nasser umherstreune, davonrenne. Erst am nächsten Morgen ausspucken wird, wenn er mich braucht, wenn er in mich eindringen will.

Dayka Idris kommt in die Küche, unterbricht meine Gedanken, indem sie mir erzählt, was für ein gutherziger Mensch Idris sei. Noch nie habe er das Herz eines Menschen gebrochen. Natürlich meint sie keine Frauen.

Die Tränen laufen mir warm die Wangen hinunter. Dayka Idris nimmt mich in den Arm, streichelt meinen Kopf, wischt meine Tränen weg, sagt, alles würde gut werden, aber ihr Sohn bleibt trotzdem der Volvomann.

»Wir werden eine große Familie«, sagt sie. »Wie schön wäre es, dich und Asija bei mir zu haben. Miteinander reden, einander helfen.« Sie strahlt.

Ich widerstehe dem Drang, sie »Uda« zu nennen. Wenn Uda hier wäre, würde sie alle aus dem Fenster werfen, niemand dürfte mir etwas antun; wenn Nasser, der junge Nasser, hier wäre, dürfte niemand in meine Wade kneifen. Sie führt mich wieder ins Wohnzimmer, aber ich setze mich neben Helin, abseits der Runde.

Dann kommt der Volvomann, zusammen mit Taufik, sie geben den Männern die Hand und grüßen die Frauen. In unserem Wohnzimmer wirkt er unspektakulär, vielleicht scheint zu wenig Licht ins Wohnzimmer, sodass seine übernatürliche Behaarung kaschiert wird. Neben Taufik sieht er auch nicht mehr so groß aus. Wäre er mir in den letzten Wochen nicht gefolgt, hätte ich ihn nicht länger als zwei Sekunden beachtet und er wäre noch schneller in Vergessenheit geraten. Der Volvomann setzt sich neben Nasser, der angefangen hat fern zu schauen, der seinen Blick zum Fenster gerichtet hat, wünscht fliehen zu können, wie andere Menschen fliegen wollen.

Onkel Agid schaut auf seinem Videorekorder die Dokumentation an, die auf Nassers und Asijas Hochzeitskassette überspielt ist, als hätte diese Hochzeit nie stattgefunden. Er ist nicht bei uns, und eines Tages wird das hier für ihn nie stattgefunden haben.

Zwischen Abu Idris und Taufik ist eine Diskussion darüber entbrannt, welche Automarke besser sei, VW oder BMW. Asija und Dayka Idris unterhalten sich angeregt darüber, wie man Maqluba richtig kocht, was leckerer sei, mit Lamm oder doch Hähnchenfleisch. Ich bin dankbar für die unbeschwerten, lauten Gespräche, so können sie das Poltern in meinem Brustkorb nicht hören.

Zum ersten Mal schaut mich der Volvomann an, lächelt so gutmütig, wie er nur kann. Vielleicht ist er ein guter Mensch, wie seine Mutter behauptet, oder sogar ein guter Ehemann, aber der Gedanke daran, jeden Tag neben ihm aufzuwachen, drückt mich in den Sitz und lähmt meine Beine. Ich stelle mir vor, wie der Volvomann aus der Dusche steigt und Haare sich im Abflusssieb gesammelt haben. Vielleicht könnte man diese Haare mithilfe eines *neveshti* verzaubern, um den Volvomann in seinen Volvo einzusperren, ihn bis in alle Ewigkeit durch die Straßen des Viertels irren zu lassen. Aber wie ich die *neveshti* von Tante Khalida kenne, würde irgendetwas schiefgehen und ich würde als Beifahrerin mit dem Volvomann durch die Welt irren, auf der Suche nach einem Krabbenvolk. Ich würde den Volvo immer wieder in Brand setzen, jeden Tag aufs Neue, auch mit dem Mann am Steuer. Tagsüber sein Frühstück machen, mit dem Volvo im Viertel umherziehen. Manchmal darf ich fahren, und dann legt er eine Hand auf meinen Schenkel, weil all seine Gebete erhört worden sind, aber ich bin rastlos und mache ein Feuer um sein Auto, tanze um den brennenden Mann, der aussteigt und mich verschluckt, damit ich zur Ruhe komme, damit ich schlafe, um am nächsten Morgen wieder aufzuwachen und Frühstück vorzubereiten. Nein, ich kann ihn nicht heiraten.

Doch der Gedanke daran, Asija wieder in Stein zu verwandeln, schnürt mir den Hals zu. Sie unterhält sich selbstvergessen mit Dayka Idris. Wenn Dayka Idris uns nicht mehr besucht, sich von uns abwendet, wird Asija niemanden zum Reden haben. Eines Tages wird sie auf den Balkon gehen, über das Geländer klettern und springen. Ich werde nichts davon mitbekommen, weil ich vielleicht neben Adnan liege.

Der Volvomann wird allen von Omer und Adnan erzählen; Tante Khalida wird mir dann endgültig die Augen ausreißen. Das ist nicht wie Rauchen an der Bushaltestelle, niemand wird bei dem Bericht vom Volvomann mit den Achseln zucken und sagen, die Mutter habe vergessen zu leben, dann dürfe die Tochter mit zwei Männern schlafen.

Helin lehnt sich zu mir und flüstert, der Fette habe mich doch verfolgt, auch an ihrem Geburtstag.

In einem leisen Moment, in einem Moment der Zufälle, wie

es sie nun einmal gibt, ist die Diskussion zwischen Abu Idris und Taufik an einem Punkt festgefahren, die Unterhaltung zwischen Asija und Dayka Idris in ein genussvolles Schweigen übergegangen, und der Kommentator in Onkel Agids Dokumentation, die eine Hochzeit überspielt, pausiert, um dem Zuschauer die Schönheit eines Riesenwals still vor Augen zu führen, in solch einem Moment klingt die geflüsterte Frage Helins lauter als eine Sirene: »Heiratest du ihn?«

Alle Blicke richten sich auf uns, um schließlich auf mir zu ruhen, zu lasten, auf eine Antwort zu warten, zu warten und warten. Ich eile ins Bad, habe Angst, mich zu übergeben. Ich übergebe mich nicht, aber ein Tränenstrom löst sich in meine Hände; ich heule, wie Kemal um das Ehepaar Zakholy geweint hat. Baqqe hockt mit Krötenbeinen auf dem Badewannenrand und quakt und raucht Marihuana und schmatzt, sagt, sie brauche eine Opfergabe für die Heilung meines Auges, ich hätte ihr lediglich ein Meersalzkorn gegeben, aber das sei nicht genug, sie will mich, sie habe vielleicht keinen Yahya gezeugt, aber diesen fetten Klops, der mich aufessen wird, wie sie es mit dem Salz in meinem Auge tat. Ich will ihr die Schenkel aus dem Körper reißen, aber sie ist nicht da.

Asija stürmt ins Bad, sie muss nichts fragen. Sie nimmt mich in den Arm und sagt: »Komm, wir gehen zu ihnen, und du sagst allen, dass du nicht heiraten möchtest.« Sie will das Theater beenden.

Als wäre das so einfach.

»Ich kann nicht.«

»Warum? Hegst du irgendwelche Gefühle für diesen Fleischberg? Es ist eine Unverschämtheit, dass sie glauben, ein so bildhübsches Mädchen wie du würde so einen Kerl heiraten.« Asija ist bei all ihrer Sonderbarkeit immer noch eine Kurdin. In ihrer Welt gehört ein hübsches Mädchen nicht an die Seite eines Volvomannes.

»Ich kann nicht.«

Sie schaut mich bekümmert an, setzt sich auf den Badewannenrand und fragt: »Warum nicht?«

»Dayka Idris ist deine einzige Freundin.«

»Möchtest du Dayka Idris glücklich machen?«

»Nein, ich möchte dich glücklich machen, Asija.«

»Das kannst du nur, wenn du diesen Kerl abweist und mit ihm seine dreiste Familie.«

»Es ist komplizierter, Asija.« Ich zittere in ihren Armen. Sie streichelt meinen Rücken, hält mich fest umklammert, und ich möchte sie nicht mehr loslassen.

»Du kannst auf dein Zimmer gehen. Ich schicke alle nach Hause.«

Sie löst sich langsam aus der Umarmung und schreitet ins Wohnzimmer. Vom Flur aus höre ich sie meine Entscheidung verkünden. Dayka Idris argumentiert, ich könne doch weiterstudieren – das eine schließe das andere nicht aus.

»Nein, sie möchte ihren Abschluss machen und dann erst heiraten.«

Abu Idris verspricht, sein Sohn könne warten, bis ich abgeschlossen hätte. Die Vorstellung, für die nächsten zwei, drei Jahre vom Volvomann verfolgt zu werden, erdrückt mich. Ich setze mich auf den Boden und beobachte von hier aus das Geschehen. Asija steht da wie selbstverständlich. In diesem Moment braucht sie niemanden, nur wir brauchen sie, auch Helin schaut mit großen Augen zu Asija hoch, gleich bricht ein Freudenschrei aus ihr.

»Nein, er sollte auch nicht warten, meine Tochter wird euren Sohn nicht heiraten«, sagt sie, und wenn es nötig ist, wird sie diesen Satz wieder und wieder sagen, bis die Volvofamilie zu ihrem Geburtsort zurückfährt.

»Das sagst du, Tante, aber was ist ihre Meinung?«, fragt der Volvomann.

»Sie weint gerade im Bad. Ist das Meinung genug?«

»Asija, setz dich einmal hin, lass uns das in Ruhe besprechen«, schlägt Tante Khalida vor.

»Ich stehe hier ganz gut«, erwidert Asija.

Abu Idris versteht und fordert seine Frau und den Sohn auf, sich zu erheben und zu gehen. Aber Tante Khalida beschwichtigt sie, und es wäre gegen ihre Natur, sich nicht einzumischen, Baqqe, Herrn Zakholy und Allah hat sie längst vergessen. Sie wendet sich an Nasser: »Bruder, was ist deine Meinung, es geht hier ja um deine Tochter, Asija will sie ins Unglück stürzen.«

Nasser schaut wahrscheinlich Asija an, ich kann nur seinen Hinterkopf sehen. Asija blickt in seine Augen, die sie so mag, und beide erinnern sich, erinnern sich an diesen Abend auf dem Dach, als ein Zug frischer Luft ihren Nacken umstreifte und sie sich angenehm schütteln mussten.

Er will sie um Verzeihung bitten, dass er sich damals unter ihrem Bett versteckte und sie damit in Unglück tauchte. Das sagt er nicht, aber ähnlich wie Baqqe sehe ich seine Gedanken klar vor mir ausgebereitet. Ich sehe Nasser und seine Geschichte, die kein glückliches Ende nimmt, weil es Nasser ist. Schließlich sagt er: »Meine Tochter heiratet nicht, wenn sie nicht möchte.«

»Onkel, das finde ich richtig, aber deine Tochter …«, setzt der Volvomann an, und ich weiß, wie er seinen Satz beenden wird. »Deine Tochter treibt sich in der Uni mit irgendwelchen Männern herum. Ich habe sie beobachtet, gut beobachtet. Sie war es auch, die mein Auto verbrannt hat.«

Jetzt hat er es ausgesprochen, der Satz hat Omer und Adnan in unser Wohnzimmer katapultiert, und Baqqe lacht sich gerade einen ab.

Tante Khalida schnappt nach Luft, Helin reißt die Augen auf. Onkel Agid ist aus seiner Lethargie erwacht.

Asija steht immer noch da, zum ersten Mal bildet sich zwischen ihren Augenbrauen eine Zornesfalte. Sie ist keine steinerne Jungfrau, nein, sie ist das tobende Meer. Sie fängt an zu poltern, zu schimpfen und zu zetern, als schlüge man Steine aneinander, so laut ist es in unserem Wohnzimmer. In diesem Moment möchte ich Asija anbeten, wie sie den Mond anbetete. Mein Herz wächst auf das Zehnfache, weil ich gleichzeitig fürchte, sie könnte zu Staub bersten.

»Du bist gerade gut genug, meiner Tochter hinterherzulaufen wie ein streunender Hund.«

Onkel Agid erhebt sich, meint, er kenne den Volvomann aus der Moschee, kenne ihn eigentlich als gläubigen Mann, aber jetzt müsse er der Familie empfehlen, schleunigst die Wohnung zu verlassen. Man solle schließlich so viel Anstand besitzen und eine Absage ehrenhaft hinnehmen und nicht anfangen, Mädchen zu verleumden. Tief im Herzen weiß Onkel Agid, dass der Volvomann die Wahrheit gesprochen hat. Als die Familie verschwindet, bleiben wir betäubt an unseren Plätzen. Keiner wagt zu sprechen; alles würde jetzt banal klingen, der Situation nicht angemessen. Auch die Tante hat das verstanden und schweigt. Dann stehe ich auf, gehe in mein Zimmer und schlafe gedankenlos ein, träume zum ersten Mal seit Langem von Menschen, von so vielen Menschen, wie es Sterne gibt, und in dieser Menge sehe ich Adnan dasitzen und warten.

Als ich am Abend aufstehe, herrschen Stille und Dunkelheit in der Wohnung. Nasser hat den Aschenbecher randvoll gefüllt. Er hat sich die roten Arme gekratzt, die dunkelrote Kruste splitterte an einigen Stellen ab, sie ist überall im Wohnzimmer verstreut. Jetzt liegt Nasser im Bett, ist müde, ist allein, ist unglücklich, aber das ist nicht zu ändern. Ich stelle mich neben Asija auf den Balkon, wir trotzen der Kälte, schauen zu einem Viertelmond hoch. Helin gesellt sich zu uns und fragt, ob uns nicht kalt sei. Wir bejahen. Ein frostiger Wind streift unsere Wangen. Wir nähern uns einander, ich spüre Wärme von Helin ausgehen, so viel Wärme, dass man darin baden könnte. So viel Wärme, als hätte die Großmutter sie im Schoß getragen, als hätte sie Roush verschluckt, als wäre sie im Irak geboren.

»Wir müssen das Viertel verlassen, Asija«, sage ich.

»Lasst uns reingehen«, meint Asija, »sonst erfrieren wir noch.«

DANKSAGUNG

Nuriya Fatah und Taha Yasin,
Andrea Hiden und Peter Nuhn für das Werkzeug,
Caterina Kirsten für den Einsatz,
Angela Tsakiris für den scharfen Blick,
Baris Postal für die Gespräche,
Havin Al-Sindy für die Träume,
dem Viertel für die Inspiration.